10 - 17

A. PIÉTU

(Conserver la Couverture)

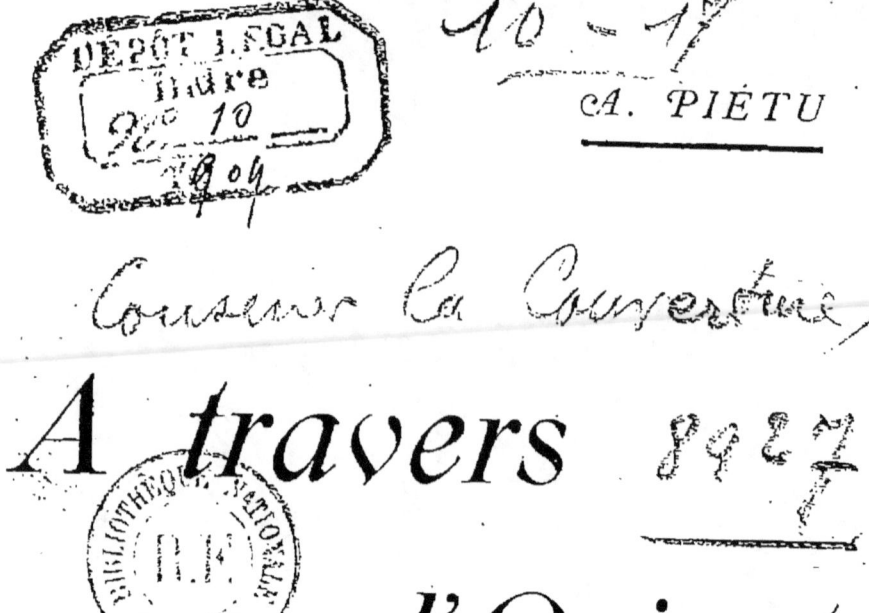

A travers l'Orient

CHATEAUROUX

IMPRIMERIE MELLOTTÉE

2, RUE GUTENBERG, 2

—

1909

A travers l'Orient

Permis d'imprimer :

† Pierre, archevêque de Bourges.

A. PIÉTU

A travers l'Orient

CHATEAUROUX

IMPRIMERIE MELLOTTÉE

2, RUE GUTENBERG, 2

1909

Ces pages traduisent en toute sincérité les impressions que nous avons éprouvées au cours de notre long et beau voyage. Elles disent ce que nous avons vu, senti, vécu.

Des circonstances indépendantes de notre volonté en ont retardé la publication. Il en résulte que plusieurs ne sont plus exactes, tant le monde tourne vite aujourd'hui, même en Turquie! Nous n'avons pas eu à les modifier, puisque nous voulions raconter les choses telles qu'elles nous sont apparues. Du reste elles n'étaient pas destinées à être publiées. Elles devaient seulement fixer nos souvenirs et nous permettre de refaire par la pensée notre pèlerinage. Si nous consentons à leur donner cette demi-publicité, c'est sur la demande d'amis excellents auxquels elles sont un hommage de profonde reconnaissance et de respectueux attachement.

A. P.

A TRAVERS L'ORIENT

DE MARSEILLE A NAPLES

« Jérusalem ! Jérusalem ! si jamais je t'oublie que ma droite se dessèche et que ma langue s'attache à mon palais ! » Ce cri du prophète, on le comprend surtout quand on a visité la Terre Sainte. Nous avons été en cette année 1907 quatre-vingts pèlerins à qui ce bonheur fut accordé. Le jeudi 11 avril nous nous trouvions réunis à Marseille, à Notre-Dame de la Garde. Quel spectacle du haut de cette colline ! D'un côté la Méditerranée déployant à l'infini son ondoyante draperie bleue frangée d'argent sur les bords ; de l'autre la ville étalant la magnificence de ses arts, de son industrie, de son commerce ; et là, tout près, Marie, dont la statue radieuse domine cet horizon. D'en bas, une rumeur immense et confuse s'élève, c'est la grande voix de la mer et de la foule. Perçue de

cette distance, elle ressemble à une plainte éper-
due qui monte du fond obscur et douloureux des
choses, aussi bien que du fond ténébreux et gémissant des âmes ; elle arrive charriant des regrets,
des espoirs, des craintes, des supplications, et elle
retombe aux pieds de la Vierge où elle s'articule
et s'exprime dans l'invocation touchante : « *Ave
Maris stella !* »

A trois heures nous descendons au port de la
Joliette pour nous embarquer sur le *Sénégal*. Ce
paquebot appartient aux Messageries Maritimes ;
nous ne quitterons pour ainsi dire pas le sol
français. C'est du reste un excellent bateau,
vaste, confortable, solide ; les secousses de la mer
devront s'amortir contre ses flancs robustes, on
se croirait encore sur la terre ferme. Les prépara-
tifs du départ peu à peu s'achèvent, lorsqu'au dernier moment une complication survient ; l'ancre
du *Sénégal* s'accroche à l'ancre d'un bateau voisin. Nous ne soupçonnons pas, nous autres profanes, les ruses, les habiletés, les manœuvres
savantes auxquelles il faut avoir recours pour résoudre une difficulté pareille. Les marins ne con-
naissent pas de jeu de patience plus énervant.
Nous avons entendu plusieurs de ces braves gens
déclarer que franchement ils aimeraient mieux
avoir à combattre contre les tempêtes ; leurs âmes
trempées de vaillance trouvent en effet une sorte
d'ivresse dans les émotions de ces luttes tragiques ;

mais perdre son temps à démêler d'invisibles nœuds ! Notre départ en sera retardé de deux heures.

Cependant les passagers envahissent le pont. Unis d'avance dans une même pensée les pèlerins se recherchent naturellement et se rassemblent. Çà et là des groupes se forment, que la plus étroite solidarité va rapprocher et qui se fondront en une véritable famille. Bientôt en effet, un commerce intime et prolongé dégagera et révélera entre ces âmes inconnues la veille des affinités secrètes, parfois de profondes sympathies qui dureront. Mais déjà au premier contact les caractères se dessinent, les talents percent; on discerne des artistes, des littérateurs, des poètes, d'anciens fonctionnaires, des hommes politiques, des savants. Cette variété de talents nous promet pendant les loisirs de la traversée d'intéressantes causeries... pourvu que la mer nous accorde la liberté d'en jouir ! Parmi les graves entretiens des sages, une jeunesse intelligente et brillante qui sera le charme et le sourire de notre pèlerinage, jettera sa note joyeuse. Il suffit d'un rapide coup d'œil à travers nos rangs pour faire une curieuse découverte ; tous ces pèlerins que le hasard a rassemblés là représentent, réunies en un ravissant triptyque, les trois Frances: la nôtre; celle du Nord-Est, la Belgique ; celle d'Outre-Mer, le Canada. Hélas! si nous pouvons dire que nous sommes la France réelle, n'ont-ils pas le droit de prétendre qu'ils sont restés la vraie France, eux qui en ont gardé avec la langue les traditions religieuses et la foi chrétienne !

Aimablement, Mgr Potard passe au milieu de nous. L'affabilité bienveillante de son accueil ne dissimule pas les nuages que les soucis d'une organisation si complexe amassent autour de son front ; c'est que les ennuis, les responsabilités du pèlerinage pèsent sur lui tout seul ; nous avons le cœur plus léger, nous, qui n'avons qu'à nous laisser conduire et à nous laisser vivre.

A six heures on donne le signal du départ ; l'ancre est enfin levée, les amarres dénouées, et sous l'irrésistible poussée des battements du piston, le bateau se déplace et s'éloigne de la côte. Ceux qui sont habitués aux voyages en mer assistent indifférents à ce spectacle, mais chez la plupart d'entre nous, terriens incorrigibles et impénitents, le cœur se serre et un déchirement intime se produit, déchirement douloureux où passent des sanglots qui essayent de s'achever en prière. Chaque mouvement de l'hélice brise les unes après les autres les racines qui nous retiennent au sol aimé, les fibres qui nous rattachent à tant de personnes et de choses auxquelles notre vie est mêlée et vers lesquelles tristement nous nous retournons en un geste d'adieu ! L'allure confiante et superbe de ce bateau qui s'avance sur la crête des vagues nous épouvante. Instinctivement nous cherchons en dehors de nous un appui fait de force, de mansuétude, de tendresse ; Notre-Dame de la Garde nous apparaît alors. De loin, elle semble nous bénir, et nous, nous lui redisons encore une fois dans un élan d'imploration ardente : « *Monstra te esse matrem !* »

Nous sommes sortis du port et nous nous engageons dans la pleine mer. Au fond de l'horizon subitement élargi et magnifiquement éclairé les côtes de Provence dessinent leurs courbes harmonieuses. Tout le long du littoral, la mer est hérissée de récifs ; blocs de calcaire que le flot n'a pas submergés ; rochers crayeux aux sommets arrondis, aux arêtes émoussées par le fouet des vents et rongées par la morsure des pluies. Sur la blancheur dure et crue de leurs flancs nus, que le ruissellement des eaux a striés profondément par endroits, se creusent des recoins plus sombres où les derniers feux du crépuscule se jouent en des reflets roses, en des teintes mauves et violettes, noyées bientôt dans les ombres qui rampent et s'allongent. Peu à peu le jour meurt, la nuit s'épaissit, les contours s'évanouissent. Là-bas la lueur des phares, qui bordent nos côtes d'un cercle lumineux, finit par s'éteindre ; la France a disparu.

Ceux qui ont le pied marin trouvent que la mer est calme ce soir ; en fait lorsqu'on la regarde

à la clarté clignotante de la lune elle ne paraît pas
agitée. Alors d'où vient le malaise qui nous étreint,
nous qui ne sommes pas accoutumés ? Ressentons-
nous l'effet de ces houles de fond dont on nous a
tant parlé, et que la Méditerranée a la perfidie de
dissimuler sous des dehors tranquilles, caressants
presque ? On dirait une respiration lente, profonde et sourde des flots, qui remue à peine la
surface, mais qui imprime au bateau un balancement dont nos nerfs enregistrent les moindres
oscillations, sans que pour ainsi dire nous en
ayons conscience. Les trépidations brutales, les
chocs violents du chemin de fer fatiguent moins
que ce bercement monotone et régulier, qui
bouleverse la tête, le cœur, l'estomac. On devient
incapable de suivre une conversation. Il semble
que la mer nous ait absorbés complètement
et que toutes les facultés, la mémoire, l'imagination, soient englouties, dispersées, dans son
sein. Inutile d'essayer à lutter plus longtemps
contre le vertige qui nous envahit. Le plus sage
est de descendre à sa cabine et de se coucher...
Elles sont étranges les impressions de cette
première nuit en mer, dans les instants de demi-
conscience qui précèdent le sommeil. Le halè-
tement de la machine, la grande voix des vagues dont les remous viennent battre les parois
du navire, le murmure du vent qui souffle à travers les mâts et les cordages ; tous ces bruits

répercutés dans l'âme s'y transforment en une sorte
de thème mélodique, sur lequel les modulations
les plus bizarres viennent se broder. On entend
des chants de joie, des appels de détresse, des
gémissements de naufragés, des cris de femme.
Quand ensuite à la réflexion on repasse ces souvenirs, on croit avoir vécu, en plein monde moderne, une minute de l'histoire primitive de nos
lointains ancêtres. N'est-ce pas dans des tourbillons pareils de sensations à la fois confuses et
fortes qu'ont dû éclore les mythes, et que sont
nées les légendes chez les peuples enfants ? Et si
notre raison positive, avertie par tant de siècles
d'expérience, ne nous avait repris et ramenés à
la réalité, nous aurions été tentés nous aussi de
donner la vie et de prêter un corps à ces fantômes.

Le lendemain à notre réveil nous sommes en
face de côtes de Corse. C'est toujours la même
ceinture de rochers blancs et arides. L'un d'eux
évoque l'une des pages les plus douloureuses de
nos annales militaires, le naufrage de la frégate
la *Sémillante,* qui au moment des guerres de
Crimée transportait à Sébastopol des soldats
français. Par une nuit sinistre de tempête et de
brouillard elle échoua contre ces écueils, sur ces
rives désertes. Des 800 hommes qui y étaient
embarqués pas un ne fut sauvé ; et lorsqu'on vint
à la recherche de leurs cadavres on les retrouva

groupés autour de leur aumônier. Il avait encore
son surplis et tenait à la main le crucifix levé
pour les bénir. Les politiciens sectaires qui du
fond de leurs chaises rembourrées suppriment
les aumôniers de la flotte et refusent ainsi les
consolations que seule la religion peut procurer
en ces heures de suprême angoisse, feraient
bien de s'arrêter devant ce navrant tableau. La
France chrétienne d'alors n'oublia pas ses en-
fants-martyrs. Elle les honora comme ils voulaient l'être et comme ils méritaient de l'être.
Elle recueillit pieusement leurs restes, elle les
enveloppa d'encens et de prières, elle les remit
à la garde de cette croix vers laquelle leurs bras
se tendaient, parmi les horreurs de leur agonie,
en une supplication éplorée, et de ses mains ma-
ternelles elle éleva un monument à leur mémoire.
Nous le saluons les larmes aux yeux, et en passant nous jetons sur la tombe de ces braves une
gerbe de *De profondis*.

La ligne que suit le bateau nous rapproche de
la Corse. Il est une chose qui étonne quand en
mer on aperçoit un continent ou une île, c'est la
stérilité apparente des terrains. Ils ont l'air fait
d'un amoncellement de pierres et on se demande
comment la vie peut s'y entretenir et l'industrie
humaine s'y développer. Du reste dans la vaste
perspective dont nous embrassons d'un seul regard
toute l'étendue, les taches verdâtres qui représen-

tent les endroits que la végétation a envahis semblent peu considérables en comparaison des parties qu'elle n'a pas conquises. Heureusement par delà ces rampes infécondes s'étalent au grand soleil de riches vallées, de vastes plaines cultivées par le travail de l'homme et fertilisées par son génie où l'herbe pousse, où les moissons mûrissent, où des fruits savoureux s'élaborent, et où s'épanouit au sein de la prospérité et de l'abondance cette fleur la plus exquise de notre sol, la civilisation.

Il est peu de région aussi tourmentée que la Corse. Dans ces sommets aux pointes aiguës et aux angles vifs qu'on dirait taillés par la hache de quelque géant formidable, dans ces masses qui paraissent s'être soulevées et heurtées les unes contre les autres en d'épouvantables chocs, dans ces pentes hérissées d'éclats de roches et coupées en tout sens de fentes, de crevasses, de gorges et de gouffres, elle a gardé la trace des convulsions géologiques dont ces accidents sont le résultat. Les crêtes sont encore couvertes d'une nappe de neige qui glisse presque jusqu'à mi-côte, le long des couloirs creusés par les pluies; en bas, dans les coins où les arbres ont réussi à accrocher leurs racines, des hameaux se sont nichés, des maisons se sont blotties, habitations de pêcheurs sans doute, car de quoi vivraient ces pauvres gens ?

Nous franchissons le détroit de Bonifacio, et nous arrivons devant la ville. Avec ses rues étroites, ses fenêtres où pendent des linges qui sèchent, ses maisons blanchies à la chaux, elle a l'aspect d'une ville italienne. Elle est bâtie tout en haut d'une falaise. Au-dessous la mer qui s'avance en grondant mine le terrain. Elle finit par y creuser des grottes qu'elle remplit de ses murmures et au fond desquelles ses flots qui charrient de la lumière répandent une clarté bleue.

Nous distinguons à peine la Sardaigne, à travers les nuages épais qui l'entourent. Le brouillard est tel en effet ce soir que l'atmosphère est devenue absolument opaque. Impossible de voir à dix pas devant soi. C'est alors qu'un désastre est à craindre! Deux bâtiments peuvent se heurter avant de s'être aperçus. Le commandant est obligé de ralentir beaucoup la marche et de faire jouer constamment la sirène. L'impression est vraiment lugubre, et dans l'instinctive frayeur que nous éprouvons nous comprenons l'état d'esprit des Anciens qui, perdus parmi ces brumes impénétrables, se croyaient environnés d'invisibles ennemis. Ceux qui espéraient jouir du coucher du soleil et du spectacle d'une belle nuit seront encore déçus.

Nous nous réunissons à l'arrière du bateau pour la prière du soir. Elle se termine par un cantique à la Sainte Vierge. Il y a là un groupe de jeunes filles qui chantent délicieusement; dans le

courant limpide de ces belles voix fraîches les
notes roulent harmonieuses et pures comme des
perles de cristal. Oh ! qu'il est touchant ce cantique à Notre-Dame des Flots accompagné ainsi par
le mugissement des vagues !

Le lendemain, à l'aube, nous abordons à Naples.
Nous y devons faire escale quelques heures. Malheureusement le ciel est toujours bas et pluvieux.
La fameuse baie tant vantée ne nous apparaît
point au premier abord en cet éblouissement
de féerie où nous la présente la description des
poètes. Cependant peu à peu l'horizon se dégage,
et Naples se montre dans le décor magnifique de
son cadre. Au fond les dernières assises des Apen-
nins ; ce n'est plus ici l'âpreté sauvage des montagnes de Corse, la ligne des sommets s'infléchit
doucement suivant des ondulations gracieuses,
les cimes bleues, baignées dans une lumière qui
transfigure tout, ont l'air transparentes. Naples est
étendue sur ces pentes fleuries et boisées, dans
les délices d'un printemps éternel. A ses pieds la
mer s'étend comme un tapis d'azur bordé d'argent par l'écume, et dans les plis duquel les
îles verdoyantes d'Ischia, de Proscida, de Capri
s'enchâssent ainsi que des émeraudes. Tout en
haut, le magnifique couvent de San-Martino domine ce vaste cirque, à gauche Pouzzoles et le
Pausilippe où Virgile « dort dans sa mémoire har-
monieuse », à droite la masse sombre et mena-

çante du Vésuve, avec les villages qu'il a tant de
fois détruits, mais qui renaissent de leurs cendres
et se cramponnent désespérément à ses flancs. De
ce même côté la vue se prolonge, en des fuites
de rêve, jusqu'à ces arrière-fonds lointains et
radieux dans lesquels on découvre Castellamare
et Sorrente noyées dans une sorte de buée lumineuse où dansent des arcs-en-ciel. Un tel paysage
vous pénètre l'âme de sérénité et de joie. Venise
est plus mélancolique, Florence est pensive et
froide, Rome solennelle et grave paraît accablée
par le poids écrasant des gloires du passé aussi
bien que des soucis et des responsabilités du présent. Naples est accueillante, souriante et enjouée.
Elle n'a pas de rôle à soutenir, chez elle tout est
facile, et on peut ajouter que rien n'est excessif,
et que par conséquent tout s'atténue en douceur
et en suavité. Son atmosphère n'est pas comme
celle d'Orient aveuglante de lumière, étouffante
de chaleur, saturée de parfums troublants ; elle
est vibrante de clarté pure, traversée par les ondes
tièdes des brises, et embaumée de senteurs délicates. La poésie de cette contrée ravissante ne
s'exprime-t-elle pas d'ailleurs dans ces délicieuses
barcarolles, qui en sont comme le chant spontané?
Leur langue est jolie ainsi qu'un gazouillement
d'oiseau, et cette musique, où les trilles des man-
dolines jettent leurs averses de grêle, ressemble à
des éclats de rire harmonisés et rythmés. Il faut

entendre ces refrains qui ont l'air de sauter de
barques en barques et que les moins musiciens
d'entre nous se prennent à fredonner ! *O bella
Napoli ! o suol beato !*

Nous nous heurtons pour descendre à une difficulté imprévue. Le médecin du port, en passant
la visite, s'arrête devant un malheureux passager
de troisième qui a la fièvre. On craint une maladie épidémique, et on parle de nous consigner à
bord. Quelques minutes d'impatience s'écoulent
durant lesquelles plusieurs s'agitent en de véritables crises de nerf. Heureusement le directeur du service de santé arrive, qui, plus tolérant
ou mieux avisé, conclut à un malaise sans importance et autorise le débarquement. Mais le
temps presse ; certains avaient projeté des excur-
sions soit à San-Martino, soit à Pompéi, il y faut
renoncer. Nous visitons la cathédrale Saint-
Janvier, théâtrale à la façon de toutes les églises
d'Italie ; nous parcourons rapidement les rues
boueuses de la ville et nous rentrons au bateau ;
ce qu'il y a du reste de plus intéressant à Naples,
c'est sa position même vue de la mer.

Nous disons adieu au panorama sublime, car
les pulsations précipitées de la machine déplaçant
peu à peu le navire nous avertissent que nous
partons. Nous longeons les monts de la Calabre.
Comment expliquer que cette charmante nature
suggestive de paix n'inspire pas aux habitants

une humeur moins farouche ? Comment cet admirable pays peut-il servir de repaire au brigan-
dage? Il fera nuit quand nous arriverons aux îles
Lipari et quand nous franchirons le détroit de
Messine. Grâce à Dieu nous serons plus heureux
au retour. La mer est en cet endroit habituelle-
ment agitée, trois courants en effet se rencontrent
là : celui de l'Adriatique et celui des mers Ioniennes qui rejoignent le grand courant méditerra-
néen. La houle est tellement forte ce soir que la
plupart sont malades et se hâtent de gagner leurs
cabines. Ce sera la plus mauvaise nuit de tout le
pèlerinage ; le lendemain dimanche on trouvera à
peine un prêtre pour célébrer la sainte messe.
Mais à mesure que l'on avance dans les mers de
Grèce le calme se rétablit. Le bateau a bientôt
repris sa physionomie habituelle, les passagers
ont reparu ; les uns étendus sur des chaises longues, enveloppés de couvertures qui claquent au
vent du large, rêvent, méditent ou prient, les yeux
clos ; les autres se groupent autour d'un poète qui
déclame des vers, autour d'un philosophe qui dis-
serte ; plus loin la folâtre jeunesse joue bruyam-
ment. A trois heures de l'après-midi, nous nous
réunissons tous pour la récitation du chapelet.

Le ciel jusque-là nuageux devient d'une extraordinaire limpidité. Il y a dans l'air des étincellements étranges, comme des parcelles lumineuses qui flottent et se déposent sur tous les

objets. Bientôt nous apercevons les Cyclades, rangées en cercle à la façon des pétales d'une corolle ; puis les Sporades, jetées au hasard à travers les flots ainsi que des jonchées de verdure.

A mesure que nous approchons, ces îles nous laissent voir les fines dentelles de leurs côtes. La mer est diaphane ici, elle semble éclairée par le fond. Pour la première fois ce soir il nous est donné d'assister au coucher du soleil sur les flots. On le voit descendre majestueusement. Tout l'horizon s'empourpre. Des ruisseaux de sang coulent à travers l'espace. Peu à peu l'astre touche au niveau de la mer, ses rayons qui rasent la surface mobile sont brisés par les frissons des vagues, on dirait les facettes d'un immense vitrail où resplendissent les plus étonnantes couleurs, des verts, des ors, des rouges, qui n'ont d'équivalents nulle part. Mais bientôt il s'enfonce dans les eaux où il s'éteint comme une boule de métal incandescent ; alors les tons se dégradent et s'amortissent ; c'est la nuit. Elle se déploie lentement, ainsi qu'une bannière sombre, découvrant les unes après les autres les étoiles qui roulent dans ses plis. Est-ce une illusion ? Elles paraissent plus grandes ici qu'un occident. Le vent frais qui souffle ce soir attise leur éclat, elles brillent avec un pétillement vif et clair. On s'oublierait des heures à les contempler, un mystérieux attrait émane de leur scintillement, et leurs palpitations silen-

cieuses répandent dans l'atmosphère un calme
rassérénant qui pénètre jusqu'à l'âme. Cependant
la lune s'avance nonchalante, paresseuse, blafarde,
tandis que partout à son passage des flammes
tremblantes et pâles s'allument sur les eaux. Ceux
qui sont à l'arrière nous signalent un autre spectacle. Dans le sillage du bateau courent des points
étincelants, de larges taches lumineuses, des
traînées de feu qui soudain s'évanouissent et
auxquels d'autres immédiatement succèdent ; une
véritable voie lactée luit au milieu des flots. La
mer est phosphorescente ! La charmeuse ! Elle a
ce soir toutes les amabilités et toutes les gentilles-
ses. Elle étale sous nos yeux ravis ses parures les
plus rares, afin de se faire pardonner sa méchante
humeur de la veille ! Mais la température baisse,
le froid nous saisit, il faut rentrer.

ATHÈNES

Le lendemain lundi, 15 avril, nous devons débarquer au Pirée dans la matinée. De très bonne heure nous nous réunissons sur le pont. Dès que le jour commence à poindre, les côtes de Grèce se dégagent de la brume dont elles étaient couvertes. Ce sont des découpures gracieuses, des ondulations en quelque sorte rythmées. Les lignes et les contours se coordonnent suivant d'admirables rapports, au point que l'ensemble présente de la symétrie et que la nature paraît avoir eu ici des intentions géométriques.

La satisfaction qu'éprouve l'esprit en face d'un arrangement régulier entre comme élément dans l'impression esthétique que ce panorama produit. Un semblable paysage est suggestif d'ordre, de mesure, de goût, et voilà bien les qualités maîtresses du génie grec. Rien de fougueux, rien d'extravagant. Nous disions en face de Naples que tout s'y réduit en douceur, là on doit dire que tout se résout, en harmonie. Les couleurs elles-mêmes, au lieu de se heurter en de violents

contrastes, se fondent dans des teintes exquises.
Du reste nulle part l'air n'a une telle fluidité, une
telle transparence, une telle pureté. La lumière
s'y joue à l'aise ; pas un obstacle qui la contrarie,
qui l'obscurcisse, qui l'empêche d'obtenir tous ses
effets.

Il faut avoir vu la Grèce pour savoir ce que
cette prodigieuse magicienne des pays d'Orient
est capable de faire d'un peu de verdure, de
quelques filons de métal, de quelques veines de
marbre et d'un ruisseau. Avec les longs fils
soyeux de ses rayons délicieusement nuancés, elle
tisse comme un réseau de fine clarté qu'elle jette
sur le dos de ces collines. Ainsi revêtues de
splendeur les moindres choses prennent une valeur incomparable. Au contact de ces beautés
l'imagination impressionnable des Grecs devait
être dans un ravissement continuel. On s'explique ainsi leur mythologie, qui est l'un des
premiers et l'un des plus ingénieux essais d'interprétation du monde par la poésie que le génie de l'homme ait tentés. Tout s'anime, s'idéa-
lise, se transfigure à leurs yeux éblouis. Un
frémissement de vie universelle court à travers
la nature même inerte. Le monde est peuplé de
leurs magnifiques créations. Le mystère trou-
blant des choses s'exprime en des images tour à
tour gracieuses et terribles ; les fontaines lim-
pides souriant dans les roseaux, les bois avec leurs

murmures et leurs ombrages, les cimes inexplo-
rées des montagnes, les nuées où habite la foudre,
l'océan agitant d'un mouvement éternel la masse
profonde de ses eaux, le soleil roulant par les
espaces son char de feu, toutes les forces cosmi-
ques enfin, se métamorphosent en des personnages
intelligents, qui sont agités de passions comme
nous, qui partagent nos vices et nos vertus,
qui se montrent à notre égard tantôt bienveillants, tantôt hostiles. C'est le contenu de l'univers
traduit en impressions poétiques, c'est sur des
consciences sensibles et naïves la projection et
la représentation de l'indéchiffrable réalité, réduite à des légendes, à des mythes expressifs de
beauté.

Nous approchons d'Athènes. Une fois dans notre
vie nous aurons eu l'inestimable chance d'apercevoir, comme en une vision symbolique, le soleil
levant qui illuminait l'Acropole de sa gloire et
qui formait une auréole autour du Parthénon.
Trois Pères Maristes, auxquels notre excellent directeur a demandé de nous servir de guides, nous
attendent au débarquement. Le Pirée est aujour-
d'hui une grande ville de 80.000 habitants à sept
kilomètres d'Athènes. Un chemin de fer établit la
communication. En quelques minutes la distance
est franchie et nous voilà transportés au pied de
cette fameuse Acropole, vers laquelle depuis plus
de 3000 ans se tournent tous les regards du monde

civilisé. Lorsqu'on touche pour la première fois à ce sol il est impossible de ne pas ressentir dans l'âme l'étreinte d'une forte émotion.

Nous nous arrêtons d'abord au temple de Thésée. C'est un essai déjà très beau et admirablement conservé de cette merveilleuse architecture grecque qui ne trouvera que dans le Parthénon son épanouissement définitif et complet. Puis notre guide nous fait remarquer l'emplacement des maisons de la vieille ville. Elles entouraient la citadelle, la colline sainte sur laquelle on conservait les trésors et les dieux protecteurs d'Athènes. Même les plus considérables n'avaient pas l'importance qu'elles ont chez nous. Du reste elles répondaient à un état social bien différent du nôtre. On n'y séjournait que pour prendre les repas et pour y dormir la nuit. Dans ce climat d'une sérénité presque toujours égale où il pleut rarement la vie se passait entièrement dehors.

C'est dehors qu'on travaillait. C'est sur la place publique que toutes les affaires étaient discutées et réglées devant les citoyens réunis. L'endroit où nous arrivons tout en contournant la spirale de sentiers de l'Acropole évoque justement l'une des manifestations les plus grandioses de la vie nationale des Grecs : « Voilà le Pnyx, l'endroit d'où parlaient les orateurs, c'est de là que Démosthène haranguait le peuple », nous dit notre guide ; et du doigt il nous désigne un énorme rocher émergeant

d'un cirque de collines. On reconstitue aisément
la scène. Démosthène était là debout, agité tout à
la fois, pour parler comme ses contemporains,
des furies de l'éloquence et du démon des querelles
politiques; les muscles de son visage se crispent,
ses regards jettent des éclairs. En face de lui
gronde une foule bruyante, tumultueuse, divisée
d'opinion. Il parle, on se tait, on l'écoute. Peu à
peu la multitude se sent investie par cette parole
qui passe et repasse autour d'elle semblable à une
torche ardente ; ces âmes rebelles, indisciplinées,
incohérentes et dispersées, se rapprochent, se
ramassent, s'assouplissent, se fondent enfin ;
l'orateur s'en empare alors, de ses doigts nerveux
il les pétrit et les façonne, il en fait une seule
âme, l'âme de la patrie consciente, armée, menaçante, qu'il anime de son souffle, et qu'il laisse
frissonnante de ses convictions et de ses enthou-
siasmes ! Quel relief prennent dans ces lieux ces
admirables souvenirs classiques !

Nous arrivons en tournant à gauche devant
l'Aréopage. Ce n'est pas un monument, c'est une
sorte de boursouflure sur un des flancs de l'Acropole. Les membres de l'illustre tribunal y sié-
geaient ainsi en plein air. Nous nous arrêtons,
saisis de respect, devant ces pierres qui ont assisté
à l'entrevue célèbre et qui à 2000 ans de distance
nous en renvoient l'écho. Saint Paul aux prises
avec l'Aréopage ! Quel drame et quels acteurs !

On se souvient que ce spectacle était un des trois
que saint Augustin aurait voulu voir ! Et en vérité
il en est peu d'aussi impressionnant. C'était le
premier engagement de l'inexpiable guerre entretenue depuis par les préjugés obstinés et les
résistances exaspérées de l'orgueil, malgré les
explications réitérées et les expériences accumu-
lées des siècles. C'étaient deux lumières et deux
forces en présence et en conflit, deux glaives
pour ainsi dire, dont les éclairs se croisaient, à
la première rencontre, en un véritable duel ; la
raison antique et la foi nouvelle, le génie païen et
la vérité chrétienne, la sagesse humaine et la révélation divine. Les hommes en effet s'effacent
derrière les idées, ou du moins ils n'apparaissent
plus que transfigurés et agrandis aux proportions
des idées avec lesquelles ils s'identifient. Ces
deux lumières et ces deux forces du reste n'étaient
pas faites pour se combattre, elles ne s'excluaient
pas au contraire ! Il y avait entre elles des affinités
profondes, des convenances intimes, de merveilleuses correspondances ! Elles se complétaient,
s'appelaient, se cherchaient ! *Fides quærens in-
tellectum !* Et c'est en effet de leur accord qu'allait
résulter la civilisation des temps modernes. Les
Grecs auraient dû saisir cela, eux qui élevaient
des autels « au Dieu inconnu ! » Cependant il n'est
pas surprenant que ces hommes dont l'existence
était si facile et si gaie eussent tourné leurs re-

gards vers d'autres objets, lorsque l'Apôtre leur
présenta l'image du Christ souffrant et mourant.
Ils eurent parfaitement l'intuition que s'ils lais-
saient ce mystère de douleur envahir leurs âmes
et s'y installer, leur vie, qui était une perpétuelle
griserie des sens et de la pensée, deviendrait vite
un tourment. Mais ils ne comprirent pas combien
était généreux et fécond ce tourment de la vérité
et de la justice que l'Évangile venait d'apporter
ici-bas. Ils ne surent point y voir le stimulant de
toutes les réformes utiles, le principe de tous les
progrès nécessaires, le « levain » capable de soulever le monde entier dans la plus bienfaisante et
la plus profonde des Révolutions. D'ailleurs, ils
n'avaient pas le souci de ces choses. Aux yeux de
ces esthètes la vie se bornait à n'être qu'une jouis-
sance individuelle, alors que pour obtenir la pleine
valeur qu'elle comporte elle doit être un dévouement chaque jour renouvelé, et impliquant le
sacrifice total de l'individu à une réalité plus
haute que lui, à la patrie, à l'humanité, à Dieu !
Et voilà pourquoi leur civilisation si raffinée
et si belle par certains endroits n'a jamais revêtu le caractère de moralité supérieure qu'a la
nôtre. Toutefois malgré le dédain qu'ils affectè-
rent, le passage de l'Apôtre au milieu d'eux ne
demeura point sans résultat. Sa parole pénétrante
comme une flèche, vibrante et brûlante comme
une flamme, est entrée plus avant qu'ils ne

l'avaient pensé d'abord, elle s'est enfoncée jusque dans leur conscience, et elle y a posé l'inévitable, l'obsédante question du Christ, avec tous les problèmes intellectuels, moraux et sociaux qui s'y rattachent. Elle leur a fait au vif une blessure implacable qui troublera désormais l'insouciance criminelle de leur existence égoïste, et qui saignera toujours sans que, ni le prestige de leurs arts, ni les ressources de leur philosophie réussissent jamais à la fermer et à la guérir. Ce fut la fin de l'Hellénisme ; il mourut pour avoir cru que la morale n'était qu'une affaire d'élégance et la vie une affaire d'esthétique, pour avoir voulu continuer à jouir alors que le moment était venu de se désintéresser et de se dévouer, pour n'avoir pas senti sourdre des profondeurs des âmes ces aspirations éperdues vers un idéal plus large et plus élevé que celui dont le Parthénon était l'expression, et n'avoir pas pu les satisfaire ; il mourut pour avoir péché par l'esprit autant que par le cœur, contre la lumière, contre la justice, contre la bonté, en repoussant le « don de Dieu ! » Et il fut remplacé par la Religion définitive de la Vérité et de l'Amour ; la sublime Religion de la charité divine et de l'humaine pitié !

Plus haut on nous montre une grotte naturelle profondément creusée dans le roc. « Vous avez ici, nous dit le guide, la prison de Socrate. » Cette caverne basse et ténébreuse nous fait penser à

celle qu'aperçut Platon dans un cauchemar célèbre et qu'il nous décrit dans l'un de ses plus
beaux dialogues. Les politiciens n'ont pas changé !
Ceux de cette époque, d'accord avec leurs modernes continuateurs, se réclamaient déjà de la
raison d'Etat pour essayer d'étouffer sous ces
sombres voûtes la germination de la pensée la
plus originale et la plus puissante que le vieux
monde ait vu éclore. Mais on ne prévaut pas contre la conscience ! Malgré le triomphe momentané
de ses ennemis, Socrate pouvait lui aussi se rendre le consolant témoignage que les voix intérieures qui durant sa vie lui avaient parlé et qui ve-
naient enchanter son agonie ne l'avaient point
trompé ! On n'emprisonne pas la foi et on n'en-
chaîne pas l'espérance ! Soulevé de terre sur leurs
ailes, l'illustre vieillard voyait rayonner parmi les
ombres de la mort l'image adorée du Dieu unique
en qui il avait cru, et sentant son âme survivre à
l'effondrement de son corps défaillant, il saluait à
travers les barreaux de la geôle l'aube de l'immor-
talité qui illuminait son front.

Nous sommes à la seconde quinzaine d'avril. Le
sourire du printemps se répand sur la Grèce en
une floraison délicieuse. L'Acropole est couverte
d'un épais gazon où les asphodèles piquent
leurs grappes d'étoiles blanches rayées de noir.
La saison des anémones est déjà passée ; quel-
ques-unes çà et là achèvent d'effeuiller leur der-

niers pétales. Mais la vraie fleur de ce pays plutôt stérile en somme, c'est ce marbre blanc dont
les débris jonchent le sol ; un marbre où brillent
des paillettes de diamant!

Nous atteignons les Propylées, véritable rempart de forteresse. Il a fallu un miracle d'architecture, dont seuls les Grecs étaient capables, pour que
ces constructions forcément massives aient réussi
à s'exalter ainsi en aisance, en grâce, presque en
légèreté. Sur la façade s'alligne une superbe rangée de colonnes d'ordre ionique. On dirait toute
une merveilleuse végétation sortie spontanément
des énergies de ce sol, à l'appel victorieux de ce
soleil ; de beaux arbres aux essences inconnues,
dressant fièrement leurs longues tiges droites, et
s'élançant en une vigoureuse poussée de sève
pour s'épanouir là-haut dans les fines volutes de
leurs branches.

Enfin nous touchons au sommet de l'Acropole. Avant d'aller plus loin, le guide nous
demande de nous retourner et de nous arrêter un
instant pour contempler le panorama. Quand on
s'est abandonné quelques heures à la suggestion
de poésie et d'art qui s'en dégage, on s'explique
mieux le prodige qui s'y est accompli. C'est là en
effet sur cette cime radieuse, au milieu de ces montagnes splendides, à droite l'Hymette étincelant
de rosée, ivre de parfums, frémissant de lumière ;
à gauche, le Parnès et le Pantélique que les brouil-

lards du matin recouvrent d'une moire violette ;
en face de ces deux infinis de la mer et du ciel qui
nulle part ne se manifestent avec plus de netteté,
et dont les vibrations répercutées dans l'âme sonore des Grecs s'y traduisaient en une mélodie
sainte, en une musique sacrée ; c'est là que l'idéale
vision de la Beauté artistique est apparue à des
hommes aux noms clairs comme leur génie : Phidias, Mnésiclès, Ictinos, Callicratès. Quelle minute
d'illumination intérieure, de tressaillement et
d'extase, ce dut être pour eux, quand après l'angoisse des tàtonnements laborieux et obscurs,
après la fièvre des recherches patientes et haletantes, ils virent enfin le nuage se déchirer, l'éclair
jaillir, et leur rêve se fixer dans une forme parfaite et impérissable ! Le premier mouvement de
la curiosité nous porte vers le Parthénon. On s'attendait à le trouver au centre de l'Acropole ;
Mnésiclès, l'architecte qui en a tracé le plan et à
qui les Athéniens avaient confié toute l'ordonnance de ces temples, l'a construit un peu à droite.
Et il n'est pas nécessaire de réfléchir beaucoup
pour se rendre compte que c'est Mnésiclès qui
a eu raison. Si le Parthénon était placé immédiatement derrière les Propylées on n'aurait devant soi en arrivant que le frontispice, tandis que,
lorsqu'on le surprend de profil on découvre tout
l'ensemble.

Bien qu'il soit le plus grand des temples grecs

ses dimensions ne sont pas comparables à celles
de nos cathédrales. Représente-t-il une forme
d'art supérieure à elles? La comparaison est difficile à établir. Elles sont plus grandioses et plus
sublimes, il est plus simple et plus fini. Encore ne
se révèle-t-il pas à nous dans sa splendeur première. Des barbares l'ont mutilé et à demi ruiné.
Et pourtant tout délabré qu'il est, le Parthénon,
par l'exactitude des rapports qui existent entre ces
différentes parties, par la convenance merveilleuse de ses proportions, par son caractère de ré-
gularité et d'unité, procure à ce besoin d'ordre
qui constitue le fond même de notre raison une
plénitude de satisfaction qu'aucun monument ne
nous donne peut-être au même degré. Il marque
l'une des plus glorieuses victoires que le génie de
l'homme ait remporté sur le désordre, sur le
chaos naturel où les choses s'entassent pêle-mêle.
Il réalise cette perfection d'équilibre et d'harmonie que dans leur langue intraduisible les Grecs
appelaient d'un si joli mot: « l'eurythmie ». Et
ce résultat n'a pas été obtenu par un heureux hasard d'imagination, mais par le calcul, par l'effort
conscient d'une intelligence maîtresse d'elle-
même et sûre de ses méthodes. Rien ici n'a été
abandonné à la fougue, ni au caprice d'une inspiration déréglée. L'ingénieuse combinaison de ces
lignes fermes, correctes et pures où s'arrête le
dessin des contours, le parallélisme des mouve-

Le Parthénon. État actuel.

ments de cette superbe colonnade, les effets de cette perspective, tout a été prévu, mesuré, voulu. On peut dire que l'idée du Parthénon s'est posée devant l'esprit des Grecs à la manière d'un problème de mécanique et de géométrie aux données du reste assez simples.

Ils ont eu premièrement l'intention de faire une œuvre de solidité, de stabilité et de durée. Et la solution qu'ils ont rencontrée est tellement élégante que naturellement l'édifice s'épanouit et s'achève en beauté. Leur grande habileté fut donc d'avoir su dégager une impression esthétique d'une conception mathématique. Mais n'est-ce pas la vraie définition et pour ainsi parler la formule de l'art? De cette façon en effet l'impression produite jaillit du fond même de l'ouvrage, elle ne ressort pas d'ornements surajoutés par une superfétation et un luxe auxquels la vanité peut se plaire, mais qui répugnent au bon goût; la beauté n'est pas empruntée à des éléments extérieurs superficiellement et artificiellement adaptés à l'œuvre, elle lui est intrinsèque et propre.

Tel est le Parthénon; inutile d'y rien ajouter car rien n'y manque, impossible d'en rien retrancher car il n'a rien de trop. On a envie de le comparer à un organisme robuste et sain qui est beau parce qu'il est parfait; c'est-à-dire parce qu'il a su prendre la forme la plus viable et la plus capa-

ble de résister à l'action meurtrière des forces
qui le menacent, parce que tous ses organes ré-
pondent à une fonction, parce que sous l'impul-
sion des lois auxquelles il doit obéir il a accompli
normalement et logiquement tous les progrès
dont son espèce est susceptible, parce qu'enfin il
reproduit pleinement les traits que comporte la
physionomie de son type. Et ce qui autorise encore cette comparaison c'est la qualité de ce marbre dont l'éblouissante blancheur s'est adoucie
avec le temps en des tons roses, et qui, dans la fraîcheur virginale et l'exquise finesse de son grain,
semble éprouver les frissons d'une chair vivante
et sensible, au point qu'on voudrait le plaindre
comme s'il avait réellement souffert des meurtrissures et des déchirures que la brutalité des hommes lui a infligées.

Et cette impeccable allure se soutient jusque
dans les moindres détails, où elle semble défier
la critique la plus minutieuse et la mieux aiguisée. On s'arrêterait des heures à admirer ces colonnes ; comme l'intervalle qui les sépare s'accorde
avec leurs dimensions ! Comme les proportions
en sont justes ! Comme le modelé en est irréprochable ! Comme elles sont gracieuses, drapées
ainsi dans les plis de leurs cannelures ! La pluie
ne les a point noircies, il pleut rarement là-bas,
mais les rayons du soleil ont versé des coulées
d'or dans les pans de leurs robes. Au sommet, les

chapiteaux doriques arrondissent avec une aisance noble et simple leurs courbes qui s'élargissent en se superposant. L'ionique ou le corinthien,
avec leur ornementation surchargée, n'auraient
pas convenu à la sobriété attique. Elles rappellent
le discours qu'adressait Thucydide à l'assemblée
des Grecs au lendemain des guerres Médiques,
alors que tout le faste de l'Orient venait de défiler chez eux : « Vous avez vu les Perses, disait-
il, leurs guerriers portent de riches armures,
leurs femmes sont couvertes de bijoux et de pierreries, ils élèvent dans leur pays d'immenses
constructions en entassant des rochers énormes,
nous autres, Grecs, nous aimons la beauté, mais
simple ! »

Le guide attire notre attention sur des points
qui ont leur importance, mais que seul l'œil
exercé d'un connaisseur discernerait ; c'est que, par
exemple, la double rangée des colonnes ne défile
pas suivant deux droites absolument parallèles,
la dernière de chaque côté s'écarte un peu en dehors des autres, les lignes s'infléchissent et s'évasent, afin de corriger l'illusion qui dans le lointain les rapproche et d'étendre par là le champ de
la perspective. De telles observations chez les
Grecs supposent tout à la fois une science au moins
intuitive des lois de l'optique et un sens de l'art
qui n'ont pas été dépassés. Remarquons aussi cet
entablement dont les blocs striés de moulures se

juxtaposent en zigzag, formant ainsi une ligne
brisée dont les dentelures rompent à souhait la
rigidité des lignes droites de la corniche supérieure. Malheureusement le superbe et majestueux
fronton est mutilé. Les frises où s'étalait la plus
splendide galerie de chefs-d'œuvre ont été sacca-
gées et pillées, les admirables statues qu'avait
sculptées le ciseau de Phidias et dans lesquelles
son génie créateur avait fait passer une palpitation
de vie immortelle ont été emportées ou détruites,
la procession des Panathénées qui, dans une sublime apothéose de marbre, poursuivait silencieusement, sous le regard des siècles, charmés sa
marche triomphale et éternelle, a été dispersée
par les Barbares.

Chose étrange, cet étonnant édifice se tient sous
le secours d'un ciment quelconque. Les Grecs ne
s'en servaient pas. La grossièreté du procédé aurait choqué leur délicatesse. Le moyen dont ils se
sont servi est peut-être le plus prestigieux tour
d'adresse de leur architecture. Sans connaître aussi
bien que nous les forces physiques, ils ont réussi
à les entraîner dans la complicité de leurs dessins et ils les ont obligés à conspirer pour eux.
Ils polissaient soigneusement leur marbre de façon que pas une aspérité ne restât à la surface, la
coïncidence alors était telle que le vide se produi-
sait entre les morceaux et que la pression atmos-
phérique déterminait l'adhérence. Le fait est que

les jointures sont à peine perceptibles et qu'on
n'y glisserait pas l'ongle ! Ne retrouve-t-on pas
ces hommes à l'esprit subtil et délié dans toute
l'antiquité, et dont les Romains eux-mêmes leurs
vainqueurs, subissaient l'ascendant et redoutaient
les stratagèmes ? Vrais fils de cet Ulysse qui demeure la plus fidèle personnification de leur race
intelligente et que les Troyens, au témoignage
d'Homère, ne désignaient jamais autrement que
par l'épithète devenue classique « fertile en
expédients ». En tout cas on comprendra aisément l'excellence, au point de vue de l'art, d'une
pareille façon de construire. Même nos monuments les plus remarquables ont des parties
moins soignées, bâties avec des matériaux infé-
rieurs, que l'on essaie de dissimuler ensuite sous
un crépissage. Les Grecs n'ont pas eu besoin de
ces trompe-l'œil, de ces artifices, de ces mensonges ! Ils ont d'ailleurs trouvé mieux. Ils ont employé partout la même matière précieuse et la solidité de leur travail n'en a pas souffert. Par
leur seul respect des règles de l'équilibre, sans
chaux ni sable, ils ont élevé un monument qui
abandonné à ses destinées naturelles, dans cette
atmosphère paisible où il était à l'abri des sur-
prises de la pluie et des assauts du vent, n'aurait
jamais dû s'écrouler. Les autres conceptions ar-
chitecturales qu'on a imaginées depuis sont plus
vastes, plus complexes et plus savantes peut-être,

elles sont moins stables et en certain sens moins
scientifiques, puisqu'elles sont moins conformes
aux lois de la mécanique. Sainte-Sophie de Constantinople par exemple et nos cathédrales portent en elles-mêmes, dans l'élévation vertigineuse
de leurs murs, dans l'audace magnifique mais
dangereuse de ces jetées de pierre suspendues dans
le vide qui forment les voûtes, le principe de leur
propre ruine. Le Parthénon au contraire avait
dans sa constitution si régulière et si parfaite des
promesses certaines de vie et des garanties d'im-
mortalité. Et si des boulets sacrilèges ne l'avaient
pas blessé, si par une profanation criminelle et
stupide on ne l'avait pas livré à la merci d'une
explosion, qui ne pouvait manquer de se produire
en le transformant en magasin à poudre, le temps
moins destructeur et moins impie que les hommes l'aurait à peine atteint ; il l'eut effleuré d'une
aile si légère que sa beauté n'en eût été ni ridée,
ni ternie, et il serait encore debout dans sa magnificence intacte et sa gloire inviolée.

Mais nous n'avons considéré du Parthénon que
le corps pour ainsi dire. Tâchons, afin d'en
comprendre le sens, de pénétrer jusqu'à l'âme.
Cette âme, s'il est permis de parler de la sorte,
c'est l'âme même d'Athènê dont la statue de marbre, d'ivoire et d'or se dressait au milieu du temple et le remplissait de son rayonnement ; Athènê
la déesse intelligente et pure, la vierge sage et

forte ! Ah ! nous sommes loin ici des ignobles symboles que représentaient l'Astarté des Asiatiques,
et la Tanît de Carthage ! Sans doute Athènê signi-
fiait aussi la beauté, mais ce n'était pas la beauté
des sens, c'était la beauté de la science triomphante,
de l'intelligence victorieuse, de la raison souveraine et dominatrice ; l'austère beauté de l'ordre,
autant de l'ordre logique qui règle nos idées que
de l'ordre moral qui règle nos sentiments, nos
actes, nos vies; cette beauté qu'un de ses plus
fervents adorateurs définissait admirablement
« la splendeur de la vérité ! » Conception sublime,
la plus pure que le génie antique ait produite, et
dans laquelle certains ont cru reconnaître un écho
de la révélation du Verbe ! Or le Parthénon était
comme le vêtement d'Athènê; vêtement simple,
car elle était sérieuse et réfléchie, et elle dédai-
gnait les vaines parures de la frivolité ; vêtement
commode, ni trop ample, ni trop étroit, qui n'en-
travait pas l'élégance de ses gestes. Le mot vêtement ne dit pas assez. Dans la pensée des Grecs le
Parthénon s'identifiait presque avec Athènê, il en
était la manifestation extérieure, « l'hypostase »
visible comme se seraient exprimé ceux d'Alexandrie, dans un langage que les Attiques n'eussent
point manqué de trouver barbare. L'âme de la
déesse l'animait vraiment, elle l'avait façonné à
sa ressemblance. C'était l'éclat de sa blancheur
virginale qui transparaissait dans ce marbre dont

la couleur ressemble à de la lumière cristalli-
sée, c'était sa taille svelte et souple qui se dessi-
nait dans le fût élancé de ces colonnes, c'était sa
démarche digne et fière qui rythmait leurs mouvements, c'était son maintien grave et calme que
reproduisaient les nobles assises de ces murs,
c'était la sérénité divine et l'auguste majesté de
son visage qui resplendissait dans ce fronton.

En face d'un pareil chef-d'œuvre nous avons de
la peine à nous expliquer les réserves de M. Barrès, qui se déclarait incapable d'admirer le Parthénon, parce qu'il n'est pas né grec, parce que les
cloches de sa Lorraine qui continuaient de sonner
dans son imagination lui parlaient de son pays et
que ce rappel de la patrie absente l'empêchait de
s'éprendre d'enthousiasme pour des beautés étrangères. Certes nous sommes les premiers à nous
incliner devant le très remarquable talent de
M. Barrès, et à concéder ce qu'il y a de juste dans
sa thèse. Il est évident que l'on n'admire que ce que
l'on comprend et que pour apprécier un objet
d'art, il faut être imprégné de la mentalité de ceux
qui l'ont exécuté. Mais précisément il y a entre
les Grecs et nous de véritables affinités intellec-
tuelles et une réelle parenté de génie. Sans doute
le Christianisme a transformé et agrandi l'âme
moderne. Cependant notre civilisation contient
encore un apport considérable d'Hellénisme,
comme du reste celle de tous ces peuples médi-

terranéens, chez lesquels il s'est produit quelque
chose d'analogue à ces phénomènes d'osmose dont
les physiciens nous parlent ; un frottement quoti-
dien, une continuelle réciprocité d'influences, de
longues hérédités communes, ont fini par leur
donner un tempérament moyen, par amener leur
esprit à formuler les mêmes jugements et leur
sensibilité à réagir de la même façon. Au surplus
tout en étant national, l'art des Grecs est humain,
comme leur littérature, selon le témoignage que
leur rendait la belle expression des Latins : *Huma-
niores litteræ !* Et humain à une telle profondeur
qu'il est devenu universel, en ce sens que par-des-
sous l'écorce variable suivant les climats, les latitudes et les époques, il a atteint le fond immuable, le « document » authentique ; et les types qu'il
a ainsi créés et fixés pour jamais sont si voisins de
la vérité objective que l'humanité partout identique à elle-même s'y reconnaîtra toujours. Et voilà
sa grande originalité et sa grande supériorité ; il
est l'art classique par excellence, il a une valeur
presque absolue, et indépendante autant que possible des conventions et des races, donc par ce côté
au moins il est accessible et assimilable à toutes
les intelligences.

A quelques pas du Parthénon, et perdus pour
ainsi dire dans son rayonnement se trouvent le
Temple de la Victoire Aptère et l'Erechthéion. Le
premier est un petit édifice semblable, avec ses

colonnes ioniques finement ouvragées et ciselées,
à un joyau d'orfèvrerie. Ce qui attire surtout dans
le second ce sont les Cariatides. Le travail est de
Callicratès, l'un des meilleurs élèves de Phidias ;
bien que superbe il ne trahit pas, prétendent les
connaisseurs, cette légèreté d'outil, cette maîtrise
de touche, dont l'incomparable ouvrier a gardé le
secret pour lui seul.

Ces six statues sur lesquelles repose toute une
partie de l'entablement représentent des jeunes
filles exécutant une danse religieuse. Leur figure
reproduit le bel ovale des Grecs, les ruisseaux de
leurs chevelures tombent en longues cascades sur
leurs épaules et s'y étalent en nappes abondantes,
elles sont vêtues de robes sobrement étoffées
dont les ondulations suivent la lente cadence de
leurs mouvements. Toutes ont des poses différentes. Elles n'ont pas l'air chargées par le poids qui
pèse sur elles ! Quelle grâce et quelle aisance dans
leur attitude ! Elles font revivre devant nous l'une
des plus magnifiques cérémonies des mystères
antiques, la procession des Panathénées. Le cortège partait du pied de l'Acropole, de blanches
théories de jeunes filles montaient, portant le pe-
plum brodé d'or de la déesse, et déroulant à travers les sentiers fleuris de la « colline sainte » le
ruban des hymnes sacrés. C'étaient des mélopées
simples et suaves assez semblables aux tons de
nos psaumes. La trilogie célèbre s'y trouvait réu-

nie ; poésie, musique et danse, trois arts faits
pour s'accompagner, que la perversité des hommes a pu détourner de leur sens primitif, mais
que le génie idéaliste des Anciens ne séparait
point et qu'ils offraient à la divinité, ainsi qu'un
hommage des plus belles facultés humaines. On
dirait que ces six danseuses se sont détachées un
jour du groupe de leurs compagnes et qu'elles se
sont arrêtées là.

Impossible vraiment de se dérober à la subju-
gante fascination de ces merveilles, surtout quand
on sait qu'on n'aura probablement qu'une fois
dans sa vie l'occasion de les contempler. On voudrait s'en emplir le regard. On se prend même à
regretter de n'avoir pas vécu à l'heure qui les vit
éclore en une floraison splendide sur ce sol pré-
destiné. On porte envie à ce pays qui fut en quelque sorte le milieu de cristallisation où les arts se
sont formés, à ce peuple dont le destin fut d'être
le noyau lumineux et brillant, autour duquel s'est
concentrée, pour prendre conscience d'elle-même,
toute la matière poétique éparse et diffuse à travers la grande nébuleuse humaine, dont le rôle
historique et la fonction sociale furent d'initier
les hommes à la notion et au culte du beau, dont
le privilège enfin fut de pouvoir appeler barbare
tout ce qui n'était pas né de son sein.

Mais voici que tout à coup un revirement
d'impression se produit. Chez nous aussi les son-

neries des cloches de nos cathédrales retentissent,
et l'image bénie de notre patrie chrétienne un
instant oubliée nous revient à la mémoire? Elle
opère sur nous à la façon d'un exorcisme ; immédiatement alors l'illusion tombe, le mirage cesse,
l'ensorcellement s'évanouit, et nous nous sentons
délivrés du vieux démon païen qui s'était emparé
de nous. Est-ce bien sûr que nous ayons tout à
envier aux Grecs ?

Sans doute ils ont composé d'admirables épopées
où nous suivons parmi l'entassement des légendes
leurs accroissements et leurs progrès. Mais l'épopée de nos Saints Livres, de notre Liturgie, de
notre *Credo*, authentique et vraie celle-là, dont le
cycle adéquat à l'histoire universelle, s'ouvre par
la révélation des mystères de Dieu, se déroule à
travers la création des mondes, la rédemption des
hommes, les luttes tragiques de l'humanité aux
prises avec l'erreur et le mal, pour se terminer
par le triomphe de la vérité et du bien, par la
vision finale de l'éternité bienheureuse ! Sans
doute ils ont chanté dans des odes fort belles les
exploits de leurs héros ; mais nos psaumes dont
chaque strophe est comme la palpitation douloureuse ou joyeuse de l'âme haletante de regrets et
d'espoirs, de reconnaissance et de désirs, aux pieds
de Dieu ! Sans doute leurs temples sont beaux,
mais d'abord qu'ils sont peu nombreux, en comparaison de cette luxuriante végétation d'églises

romanes et gothiques dont l'inépuisable sève
chrétienne a recouvert notre pays! Et puis ils sont
parfaits, parce qu'ils réalisent une adaptation
exacte aux exigences et aux conditions de la matière ; mais que dire de nos cathédrales qui, au lieu
de s'y soumettre et de s'y asservir, ont eu l'ambition
de les braver et de les vaincre, et qui y ont réussi
dans la mesure où c'était permis aux forces humaines. Ces pierres en effet qui s'élancent à travers les faisceaux des colonnes, les nervures des
ogives, les étages des flèches, et qui planent ainsi
à de vertigineuses hauteurs, pour symboliser
l'essor de la prière et de la foi, elles sont affran-
chies des lois de la pesanteur, elles sont immaté-
rialisées ! Tandis que le Parthénon reste sur la
terre, les cathédrales montent au ciel ! Le Parthénon est simple comme l'idée mathématique
dont il est l'expression, les cathédrales sont
complexes comme la vaste réalité dont elles sont
la synthèse vivante. Elles sont la reproduction de
la nature interprétée par une conscience religieuse
comme un hymne à son Auteur, et utilisée pour
la fin en vue de laquelle elle a été faite, qui est de
nous conduire à Dieu. Ne retrouve-t-on pas en effet
dans les allées de leurs nefs mystérieuses les sombres profondeurs des bois, sur leurs chapiteaux
les fleurs des champs, dans les cadrans de leurs
merveilleuses horloges les révolutions des astres,
dans les feux de leurs verrières une lumière plus

éclatante et plus riche que celle du jour, dans
leurs orgues toutes les voix du ciel et de la terre
avec ce timbre plus pénétrant qu'elles prennent en
passant par l'âme humaine ?

Elles sont enfin la représentation du monde
surnaturel, dont elles nous racontent dans leurs
poèmes de pierre les événements éternels. Le
Parthénon était étroit comme sa destination
même, car il ne servait qu'à loger une divinité
locale, nationale ; les foules n'y trouvaient pas
place ; nos cathédrales sont immenses comme
l'infini dont les harmonies se répercutent dans les
échos de leurs voûtes, comme le Dieu dont la
majesté les remplit, comme les multitudes qui les
envahissent ; étant la maison du Père de famille
elles sont aussi celle des enfants. Et puis elles sont
instructives et édifiantes ! Le Parthénon ne prê-
chait que la valeur intellectuelle, il disait : « Soyez
les plus habiles ! » Elles prêchent la valeur morale,
elles disent : « Soyez les meilleurs ! » Elles
enseignent la justice, la droiture du cœur, la
pureté de la vie, la bonté, le désintéressement
pour autrui ; admirables vertus dont elles nous
proposent les modèles dans ces héros d'une supériorité incontestée qui peuplent leurs portiques,
les Saints ! Elles sont accueillantes et sympathiques, le Parthénon est froid ; son infériorité irré-
médiable sera de n'avoir jamais reçu la confidence
d'une seule âme ; il a entendu les chants d'allé-

gresse des hommes, il n'a recueilli ni leurs sanglots, ni leurs larmes, il n'aurait pas su les consoler!

Qui dira au contraire les hontes secrètes, les amers regrets que les cathédrales abritent chaque jour à l'ombre de leurs nefs hospitalières, les douleurs qui pleurent agenouillées sur leurs dalles silencieuses, les courages brisés que leur vertu redresse, les repentirs auxquels elles assurent le pardon, les existences avilies qu'elles réhabilitent! Ah! la raison en est facile à comprendre, c'est qu'elles aiment, tandis que le Parthénon n'aime pas; tout est là! Et Athène elle-même n'était pas capable de lui communiquer la puissance d'aimer! Pascal l'a dit très bien : « De tous les corps ensemble vous ne ferez jamais sortir une pensée, cela est d'un autre ordre, immatériel : et de tous les esprits ensemble vous ne ferez jamais sortir un acte de charité, cela est d'un autre ordre, surnaturel ! »

Pendant que ces réflexions s'agitent confusément en nous l'heure passe, nous adressons un dernier adieu au Parthénon, et nous descendons au théâtre de Bacchus. Il est situé au pied de l'Acropole, dans une échancrure de la colline. Les Anciens, qui savaient si bien tirer parti des circonstances, ne devaient pas laisser sans emploi une situation pareille. Or l'emplacement était tout désigné pour en faire un théâtre ; une acoustique

telle que le moindre mot prononcé à voix basse
est nettement perçu aux extrémités le plus éloignées ; un décor splendide, en haut le Parthénon
gage de la protection divine et emblème de la
gloire d'Athènes, en face la mer dont on aperçoit
une pointe bleue, la mer au sourire sans nombre,
comme ils disaient si bien ! Les gradins sont
échelonnés et disposés en demi-cercle, à droite et
à gauche d'une stalle de marbre qui était réservée
au prêtre de Bacchus. On se rappelle en effet que
les origines de l'art dramatique chez les Grecs se
rattachent aux orgies célébrées en l'honneur du
dieu du vin. Mais quelle distance et quelle ascension de Thespis, avec sa bande barbouillée de lie,
à Eschyle, à Sophocle ! Au centre du parterre où
figuraient les acteurs se dressait l'autel, le thy-
mèlè, autour duquel les évolutions du chœur
avaient lieu. Les Romains tendaient un voile au-
dessus de leurs théâtres, ceux des Grecs restaient
à ciel ouvert. Dans le tumulte des souvenirs qui
affluent alors à la mémoire, on entend les plaintes
angoissantes de Prométhée, les lamentations lugubres des Choéphores, les déchirantes imprécations
d'OEdipe, les gémissements étouffés d'Antigone,
qui ont retenti là en accents immortels !

De loin on remarque une double guirlande de
lauriers-roses ; ce sont les bords de l'Illysus et du
Céphise. Socrate et Platon s'y rencontraient pour
s'y entretenir des vérités éternelles.

Puis ici, c'est l' « Agora », le « Forum » d'Athènes, la fameuse place où se réunissaient les grandes assemblées du peuple et où se jouaient les destinées de la nation. Là, c'est le monument de Lysicrate. Terre vraiment glorieuse entre toutes, dont il suffit de remuer la poussière pour y retrouver à chaque pas, vivante sous la cendre accumulée des siècles, l'étincelle d'un souvenir illustre !

Lorsque nous nous séparons de ces grands noms, c'est pour retomber à plat dans la banalité monotone de nos villes modernes, avec l'attirail encombrant et bruyant de leurs omnibus et de leurs tramways. Athènes rachète cela par l'éclat de ses boulevards et de ses places publiques, et surtout par l'agrément de ses jardins et de ses promenades, où s'étalent déjà les plus beaux arbres de la flore orientale, les orangers et les palmiers.

Dans la soirée nous reprenons le bateau, non sans une certaine appréhension, car la sensation de nos malaises passés nous poursuit toujours. Mais la mer est délicieuse et nos craintes sont vaines.

Tandis que le *Sénégal* s'éloigne, nous admirons une fois encore les sinuosités de ces rives, qui, avec leurs articulations nombreuses de golfes et de caps, semblent se mouvoir en serpentant sur les eaux ; puis le continent disparaît. Nous voguons au milieu d'un véritable semis de petites îles ; on dirait que dans un beau geste quelque divin Semeur, dont la mythologie grecque n'a pas retenu le nom, les a répandues çà et là sur les flots de la mer Egée. La plupart du reste ont leur place marquée dans l'histoire : Salamine, Egine, Paros, et tant d'autres ! Quelle traînée de gloire le long de ces côtes de Grèce !

Nous retrouvons à l'arrière nos fidèles compagnons de route, les goélands et les mouettes, qui nous suivent depuis Marseille. Ce sont de jolis oiseaux au plumage blanc ombré de gris. Comme l'incomparable Artiste qui a fait la nature a su nuancer et assortir toutes choses ! Leur couleur rappelle celle de l'écume, cette neige des ondes qui se forme au sommet des vagues ; à moins qu'elle ne rappelle plutôt celle de ces nuages floconneux qui s'élèvent de la mer et qui semblent être l'haleine des flots. Ils vont ainsi à grandes envolées sans paraître ressentir la fatigue du long trajet qu'ils ont parcouru, tant leur vol est facile et puissant ! Les vastes espaces libres sont leur domaine. Parfois leurs larges ailes déployées cessent de battre, on croirait alors qu'ils glissent dans l'air qui les porte, ainsi que de légères nefs aériennes. Ils se contentent des miettes de pain qu'on s'amuse à leur jeter et qu'ils happent au passage, ou de la maigre proie que leur œil perçant a decouverte et sur laquelle ils s'abattent tout à coup.

La mer est ce soir d'un bleu intense et profond
qui fait penser à certains beaux vitraux du XIII°
siècle, un bleu d'émail, sur lequel le soleil répand
de la poussière d'or. Insensiblement l'astre s'incline vers son couchant. Au moment où il va disparaître un gigantesque feu de Bengale rouge
s'allume et remplit l'horizon de sa lueur ; les flammes tourbillonnent, tout le ciel est incendié. Mais
bientôt la tourmente s'apaise, il ne reste plus
qu'un amas de braises aux reflets mourants, qui
traînent en noircissant· et en s'éteignant dans la
nuit.

SMYRNE ET L'ORIENT

Le lendemain 17 avril nous devons atterrir à Smyrne vers sept heures du matin. Dès l'aube le pont est envahi par les passagers. Nous touchons enfin à cette Asie lointaine, mystérieuse et enchanteresse, qui exerce sur nous autres Européens une si irrésistible séduction.

Smyrne est étendue, pareille à une orientale indolente sur les pentes du mont Pagus, au bord de son golfe aux reflets cuivrés. Elle a l'air de dormir, bercée par l'incessant murmure des flots. On la voudrait surprendre dans une lumière plus vive, moins gazée par la brume ; il y a des vapeurs ce matin.

La profondeur n'est pas suffisante ici pour qu'un navire d'un semblable tirant d'eau puisse mouiller au port. La chose est prévue à Smyrne. Aussi notre arrivée est à peine signalée que de toutes parts accourt vers nous à grands efforts de rames une flotte de chaloupes. Elles semblent se précipiter à l'assaut de notre navire et c'est ce qui a lieu en effet. Avant même que l'escalier ne

soit décroché du bastingage, une troupe de pirates
au teint fortement bronzé, à la mine effrayante et
sinistre, coiffés de bonnets rouges ou bruns, vêtus
de haillons de toutes couleurs, sautent de leurs
barques en poussant des hurlements de bêtes
fauves, se cramponnent aux hublots, grimpent
aux cordages, escaladent les parapets, et envahissent le navire. Un matelot essaye d'arrêter un
grand diable qui veut monter, et le menace,
comme c'est le seul langage qu'ils comprennent,
de lui couper la main d'un coup de couteau.
L'autre riposte en arrachant le poignard qu'ils
portent tous à la ceinture. — Le port des armes
n'est pas interdit là-bas, et la défense serait bien
inutile. — On craint qu'une rixe ne s'engage, les
dames affolées poussent des cris et vont s'évanouir. Heureusement le marin prend le parti le
plus sage, il referme son couteau, le bandit l'imite,
il entre, c'est tout ce qu'il demandait. Les gar-
çons de service s'empressent de donner un tour
de clef aux portes des cabines, car en face d'une
telle invasion de pillards on ne saurait avoir trop
de précautions. Et c'est à ces brigands qu'il faudra se livrer tout à l'heure ! La descente dans les
barques en effet ne laisse pas d'être une opéra-
tion assez malaisée. Pour peu que la mer soit agitée, la chaloupe remue, s'éloigne de l'escalier,
et si l'on n'est pas très leste on risque en quittant
la dernière marche de poser le pied dans le vide.

Le plus simple est donc de nous abandonner, ainsi que des masses inertes, aux sauvages qui viennent nous chercher. Ils nous saisissent alors dans leurs bras nerveux, nous passent à leurs voisins qui à leur tour nous jettent et nous entassent dans la barque, jusqu'à ce qu'elle soit pleine. Les Dames se plaignent de ce qu'on leur manque d'égards et s'indignent sur un ton aigu du peu de ménagements que l'on a pour elles. Les Messieurs, d'un air plus grave, protestent au nom de la dignité humaine méconnue en leur personne. En somme les plus éprouvés en sont quittes pour quelques émotions, on ne croirait pas avoir tant d'élasticité dans les membres. Cependant les barques s'avancent poussées par nos hardis rameurs. Afin de mieux concerter leurs mouvements, ils chantent dans leur langue gutturale et rauque un refrain monotone qu'ils scandent énergiquement. Ce sont d'ailleurs d'excellents matelots. Au lieu de lutter contre la vague et de la heurter de front, ils combinent leur jeu avec le sien, ils la laissent glisser sous la chaloupe qu'elle soulève doucement, et ils en utilisent les remous.

Nous débarquons à Smyrne. Mais quand on n'est ni musulman, ni raïa; ni fidèle disciple de Mahomet, ni fidèle sujet du sultan ; quand on est des « giaour », des étrangers, des infidèles comme nous, on ne pénètre pas aisément sur le sol sacré de l'Islam. Une formalité essentielle s'impose ; la pré-

sentation d'un passeport timbré, signé, contresi-
gné, visé et paraphé. Certain ecclésiastique avait
négligé de s'en munir, mal lui en prit, il faillit rester sur le bateau. Et nous aurons à nous habituer
à ce cérémonial ; car il se renouvellera partout ;
chez nous la circulation est libre, mais nous sommes en Turquie, et le Turc ignore nos progrès !
Au surplus il est défiant contre l'Européen. Il a ses
raisons pour cela ! Avec nos machines, nos chemins de fer, nos inventions modernes, n'avons-
nous pas bouleversé le cadre d'habitudes séculaires où s'était figée sa molle et facile existence ?
Enfin chacun sait que le Sultan a horreur des complots et que nous sommes d'incorrigibles conspi-
rateurs.

L'impression qui domine est une impression
de malaise. On se sent perdu au milieu d'un
monde si différent et si éloigné du nôtre ! Une
cohue grouillante et vociférante encombre le
quai. Le vacarme est assourdissant ; ce sont de
tous côtés des gens au visage convulsé et crispé
par la colère, qui gesticulent, lèvent les bras,
brandissent les poings, s'injurient à propos d'un
pourboire, se disputent une valise ou un voyageur, lequel, tiraillé dans tous les sens, ne sait où
tourner la tête et sort le plus souvent de la ba-
garre allégé de son porte-monnaie. Au-dessus de
de ces clameurs on entend déjà, agaçant et énervant, le cri de la mendicité orientale, dont les voix

perçantes des enfants, les voix glapissantes des
femmes, les voix chevrotantes des vieillards ne
cesseront de répéter sur tous les tons, tour à tour
gais, indifférents, ou lamentablement plaintifs,
la gamme fastidieuse ; et qui nous poursuivra partout désormais, comme ces airs désagréables qui
parfois vous hantent sans qu'on réussisse à s'en
débarrasser : Bakchich ! Bakchich ! Bakchich !
Oh ! ils n'ont ni amour-propre, ni vergogne ! Me-
nacés, battus, chassés à coups de canne, ils ne se
découragent pas ; ils reviennent, s'attachent à
vous, s'acharnent à vos pas avec la ténacité et
l'obstination de ces mouches fatigantes, qui parfois vous harcèlent de leur bourdonnement et que
rien ne rebute. Le mieux est de mettre sa bourse
en lieu sûr et de ne point s'occuper d'eux.

Il faut voir les villes d'Orient de loin, dans le
merveilleux décor de lumière qui leur donne tant
de relief et tant de couleur. Mais de près, en face
de l'ignoble malpropreté qui s'y étale, l'enchantement cesse. Smyrne n'échappe pas à la règle
commune ; des rues étroites, trouées et défoncées où l'on risque continuellement de trébucher,
car l'incurie de l'administration turque est telle
qu'ils ne songent ni à entretenir, ni à réparer ;
au milieu un ruisseau boueux, noir et infect
où viennent se déverser les immondices déposées
à chaque porte. Quel bouillon de culture pour
les maladies infectieuses, il n'est pas étonnant

que la lèpre, la peste, le typhus soient à l'état
endémique dans ces contrées ! De distance en distance, des tas de détritus que personne n'enlève,
qui fermentent à leur aise, et se consomment
d'eux-mêmes lentement ; des maisons basses, où
les ouvertures sont aussi réduites que possible,
pour se préserver du soleil qui sévit avec rage
là-bas. Chez les musulmans les fenêtres sont
grillagées et l'on devine derrière l'œil furtif des
femmes qui voudraient voir et n'ont pas le droit
d'être vues. Au seuil de ces demeures des hommes accroupis fument nonchalamment leur narguilé. Sur leurs visages pas un sursaut de pensée,
pas une secousse de sentiment. Leurs yeux hagards
sont vides comme leurs cerveaux, et sur leurs
paupières sanguinolentes, que la poussière ronge
et que la lumière dévore, se collent des mouches
bleues qu'ils n'ont pas le courage de chasser !
Non seulement ils manquent des plus élémentai-
res notions d'hygiène, mais ils n'ont pas même
l'instinct de la propreté. La paresse, voilà leur
tare originelle et indélébile ! Et ce n'est pas chez
eux ce délicieux farniente des Napolitains qui au
moins n'endort point la faculté de jouir du repos,
c'est une apathie sourde, morne et lourde, où
toute activité s'engourdit et où se dissout toute
conscience. Ces gens-là ne font rien, et ne pensent
à rien, pas plus ceux qui sont ici immobiles, que
ces flâneurs qui nonchalamment circulent. Il n'y

a guère que la femme qui travaille en Orient;
quant à l'homme son seigneur et maître il se
contente de se laisser vivre. La nature d'ailleurs
se fait complice de cette lâcheté ; le soleil les
grise d'une ivresse somnolente et pesante, et
quelques fruits, des figues ou des oranges, suffisent à les nourrir.

Le Bazar est le coin vraiment pittoresque et
curieux. Ce sont d'immenses galeries, couvertes
de planches disjointes ou de toiles déchirées,
qui s'enchevêtrent les unes dans 'les autres sur
une longueur de plusieurs kilomètres. Des deux
côtés sont rangées des boutiques, autour desquelles se centralise tout ce qui est nécessaire à la
vie orientale. Voici le quartier répugnant des
boucheries, des pâtisseries, des cuisines, que l'on
ne peut traverser sans avoir des nausées ; plus
loin les vitrines où pendent les étoffes, vulgaires
oripeaux sans valeur, riches toilettes de soie
blanche, de velours bleu ou rouge brodé d'or et
d'argent pour les harems, splendides tapis sur
lesquels éclatent toutes les couleurs d'un ciel
embrasé ; puis l'étalage des bijoux d'orfèvrerie, les
armes minutieusement ciselées, les forges, les
magasins de cuir. Cet assemblage bizarre et
inattendu de tant d'objets disparates vous donne
la sensation de quelque chose d'irréel, on croit
assister à un conte des « Mille et une Nuits ».
Voilà bien l'Orient ! Et ce qui l'est encore davan-

tage, c'est cet air alourdi de parfums capiteux, d'essences d'anis, de myrrhe, d'encens, de henné ; cet air qui engourdit et opprime et au sein duquel la pensée et la volonté se perdent en une rêverie envahissante et lente ; cela surtout c'est l'Orient.

Les nuages se sont élevés, des averses de lumière tombent par les larges fentes des toits et éclaboussent les devantures. De cette diversité d'objets confusément entassés et éclairés si vivement, résulte alors une cacaphonie de couleurs où se choquent des tons violents criards et chauds. Parfois, annoncée de loin par les clochettes qu'ils portent suspendues au cou, une caravane de chameaux s'avance et ajoute la note caractéristique qui manquait à cet ensemble de choses orientales. Ils vont ainsi en longues files de sept ou huit, rattachés les uns aux autres par des lanières, et précédés d'un petit âne qui les guide ; tandis que le bédouin qui est censé les conduire sommeille dans un panier, sur le dos de l'un d'eux. Ils viennent du désert ou ils y retournent, chargés de provisions qu'ils déposeront à chacune des étapes de leur long voyage. Dans ces pays qui n'ont pas de routes ils sont le seul moyen de transport. La Providence a placé près de l'homme, suivant les contrées qu'il habite, l'animal destiné à être le compagnon de ses travaux ; chez nous, c'est le cheval ou le bœuf, aux Indes c'est l'élé-

phant, ici c'est le chameau. Pauvres animaux
à la mine douce et résignée, avec quelle curiosité
nous les regardons ! Se doutent-ils qu'ils nous
inspirent de l'intérêt ? Eux aussi nous regardent,
mais de très haut, avec une indifférence dédai-
gneuse, tout en mâchonnant une poignée d'herbe
saisie quelque part à la dérobée, car leur maître
ne les gâte guère ! Il paraît qu'ils donnent le
mal de mer à ceux qui y sont sujets, on le croit
volontiers à voir leur marche dodelinante, c'est
bien comme l'a dit le poète : « Le branle assoupis-
sant du vaisseau du désert. »

Une foule compacte se presse aux bazars, et
en est de même tous les jours. Ces gens-là vivent
dehors. Ils ignorent la vie intérieure, la vie de
réflexion sérieuse et de recueillement fécond ; leur
existence se disperse à travers les rues, au hasard
de la fantaisie.

Smyrne est vraiment la gerbe de l'Orient.
Tous les traits de cette physionomie complexe
s'y rassemblent. Ce caractère éminemment représentatif, qui donne à la ville l'aspect d'une
Babel, en fait le principal intérêt. La bigarrure
du costume trahit du reste la variété des races.
C'est l'Arabe nomade, avec son couvre-nuque ba-
riolé qu'une couronne tressée en poil de chameau retient au sommet de la tête, avec sa robe
rapiécée de morceaux multicolores qu'un burnous blanc recouvre, avec ses sandales attachées

par d'interminables courroies qui se nouent autour de ses jambes. Il paraît timide et gauche, lui si fier et si hardi dans son désert ; on sent qu'il n'est point là chez lui, qu'il n'y est point à sa place, qu'il n'y vient qu'en passant. C'est le nègre aux cheveux épais et crépus, à la peau luisante et comme cirée. C'est le pope Grec drapé dans un ample manteau noir, et coiffé d'une toque en forme de haut cylindre, sous laquelle s'enroulent ses longs cheveux tordus en chignon. C'est le Juif, l'ennemi de tout le monde, ramassant, par peur autant que par ruse, sa taille ratatinée, et dissimulant sa figure chafouine sous son petit chapeau rond aux bords plats. C'est le Turc enfin, le maître de céans. Par ses origines tartares il est parent des Chinois, et chez quelques-uns, en qui le type s'est conservé plus pur, la ressemblance s'accuse toujours dans le fond jaune du teint et dans l'obliquité des yeux. A part les employés des mosquées qu'enveloppe une longue redingote traînant jusqu'à terre, la plupart sont habillés à l'européenne. Ils n'ont gardé du costume national que le fez rouge qui dans ces pays de soleil est un contresens. Les imans l'entourent d'un turban blanc, et ceux qui ont eu le bonheur d'aller à la Mecque et d'en revenir en ont rapporté le privilège de mettre le turban vert, couleur du prophète. On rencontre peu de femmes, encore, si elles sont musulmanes, ont-elles l'air de fuir sous le voile épais qui leur masque absolument le visage et qui par une chaleur semblable doit littéralement les étouffer.

On voudrait pénétrer dans l'âme de cette multitude. Mais elle n'a pas d'âme commune ! Elle est si étrangement bigarrée ! Et ce qui la différencie ce sont moins les nationalités à peine ébauchées là-bas que les « dénominations religieuses » pour parler comme en Amérique. Les catholiques Latins, les Grecs unis, les Grecs schismatiques, les Musulmans, auxquels il faut ajouter pour être complet les Protestants et les Israélites, forment autant de catégories distinctes et très tranchées, que l'on rencontrera, chacune avec ses caractères nettement identiques, dans tous les centres importants de l'Orient et qui méritent qu'on s'arrête à les observer.

Les catholiques ne représentent pas le quart de la population, qui est évaluée à 200.000 habitants environ. Ils se recrutent surtout parmi les petits ouvriers. Ils sont groupés autour de leur archevêque, Mgr Marengo, qui célébrait l'anniversaire de sa consécration épiscopale justement le jour de notre arrivée. Cette coïncidence nous valut l'heureuse fortune d'assister à un office pontifical. Quand on porte en soi la vision de nos prestigieuses cathédrales et qu'elles vous servent de point de repère et de terme de comparaison pour apprécier tout le reste, il est difficile d'admirer

cette bâtisse de mauvais goût, avec ses murs
blancs marbrés de veines bleues, ses colonnes
carrées affublées de chapiteaux ioniques, ses vitraux insolemment barbouillés qui sont des tur-
lupinades de couleurs. Mais ce que nous étions
contents et fiers de retrouver, et ce qui nous rap-
pelait vraiment les grandes solennités de chez
nous, c'étaient les chants superbes de cette maîtrise, c'étaient ces orgues roulant dans leurs
tempêtes les notes éclatantes et stridentes des
enfants et les tons plus graves des voix d'homme,
c'était la magnificence de cette cérémonie reproduisant les rites connus. Au milieu de ce pays
conquis au schisme et à l'infidélité, nous éprouvions une profonde et indicible joie à nous sentir, là, sur cette enclave bénie, dans la communion du Christ par la tradition de Pierre. Ah !
cette splendide Église catholique, que l'on rencontre partout la même, comme on en comprend
alors la beauté et quel orgueil on a de lui appar-
tenir ! Elle est bien la grande hôtellerie d'âme,
largement ouverte à tous, et grâce à laquelle
nul n'est exilé, nul n'est sans abri ici-bas ! Elle
est bien l'immense cité spirituelle où, par delà
les frontières temporelles des pays, tous, sans distinction de race ni de langue, éclairés par la même
foi, animés du même amour, soumis à la même
discipline, groupés autour de la même houlette,
se rejoignent pour former une seule humanité !

Et avec quelle exactitude elle répond aujourd'hui
aussi bien qu'hier aux besoins les plus profonds
de l'esprit humain ? A la raison avide de vérités
positives elle apparaît avec la précision de ses
dogmes, à la volonté soucieuse de diriger son élan
vers le bien elle offre les règles infaillibles de sa
morale, au cœur généreux que les nobles initiati-
ves sollicitent et que l'austère passion du dévouement tourmente, elle ouvre la champ illimité de
ses œuvres charitables, à l'imagination éprise de
beautés artistiques elle offre les magnificences de
sa liturgie, et elle satisfait à l'instinct social par
son principe d'autorité qui encadre les individus
dans l'ossature robuste de sa hiérarchie et empêche la société de s'émietter, de se désagréger, de
se réduire à l'état de poussière. Et à défaut des
promesses divines, cette convenance parfaite de
l'organisation de l'Eglise à nos aspirations intel-
lectuelles, morales, sociales, c'est-à-dire aux conditions de la vie la plus intense et la plus élevée,
suffit à confondre ceux qui l'accusent d'être une
« forme périmée et dépassée » et nous garantit à
nous qu'elle sera la reine de l'avenir comme elle
a été la maîtresse du passé.

Du reste il faut la voir à la besogne, dans les
pays où son action n'est pas gênée par l'hostilité
des pouvoirs publics, pour comprendre avec quelle
vitalité bienfaisante elle s'affirme. Il n'y a guère
d'autres écoles là-bas que celles qu'y entretien-

nent nos congrégations, et les enfants qui s'y rendent appartiennent à n'importe quelle religion, car les parents n'ignorent pas que tous seront traités avec une égale justice et une pareille affection. Non seulement on essaye de former ces consciences et de verser en elles un peu d'idéal, mais ils reçoivent une éducation primaire très soignée, et comme la plupart sont fort bien doués pour les langues, on utilise ces aptitudes à l'étude du français. En même temps qu'on leur apprend à aimer le Christ, on leur apprend à aimer la France ! Et le gouvernement sait si bien que seuls les religieux sont capables de faire cette œuvre patriotique, qu'après les avoir chassés de leur pays il les subventionne à l'étranger. Toutes les détresses morales, toutes les infirmités physiques n'ont de refuge que dans les hôpitaux fondés par les sœurs de Saint-Vincent de Paul. Aussi comme elles sont populaires ces cornettes blanches, comme autour d'elles les dissensions s'apaisent en une commune admiration et une commune sympathie, avec quelle vénération on les salue, et avec quelle confiance on les accueille ! Elles représentent en effet la charité sous sa forme la plus touchante et la plus héroïque, la charité qui se fait mère de toutes ces douleurs orphelines et épouse de tous ces maux délaissés, la charité qui a toujours des réserves de tendresse, des épargnes de dévouement à épancher sur toutes ces misères.

Et ici comme partout l'Église en a le monopole. Ni l'or de la protestante Angleterre, ni
le prestige de l'Allemagne luthérienne, ni la
puissance de la schismatique Russie ne possèdent le secret de la produire. Un bruit circule
là-bas d'après lequel le Sultan de Constantinople
n'accepterait sur sa table que des mets préparés
par les religieuses de Saint-Vincent de Paul. C'est
peut-être une légende, en tout cas c'est une de
ces légendes qui contiennent autant de vérité que
l'histoire, car elles sont représentatives d'un état
d'opinion.

Chez les Grecs unis nous nous retrouvons chez
nous, ils sont rattachés au même centre, ils se
laissent conduire par le même pilote infaillible,
le même souffle évangélique vivifiant et pur les
anime, au-dessus de leurs têtes le même ciel immense et bleu s'étale avec les étoiles fixes des
mêmes vérités dogmatiques. Ce qui leur constitue
une physionomie à part ce sont leurs costumes et
leurs liturgies. Mais cette variété dans l'unité
de la vaste Église ajoute encore une beauté de
plus, et prouve en outre que dans tout ce qui est
contingent l'organisation catholique possède une
merveilleuse élasticité.

L'Eglise grecque schismatique n'est plus qu'une
nécropole où se dessèchent derrière les dorures
de ses iconostases les cadavres de ses doctrines.
Pour elle la prophétie de l'Apocalypse s'est réa-

lisée à la lettre : elle paraît vivre, au fond elle
est morte. Elle ressemble à ces enveloppes de
chrysalides qui ont encore gardé les formes
extérieures de l'être vivant qu'elles ont abrité,
mais d'où la vie s'est exilée. Elle n'est pas
une. Elle se divise en cinq principaux groupes
autonomes, gouvernés chacun par un Patriarche
assisté de son synode, celui de Constantinople,
celui d'Alexandrie, celui d'Antioche, celui de
Jérusalem, celui de Grèce. Mais les mêmes abus
se retrouvent partout. Chez les uns comme chez
les autres le clergé est divisé en deux catégories
qu'un fossé profond sépare. D'une part le haut
clergé dont les membres vont étudier à Tubingue,
de l'autre le clergé inférieur sans formation, sans
culture, sans instruction.

Chez les premiers comme chez les seconds la
foi sincère et active n'existe presque plus, soit
qu'elle se dissolve dans les nuages du protestantisme allemand, soit qu'elle s'évanouisse dans
l'ignorance. On devine quelle nourriture spirituelle de semblables pasteurs peuvent distribuer
à leur troupeau ! Tout s'est altéré au sein de leur
Eglise entre leurs mains criminelles ou incapables ; l'intégrité de la croyance, la pureté des
mœurs, la fidélité aux pratiques pieuses. Combien
de sacrements ont-ils gardé ? On ne sait guère. Plus
coupable que la synagogue antique l'Eglise grecque
schismatique a laissé s'éteindre dans son sanc-

tuaire le chandelier d'or à sept branches, elle l'a
mutilé et brisé ! Elle n'a pas la pénitence, par conséquent pas de moyen efficace de relèvement moral, de régénération et de purification intérieure.
A-t-elle encore l'Eucharistie ? On se pose douloureusement la question et on se demande comment
y répondre ! Que se passe-t-il au moment le plus
solennel de la cérémonie, sur cet autel qu'une
cloison dérobe aux regards de la foule. L'intention de faire ce qu'a fait Notre-Seigneur anime-
t-elle et « informe »-t-elle les gestes du prêtre qui
officie ? Cet homme met-il dans les mots qu'il prononce l'étincelle nécessaire pour que le flambeau
divin de la présence réelle s'allume à sa parole ?
En tout cas ils n'ont pas la Sainte Réserve eucha-
ristique, ce trésor si précieux pour la piété des
fidèles.

Aussi quelle différence entre leurs temples et
les nôtres ! Dès qu'on pénètre dans nos églises on
se sent plongé dans une tiède atmosphère de
prière et de recueillement, l'âme des plus indifférents est envahie et comme dilatée par une irrésistible émotion religieuse ; invinciblement on se
dit que quelqu'un est là devant cette lampe qui
brûle, et l'on s'agenouille à côté de ces groupes
de jeunes gens et d'humbles femmes, de savants
et d'ignorants, d'artistes et de rustres, que l'on
trouve à toutes les heures du jour, confondus
dans la même adoration silencieuse. Celles-là

4.

au contraire sont désertes, ce sont vraiment des
tombeaux, le cœur se resserre à la sensation de
froid sépulcral qu'on éprouve lorsqu'on y pénètre. Seules les saintes icones, immobilisées
dans leurs poses hiératiques et enfermées dans
les lames rigides de leurs cadres de métal, continuent à monter la garde devant ces tabernacles
vides.

La pensée et la conscience même sont paraly-
sées au sein de l'Église grecque depuis son
schisme. Elle ne manifeste aucune activité intellectuelle, rien chez elle qui ressemble à nos écoles
supérieures, à nos facultés catholiques. On ne la
voit pas préoccupée d'apporter sa solution à aucun
des grands problèmes qui passionnent le monde
moderne. Elle n'a pas seulement l'air de les soup-
çonner. Elle ne produit aucun de ces travaux sérieux qui, par une étude exacte des faits, par une
interprétation plus documentée des textes, renouvellent chez nous la science sacrée et déterminent
ces larges courants d'idées qui l'emportent vers
des horizons sans cesse élargis. Elle est tout aussi
stérile dans l'ordre de l'action. Elle se montre impuissante à fonder ces belles œuvres de bienfai-
sance sociale, que la charité alimente chez nous et
qui, par leur fécondité, étonnent et défient nos ennemis, même avec les fonds de l'Etat dont ils dispo-
sent. En se détachant du grand arbre dont les
racines plongent à Rome, dans la terre arrosée du

sang des Apôtres, le rameau s'est desséché ; la sève généreuse et pure, dont tous ces fruits ne sont que l'épanouissement magnifique, n'y circule plus !

Mais l'Église grecque schismatique se console d'avoir perdu le royaume des cieux en essayant de reconquérir le royaume de la terre, par là encore elle rejoint le protestantisme. C'est en effet la conséquence logique, et c'est l'inévitable châtiment de l'hérésie comme du schisme, de placer sous la tutelle des princes séculiers les Églises, qui ont voulu s'affranchir de l'autorité légitime de leur Chef spirituel. Ainsi asservies à un État, elles deviennent temporelles et nationales. De cette façon elles perdent toute vie propre et autonome, elles n'ont plus que la vie factice et artificielle qu'elles empruntent au gouvernement dont elles sont un des rouages. Telle est la situation du Protestantisme. Aussi désespérant avec une religion pareille, sans « *Credo* », sans culte, de faire des prosélytes en Orient, les protestants se contentent de travailler pour le compte de l'Angleterre ou de l'Allemagne. Surtout depuis le fastueux voyage que l'Empereur Guillaume entreprit là-bas et dont, à plusieurs années de distance, ces populations sont encore éblouies, l'influence germanique s'est considérablement accrue.

En face de cette puissance, une rivale se dresse, la Russie, qui trouve dans l'Église schismatique une auxiliaire à sa dévotion. Assez indifférents au salut des âmes et à l'avènement du règne de Dieu sur la terre, popes, archimandrites et patriarches servent de leur mieux les intérêts du Tsar. Tous les moyens de pénétration sont employés. Comme la plupart sont rayas, c'est-à-dire sujets de la Porte ottomane, ils abusent de la situation privilégiée que ce titre leur assure auprès du gouvernement turc, pour obtenir à force de ruse ou de violence des concessions, même sur les terrains que nous avons payés de notre or et de notre sang et dont tous les siècles nous ont reconnu la possession. Ce coin de terre n'a pas cessé d'être le champ clos que toutes les races se disputent comme l'enjeu de la domination universelle. La France cependant, qui a entre les mains un si merveilleux instrument de prépondérance, assiste à ces luttes tout en continuant à déchirer, dans les querelles religieuses où elle s'épuise, les lambeaux de son glorieux protectorat.

Les Juifs que l'on rencontre ici ne ressemblent guère par leur costume à leurs fiers compatriotes de France. Quelle différence en effet entre ces mondains élégants, ces rois de la mode que « Tout Paris » connaît, et les misérables couverts de haillons sordides et crasseux que l'on coudoie ici ! Il est vrai que leur accoutrement ne détonne pas au milieu de la malpropreté orientale. D'ailleurs sous la diversité du costume, les traits caractéristiques du type apparaissent, tels qu'on les voit

dans les caricatures qui les grossissent et les exagèrent, mais les défigurent à peine. Et l'âme non
plus n'est pas changée. On la retrouve avec ses
qualités et ses défauts ataviques. Même sens
pratique des affaires, même instinct du négoce,
même cupidité, même caractère sans grandeur,
hautain et dur envers les faibles, rampant devant
les forts, même mépris enfin pour les étrangers,
les « goyms ». Aussi sont-ils suspects et odieux à
tout le monde, aux Musulmans comme aux Chrétiens. Ils se tiennent à l'écart, ils demeurent re-
tirés dans leurs quartiers, véritables ghettos où la
défiance et la haine publique les relèguent et où
vivant sans frottement avec le dehors, ils s'exaspè-
rent encore dans leur particularisme étroit. Mais
l'élément essentiel de leur tempérament, celui dans
lequel leur mentalité continue à persister malgré
leur dispersion à travers le monde, c'est leur religion. Ils n'ont plus ni temple, ni autel, ils n'ont
plus que leurs synagogues avec l'espèce de tabernacle dans lequel ils gardent les rouleaux de leurs
Écritures Saintes, avec l'estrade élevée pour le
rabbin qui la lit et la commente, avec leurs horloges qui commencent à compter les heures au
coucher du soleil ; c'est là que chaque jour de
sabbat ils viennent se réunir. Les médecins nous
parlent de ces étranges phénomènes de somnam-
bulisme, où l'on voit des personnes reproduire
machinalement pendant leur sommeil les actes

qu'elles ont l'habitude de faire avec conscience et réflexion. N'est-ce pas un spectacle analogue que nous présentent ces Juifs, relisant sans cesse des pages dont ils ont autrefois pénétré le sens et qu'ils ne comprennent plus ? C'est à eux surtout que s'applique la terrible parole de leurs livres sacrés : « Ils ont des yeux et ne voient point, des oreilles et n'entendent point, ils écoutent et ne comprennent point. » Tout s'éclaire au regard d'un homme de bonne foi qui met les choses dans leur vrai jour, et qui, prenant les prophéties et les comparant à l'Évangile, trouve dans celui-ci la réalisation de celles-là. Mais pour les Juifs, dont la vue est faussée par cette erreur de perpective qui consiste à vouloir toujours placer dans l'avenir ce qui est maintenant dans le passé, plus rien n'est intelligible. En repoussant « Jésus l'auteur et le consommateur de leur loi », ils ont perdu l'intelligence de cette loi même. Peuple maudit qui avait reçu la lumière en dépôt et qui eut le malheur de pécher contre la lumière ! Il est endormi à présent dans des ombres de mort, et, par une sorte de tragique dérision qui est de tous les châtiments le pire, la hantise de sa destinée qui était belle, mais qu'il a manquée, le poursuit toujours ; et jusque dans la nuit de son sommeil il continue de s'agiter, pour répéter les gestes qu'il accomplissait lorsque ses yeux voyaient la lumière.

Vient enfin le monde musulman que nous ren-

controns pour la première fois. Il est formé ici de
Turcs, d'Arabes et de Bédouins. Ces deux derniers
groupes appartiennent à la même famille ethno-
graphique, seulement les Bédouins sont restés
nomades. Leur vraie patrie est le désert où ils
circulent en liberté. Ils y vivent par tribus au milieu de leurs chèvres et de leurs moutons, sous
l'autorité d'un vieux scheik, tout en reconnaissant
l'hégémonie suprême et lointaine du sultan de
Constantinople. Leurs tentes noirâtres, tissées en
poils de chameau, avoisinent généralement les
portes des villes, où ils viennent vendre les produits de leurs troupeaux.

Les Arabes sédentaires se livrent à l'industrie.
Mais nous les retrouverons surtout à Damas, leur
grande cité ouvrière. Quelques-uns cultivent la
terre ! Et quels procédés de culture ils ont ! Ils en
sont encore à la charrue de bois, avec laquelle ils
écorchent à peine l'épiderme du sol. D'ailleurs on
se fait difficilement l'idée de l'état de misère où
ils en sont réduits. Ils logent dans des huttes
bâties avec de la bouc mélangée de paille hachée.
On les voit se promener presque nus à travers
leurs campagnes, exposés aux brûlures d'une
atmosphère de fournaise. Si du moins ils pouvaient jouir de leurs maigres récoltes ! Mais nous
sommes là dans un pays où le droit de propriété
n'est ni constaté par des actes notariés, ni consacré par les lois, ni protégé par la police ; et

lorsque les razzias des Bédouins pillards ont passé
sur leurs champs, lorsqu'ils ont été rançonnés
par les agents du gouvernement turc on devine le
peu qui reste aux pauvres fellahs ! Et ce sont
dans ces pays les seules primes d'encouragement
qui soient offertes au travail !

Les Turcs sont les vainqueurs et ils entendent
vivre du bénéfice de leurs conquêtes, aussi se
contentent-ils de fumer leur narguilé. Beaucoup
sont fonctionnaires, et comme ils paraissent gauches et embarrassés parmi les rouages compliqués
d'une administration jalouse d'imiter la nôtre !
Souvent on s'est demandé chez nous à quelle
étape de notre évolution correspond leur condition
présente ; et avec l'assurance que donne une mentalité de primaires, beaucoup se sont empressés
de déclarer que leur place se trouve marquée aux
environs de notre Moyen Age ; par mépris sans
doute pour une époque qui est l'époque des cathédrales, des corporations ouvrières, des franchises
communales et des parlements, « époque douloureuse et exquise » a dit Huysmans, un de ceux qui
l'ont le mieux connue, et qui malgré ses fautes
demeure une admirable époque de pensée, d'art,
de progrès et de liberté. La vérité est que la
physionomie turque s'adapte si mal à nos cadres
qu'il est impossible de la « situer » dans notre
monde. A les observer en effet on a vite fait de
s'apercevoir d'une particularité curieuse, c'est

qu'ils sont tirés en sens contraire par deux tendances opposées; d'une part celles qu'ils ont gar-
dées de l'époque relativement voisine où ils er-
raient eux aussi, à l'état de nomade, non pas à
cheval ou à dos de chameau à la façon des Arabes
du désert, mais sur leurs chariots ; et d'autre
part leur ambition d'atteindre une condition sociale plus élevée et semblable à la nôtre. Entre ces
deux aspirations qui les sollicitent, ils n'ont pas
encore trouvé l'aplomb, ils ne se sont pas encore
installés en équilibre dans la civilisation. Réus-
siront-ils jamais à s'y fixer? Leur gouvernement
ne les y aide pas et leur religion les en empêche.

Leur système gouvernemental[1] est en effet le
plus défectueux et le plus détestable qui se puisse
voir. C'est une autocratie sans limite aggravée
d'une théocratie sans contrepoids. En séparant
le spirituel du temporel, en coupant ainsi en deux
le manteau de César pontife et prince tout ensemble, l'Eglise catholique a pourtant déchiré le linceul dans lequel la liberté était ensevelie, et apporté
à la conscience humaine le plus précieux des
bienfaits et la plus magnifique des conquêtes. Mais
la Turquie sera la dernière à en jouir. Du fond de
son palais d'Yldiz-Kiosh, sans contact avec ses sujets, sans notion exacte de leurs besoins et de
leurs intérêts, le Sultan gouverne à coups d'iradés

---

1. Ces lignes étaient écrites quand s'est produit le mouvement
Jeune-Turc.

toutes les provinces de son immense empire. On devine facilement les lacunes d'une administration semblable. Or comme aujourd'hui tout désordre de ce genre se manifeste sous la forme d'une crise économique, comme toute faute politique a sa répercussion immédiate dans l'organe central et moteur des sociétés modernes, la finance, elle est chez les Turcs en si mauvais état que les fonctionnaires eux-mêmes ne sont pas payés et que pour vivre ils se livrent sur les contribuables sans défense aux plus criantes exactions. Où trouver le remède à une situation pareille? Dans un changement de régime? Non, disent les uns, car la plupart de ces malheureuses créatures sont tellement inconscientes et irresponsables que la monarchie absolue, avec le système des coups de cravache, est encore ce qui leur convient le mieux. Oui, disent les autres, car la conscience et la responsabilité ne se formeront jamais chez ce peuple, s'il demeure soumis à ce régime de compression et de dépression.

Le vrai remède existe. Il consisterait dans un changement de religion qui amènerait un changement dans les mœurs. L'Islamisme est en effet la négation même de tout progrès. Or ces Arabes, ces Bédouins, ces Turcs, il les a imprégnés, pétris, au point de leur donner à tous une âme semblable. Tous répètent avec la même assiduité et la même ferveur le *Credo* musulman: Allah est Allah et

Mahomet son prophète. La croyance en Dieu et la foi en Mahomet, voilà le résumé de tout l'Islam. Ce qui en effet frappe d'abord chez eux c'est leur caractère profondément religieux. Non seulement nos impiétés les choquent et les scandalisent, mais ils ne les comprennent pas ; leur tempérament y est absolument réfractaire, elles leur semblent moins des blasphèmes que des non-sens et des absurdités. Trois de nos compagnons furent témoins d'un fait bien curieux à cet égard. Ils s'étaient présentés pour visiter une mosquée et le gardien refusait de les laisser passer, prétextant l'heure avancée, l'insuffisance du bakchich offert, lorsque l'un des trois qui savait quelques mots d'arabe se redresse, s'avance et avec un accent d'imperturbable conviction lance à la face du musulman interdit les mots fameux : « Allah il Allah, Mohammed raz oul Allah ! Dieu est Dieu et Mahommed son prophète ! » La phrase magique eut un effet soudain. Devant cette figure divine subitement évoquée sous ses yeux par la plus sacrée des formules, il s'écarte et leur permet d'entrer. Aucune idée ne leur est plus familière que l'idée de Dieu. Elle les domine, les enveloppe, remplit toutes les avenues de leurs pensées et de leurs rêves. Comme ils vivent plutôt par les sens que par l'esprit, peut-être quelque scorie matérialiste s'y allie-t-elle. En tout cas ils sont saisis au vif par le sentiment de la présence universelle de

Dieu et surtout de son incommunicable grandeur.
Ce sont d'intransigeants monothéistes, ils le sont
jusqu'à la frénésie. Pour rendre dans toute son énergie le mot « Allah il Allah » on devrait traduire il
n'y a pas d'autre Dieu que Dieu ! Et cette mentalité religieuse ne résulte pas d'un raisonnement
chez eux. Elle s'explique d'abord par les péné-
trantes impressions, que produit sur ces imaginations jeunes et fraîches les spectacles grandioses
de la nature au sein de laquelle ils vivent et à
laquelle leur existence reste intimement mêlée.
Le jour l'image de Dieu se révèle à eux à travers
les perspectives embrasées du désert, parmi l'é-
tincellement des sables, ou bien dans les miroi-
tements des flots; la nuit ils la retrouvent, à la
faveur de la clarté douce et du silence infini, que
verse dans leur ciel vibrant d'étoiles, le croissant
de la lune mystérieuse.

Une telle mentalité enfin est entretenue par
l'espèce de suggestion hypnotique, que détermine
l'incessante et automatique répétition des mêmes
paroles et des mêmes actes.

Or continuellement ils ont à la bouche les mêmes mots : « Allah est Allah ! »

Continuellement on les voit remuer nerveuse-
ment entre leurs doigts une sorte de chapelet, et
à mesure que les grains passent la litanie des at-
tributs de Dieu défile sur leurs lèvres : « Dieu est
juste, Dieu est saint, Dieu est bon. » A chaque

fois que le muezzin les y invite, ils s'agenouillent le visage tourné du côté de La Mecque et prient. Dans leurs mosquées ils restent d'interminables heures accroupis sur leurs talons, à réciter des pages du Coran, tandis que leur corps est agité d'un monotone et perpétuel balancement, qui doit ajouter encore à l'obsession produite. Et sans doute rien de plus légitime et de plus nécessaire que ces moyens extérieurs, employés par l'homme, afin de fixer en lui la représentation de l'invisible et d'empêcher qu'elle ne s'évapore, sous la pression des réalités matérielles qui nous enserrent; car nous ne sommes pas de purs esprits et pour atteindre l'âme il faut frapper les sens. Ce serait donc très bien si après avoir proclamé que « Dieu est Dieu », les musulmans n'ajoutaient pas que Mahomet est son prophète. En effet la seule intervention de cet homme dans leurs relations avec Dieu fausse et pervertit le sentiment religieux, de telle façon qu'il ne manifeste plus chez eux la vertu moralisatrice, dont il s'accompagne quand il est pur. Mahomet! Quel problème ce nom soulève dans l'histoire! Ce fut peut-être la plus extraordinaire puissance humaine, mais une puissance de mort et l'une des plus terribles personnifications du génie du mal. Attila et les autres « fléaux de Dieu » ne causaient que des ruines matérielles. Son action meurtrière, à lui, s'est attaquée aux âmes pour les ravager. Et quand on mesure l'éten-

duc de l'œuvre de destruction qu'il a accomplie,
c'est le cas de répéter le mot de M. Jules Lemaître,
à propos d'un autre bien moins redoutable et bien
moins malfaisant que lui : « On ne peut se défendre d'une horreur sacrée, au sens latin ! »

Assurément cette formidable énigme est aussi
impénétrable que les vues de la Providence qui
l'a posée devant nous. On peut dire cependant que
Mahomet, comme tous les hommes favorisés de
la fortune, a eu la chance de naître à son heure.
Il parut au moment où les échos de la prédication
évangélique retentissant au fond de l'Arabie avaient
ébranlé sur leur socle les vieilles idoles nationales, au moment où l'âme de ses compatriotes dé-
sabusée du fétichisme qui lui avait suffi jusqu'alors
cherchait un refuge dans une religion plus élevée.
Il fut donc comme la conscience dans laquelle se
précisèrent les vœux confus de la nation entière,
il fut la voix éloquente dans laquelle s'exprimè-
rent les désirs qui travaillaient obscurément en
elle, mais qu'elle était impuissante à articuler.
Son habileté a été de comprendre et de diriger
ces aspirations, son crime de vouloir les faire servir à son profit. Ces multitudes qu'il avait mieux
que personne le don de soulever et d'entraîner,
s'il les avait conduites au pied de la croix, elles y
eussent trouver la lumière qu'elles cherchaient
et la vertu régénératrice dont elles avaient besoin ;
et il aurait été le bienfaiteur et le libérateur de

son pays. Mais à l'intérêt de ceux qui l'avaient proclamé leur chef, il préféra les satisfactions de son égoïsme et de son ambition ; et, comme les étonnantes facultés dont il était doué lui interdisaient d'être un ambitieux vulgaire, il devint la perdition de ceux qui le suivirent.

Deux moyens l'aidèrent dans l'accomplissement de son œuvre néfaste. Remarquons d'abord que les races sémitiques ont été le centre d'où sont partis les grands mouvements religieux qui ont remué le monde. Or, bien loin de renier le glorieux passé dont s'enorgueillissent les peuples auxquels il appartient, Mahomet s'en réclame, il le revendique, il s'en prétend le seul héritier légitime. Le puissant courant de traditions qui a sa source dans leur lointaine histoire, au lieu de le submerger, le portera ainsi au pinacle. Cette tradition du reste, il entend qu'elle s'absorbe, qu'elle s'achève, qu'elle se consomme en lui. Le livre aux sept sceaux, qui contient les révélations divines et qui commence à Moïse pour se poursuivre jusqu'aux Apôtres, à travers la lignée des voyants d'Israël, se fermera avec lui. Les Patriarches, les Prophètes, le Christ lui-même n'ont fait que préparer sa venue, ils ont parlé de lui, ils ont travaillé pour lui, ils lui ont rendu témoignage ! Il est le Messie annoncé à Abraham, l'ange du Testament prédit par Isaïe, le Paraclet promis par Jésus. De cette façon l'Islam baigne par ses racines dans un fond traditionnel d'une richesse inouïe où il s'alimente ; il se rattache au vieil arbre généalogique commun à toutes les tribus et il y puise une indéfectible vie. C'est couvert de la protection de ces grands souvenirs bibliques que Mahomet se présente. Tous ces rayons des théophanies sémitiques qu'il fait converger sur lui l'entourent d'une auréole, tous ces personnages augustes le précèdent d'un cortège triomphal, tous ces noms illustres et sacrés lui forment un piédestal au sommet duquel il apparaît dans un éblouissement d'apothéose. Il n'est pas surprenant que, chez des hommes portés d'avance à l'illuminisme, une pareille vision ait produit une fascination aussi irrésistible et aussi durable.

Le second moyen de succès qu'il a employé a été de prendre pour complices les vices mêmes de ceux qu'il prétendait réformer. Connaissant admirablement ces peuples, il a su doser dans une formule merveilleusement proportionnée à leurs aspirations et à leurs capacités morales le minimum d'obligations qu'ils peuvent supporter. On a dit que le Coran n'est qu'un plagiat de la Bible. Et rien n'est plus vrai. Mahomet a emprunté en effet à nos Écritures Saintes ses idées métaphysiques sur Dieu, sur l'âme, sur les anges, sur l'origine et la fin du monde, mais il les a déformées, chargées de conceptions matérialistes et de superstitions ineptes. Et puis quelle différence entre le magnifique idéal de justice dont les prophètes s'étaient faits les zélateurs ardents et la morale fataliste, sensualiste, pharisaïque de l'Islam ! S'il est vrai que nous touchions à l'un des secrets du triomphe de Mahomet, nous touchons aussi à l'une des causes qui expliquent l'avilissement de ces peuples.

Au lieu de combattre leur paresse naturelle, leur religion l'autorise et la consacre par le fatalisme qu'elle leur prêche. A quoi bon s'agiter puisque ce qu'Allah a prévu et voulu se réalisera toujours ? Formule désastreuse dont le résultat est de paralyser le travail bienfaisant, l'activité féconde qui sont chez nous les sources vives de la richesse, et de condamner l'Orient musulman à la misère et à l'abjection.

Au lieu de les aider à sortir de leur honteux sensualisme, leur religion les y refoule et les y repousse, d'abord en ne leur offrant même dans le Paradis d'autres récompenses que des jouissances matérielles, et en autorisant la polygamie. Or les conséquences de cette pratique sont déplorables. Elle ruine la famille et par contre-coup la société, et elle maintient la femme dans un état de dégradation où elle n'est plus que l'esclave, la victime, le jouet de l'homme. Plus d'intimité vraie, plus de confiance réciproque entre deux êtres placés sur deux plans aussi inégaux, l'un ayant tous les privilèges, l'autre toutes les servitudes. Le Christia-

5.

nisme avait réhabilité et ennobli la femme. Suivant la belle expression du poète, « il avait mis sur son front l'étoile du matin » ; il en avait fait une créature de pureté et de délicatesse, un ange de bonté, de tendresse, d'inépuisable dévouement ; il avait ouvert devant elle des horizons de lumière ; il lui avait permis d'atteindre l'homme dans son ascension vers le vrai, le beau, le bien, de s'élever aussi haut que lui par la science, par l'art, par la pensée, de le dépasser même par la vertu. Elle devait être ainsi la confidente de ses desseins, la compagne assidue et l'auxiliaire active de ses labeurs, l'inspiratrice de ses ouvrages, et la famille s'établissait dans cette communion de deux âmes au même idéal. L'Islamisme ravale la femme au niveau de la brute sensuelle, il en fait un être de boue. Toute préoccupation intellectuelle et morale lui est interdite, toute tendance vers la pensée, la conscience, la liberté d'esprit, vers une vie supérieure enfin, est impitoyablement refrénée. Leurs pauvres intelligences sont ensevelies dans des caves obscures, dont on a soigneusement bouché les soupiraux et où elles s'étiolent loin du jour. On raconte que certaines peuplades sauvages se livrent à l'abominable pratique d'enterrer des malheureux tout vivants, afin de leur faire savourer d'avance l'horreur du tombeau. Ce sont des tortures semblables qui sont infligées à ces âmes. Mais cet attentat contre les droits les

plus essentiels, cette entreprise systématiquement
organisée pour l'abolition de la personnalité humaine, n'est-ce pas le pire des forfaits ? Or voilà
le crime de l'Islam. M. Pierre Loti prétend dans un
livre célèbre que parfois cependant, au moins
dans les hautes régions de la société, quelques
bouffées de notre air occidental et chrétien pénètre à travers les grilles, derrière lesquelles une
surveillance étroite et jalouse relègue les femmes
musulmanes, et l'illustre écrivain nous dépeint
les angoisses dont elles souffrent en prenant ainsi
conscience de leur déchéance. Le jour viendra-
t-il où elles posséderont cette noble et sainte liberté des enfants de Dieu que le Christ a appor-
tée à toute créature ? Il faudrait pour cela que
l'infiltration évangélique, minant peu à peu le
terrain de l'Islam, renversât les murs de leurs
geôles. Le travail sera long car ce sol est difficilement perméable à une telle pénétration.

Enfin leur religion les immobilise dans une
correction tout extérieure, toute de parade, derrière laquelle la vraie vertu est absente. A quoi se
réduisent les prescriptions qu'elle leur imposé ?
A faire leur prière quatre ou cinq fois par jour, le
visage tourné vers La Mecque, à observer le ra-
madan, à donner l'hospitalité, à faire l'aumône.
Et c'est tout. La droiture de l'esprit, la sincérité
et la loyauté du cœur, la pureté d'intention, la
perfection intérieure en un mot est chose incon-

nue d'eux. Veut-on savoir jusqu'où ils poussent ce formalisme absurde ? Leur prière doit
être précédée d'une ablution, mais quand ils n'ont
pas d'eau le sable peut suppléer. Il leur est défendu les jours de jeûne de manger avant le coucher du soleil, mais les orgies et les débauches de
la nuit sont permises. Malgré soi on se rappelle
les anathèmes que l'Évangile prononce contre ce
pharisaïsme vain, dans lequel toute vie morale est
desséchée. « Épi vide, paille inutile et destinée
au feu ! »

Que l'on compare maintenant avec le Christianisme. L'idéal moral qu'il nous propose est le
plus sublime qui se puisse concevoir, puisqu'il va
le prendre au-dessus de nos contingences, de nos
faiblesses, de nos laideurs, dans l'éternelle et immuable Beauté de Dieu. « Soyez parfaits comme votre Père céleste est parfait ! » Etre parfaits comme
Dieu, premièrement en éliminant par la mortification tous les éléments de mort qui gênent chez
nous l'épanouissement de la vie totale, notre
égoïsme qui l'étouffe, notre vanité qui la diminue,
nos convoitises qui la souillent ; être parfaits comme
Dieu en imprimant autant que possible à la réalité
finie que nous sommes la forme de l'infini, en
nous fixant dans le bien, en montant chaque jour
dans la vérité et dans l'amour, en faisant rayonner autour de nous sur nos semblables la bonté,
la pitié, la charité, voilà le programme chrétien !

Encore une fois qu'on le mette en parallèle avec
le programme musulman, et on aura vite fait de
se persuader, qu'en dépit des déclamations de tous
les Homais modernes sur l'équivalence des religions, l'Islamisme demeure irrémédiablement
voué à n'être que la religion d'une civilisation in-
férieure.

La soirée est remplie par l'ascension du mont
Pagus. La distance étant considérable, le trajet se
fait en voiture, sur les pentes rapides et glissantes,
par des ruelles tortueuses, montueuses, défoncées, au galop des chevaux. De toutes parts on entend des cris d'effroi. C'est miracle en effet qu'aucun accident n'arrive. Mais ces admirables petits
chevaux arabes, si nerveux qu'ils sont agités d'un
frémissement continuel, si ardents qu'il semble
que dans leur sang pétillent des étincelles, sont
les bêtes les plus étonnantes du monde. Avec toute
l'adresse de leurs jambes grêles et agiles, avec
toute la vigueur de leurs sabots munis d'une plaque de fer qui recouvre entièrement la plante du
pied, ils s'accrochent solidement aux rochers et s'y
cramponnent. D'ailleurs les bandits qui nous con-
duisent sont les dignes rivaux des pirates que
nous avions rencontrés le matin. Autant ceux-ci
s'étaient montrés intrépides matelots, autant ceux-
là se révèlent habiles cochers. Tout en faisant
claquer leur fouet avec des airs de folle bravade,
et tout en raillant nos épouvantes avec l'éclat de

longues dents blanches, ils ont l'œil et savent conduire. Les roues craquent, les voitures se disloquent, enfin à travers tant de secousses, tant de soubresauts, tant de cahots, nous parvenons au cimetière turc. C'est un des coins les plus délicieux de ce beau paysage; les âmes éprises de mélancolie ne manquent pas d'en ressentir le charme et se plaisent à y rêver. Les grands cyprès qui l'ombragent bercent de leurs murmures le long sommeil des morts. Des stèles de marbre taillées en rectangle, sans autre ornementation que le dessin élégant des lettres des épitaphes, indiquent la place des tombes. La mort revêt aux yeux de ces croyants un aspect consolant, presque suave. Voici une inscription recueillie sur le tombeau d'une jeune fille : « C'est une abeille qui a abandonné les fleurs de nos parterres pour aller butiner dans les jardins du ciel ! » Et toutes sont aussi gracieuses. Enfin après avoir suivi cent détours, après avoir risqué mille fois d'être jetés à terre, nous atteignons le sommet du Pagus. Nous visitons les ruines d'une immense construction féodale, datant des croisades. Mais ce qui attire surtout c'est le panorama qui s'étale ; devant nous la mer retentissante ; les brises qui s'élèvent nous apportent les chants qui courent sur ses grèves, de loin on dirait une plainte immense et désolée faite des gémissements, des sanglots et des râles de ceux qu'elle a engloutis. Sur cette vaste surface où la

lumière se joue, les tons se dégradent, depuis le
bleu intense du rivage jusqu'au vert, jusqu'au
glauque qui se perd dans l'indécision des brumes.
Derrière nous la vallée fleurie du Mélès, sur les
bords duquel les habitants de Smyrne s'imaginent
voir errer un reflet de la gloire d'Homère. On
sait en effet que leur orgueil national dispute à
plusieurs autres villes l'honneur d'être la patrie
du grand poète, et notre guide nous montre au pied
de la colline le lieu présumé de sa naissance. Pendant que nous suivons du regard le cours sinueux
du Mélès, notre pensée s'enfuit vers Ephèse qui
est là-bas, au delà de ces arrière-fonds de verdure;
Ephèse autrefois la ville de la grande Diane !
Mais les souvenirs chrétiens ont là comme ailleurs
effacé les souvenirs païens, et dans la mémoire
des peuples Ephèse n'est plus que la ville de
saint Paul et de saint Jean, la ville du Concile
qui définit la maternité divine de la Très Sainte
Vierge. Elle est réduite aujourd'hui à un amas
de ruines qu'entourent des gourbis arabes et que
nous ne pourrons même pas entrevoir de loin.

En redescendant du Pagus nous nous arrêtons
à mi-côte, sur l'emplacement traditionnel du
martyre de saint Polycarpe. Nous nous sentons
impressionnés comme si ce nom touchait en
nous quelque fibre profonde. Un lien de parenté
rattache en effet cette terre à notre France lointaine. Saint Irénée de Lyon était disciple de

l'Évêque de Smyrne, de même que ce dernier l'était de saint Jean. C'est donc de cette région éclairée et régénérée la première par l'aurore du Christianisme naissant et la grâce du baptême, que nous sont venus la lumière et le salut. Mais quel contraste entre la magnificence de son passé et son état actuel! C'est d'ici que sont partis les grands apôtres! C'est ici qu'ont brillé ainsi que des flambeaux ces génies fameux, les Basile, les Chrysostome, les Origène, les Cyrille, les Athanase, et tant d'autres! Toutes ces villes Smyrne, Edesse, Antioche, Ephèse, Alexandrie, étaient alors des foyers d'activité intellectuelle, et des centres de prospérité matérielle par conséquent. Elles se meurent aujourd'hui d'ignorance et d'indigence, ensevelies sous la cendre de leur splendeur éteinte. Que s'est-il produit? Le vent brûlant de l'Islam, semblable à ce simoun embrasé qui souffle du désert, à ce « kamsin » comme l'appellent les Turcs, a soufflé sur elles et a tari la vie que l'Évangile y entretenait. Notre civilisation occidentale aurait eu sans doute le même sort, si le cyclone dévastateur, après avoir ravagé l'Espagne, n'eût été repoussé à coups d'épée dans les plaines de Poitiers, par les troupes de Charles Martel. Un autre fléau, mais un fléau du même genre, l'antichristianisme sous la forme qu'il revêt aujourd'hui, la menace encore. Les leçons que nous donne l'histoire de l'Orient ne permet-

tent pas de douter que, si la religion chrétienne
venait à disparaître de chez nous, ce serait le retour à l'état barbare. La civilisation en effet ne
résulte pas des progrès industriels ni des conquêtes scientifiques, elle repose sur les grandes idées
de justice et de charité, dont ni la nature ni la
science ne nous instruisent, mais que le Christianisme nous enseigne et que seul il est capable de
faire prévaloir.

Tandis que ces pensées nous absorbent nous
nous dirigeons vers le port pour reprendre la mer.
Quel rôle singulier elle a eu elle aussi dans l'histoire du monde, cette admirable Méditerranée!
Quelle loi providentielle a voulu qu'elle fût ainsi
mêlée aux destinées de l'humanité? C'est sur les
rives ensoleillées de sa côte orientale que la civilisation est éclose, et ses flots furent chargés ensuite d'en porter le germe sur les plages qu'ils
baignent; de telle façon que les pays éloignés
ne l'ont reçue que beaucoup plus tard... A mesure que le bateau avance la vue s'étend, l'ensemble de la baie de Smyrne se dégage. Elle
est superbe cette baie, elle vaut celle de Naples,
elle est plus vaste peut-être. La large bande
noirâtre des cyprès du Pagus projette sur tout
ce paysage une teinte sombre; mais bientôt le
soleil qui baisse allume dans leurs branches
des torches, qui crépitent avec des flamboiements
rouges. Quelques minutes plus tard le continent

asiatique a disparu. Nous longeons Mytilène l'antique Lesbos, Lemnos séjour de Vulcain et des
Cyclopes, Ténédos favorable aux complots ténébreux depuis que les Grecs s'y réfugièrent une
nuit pour s'emparer de Troie. Puis le vent du
soir nous pousse dans le long et étroit couloir
des Dardanelles, nous voguons vers Constantinople.

DE CONSTANTINOPLE A TIBÉRIADE

Le jeudi 18 avril, à notre réveil nous entrons
dans la Marmara. La mer ici change de nuance,
elle est d'un bleu plus tendre presque vert. C'est
à peine si un souffle léger en ride la surface, le
bateau glisse comme sur un miroir. Vers 2 heures
de l'après-midi ceux de nos compagnons qui sont
munis de jumelles annoncent Constantinople.
Tout le monde est debout dans l'attente de l'apparition. Tant de fois on nous a vanté ce spectacle
que Chateaubriand, dont personne ne conteste le
sens esthétique, a placé au premier rang des beautés naturelles qu'il est donné à l'homme de contempler ici-bas ! Nous ne sommes pas déçus. Dans
tout notre voyage nous n'avons rien vu qui égale
la richesse et magnificence du panorama qui se
découvre. En face, au premier plan, les îles des
Princes, séjour de rêve où l'imagination enchantée
voudrait s'arrêter ; à droite Scutari qui profile
le long de la côte asiatique la ligne blanche de ses
maisons ; devant nous d'un côté les Eaux douces
d'Europe et de la Corne d'or, délicieux caprice de

la Marmara qui, semblable à une pointe de métal aux mille reflets, s'enfonce en se tordant dans les terres ; de l'autre les Eaux douces d'Asie et le Bosphore, éblouissante nappe d'azur, que les jeux du soleil nous montrent tour à tour sablée d'or et lamée d'argent. Dans ce décor incomparable, au milieu de ce cadre de féerie, Constantinople se présente enveloppée de splendeur, le front couronné d'un diadème de lumière, avec, sous les pieds, l'immense tapis mouvant des flots, que les feux du crépuscule ornent de pierreries étincelantes. Elle est assise entre l'Orient et l'Occident, majestueuse souveraine des deux mondes. C'est une position unique en effet, destinée dans les desseins de la Providence à commander l'un et l'autre continent. Qui la possède a la clef de l'Europe et de l'Asie, il n'est donc pas surprenant que les grandes nations qui songent à l'empire universel se la disputent. La ville occupe une superficie capable de contenir cinq millions d'habitants, elle envahit et déborde tout l'horizon. Insensiblement nous approchons et les détails se précisent. Nous distinguons les dentelles de marbre des palais du sultan, les énormes coupoles des mosquées et ces fines aiguilles des minarets, véritables merveilles de grâce légère et de svelte élégance, chef-d'œuvre de l'architecture arabe. Les uns s'élèvent lentement à travers les détours d'une spirale délicatement ciselée et ajourée, les autres s'élancent d'un seul jet, comme des

Constantinople vue de la Marmara.

tiges frêles et lisses, qui s'évasent au sommet en
une balustrade, autour de laquelle tourne le
muezzin, quand il appelle les fidèles à la prière.
Çà et là, sur ce fond de paysage noyé de clarté se
découpent des taches plus sombres, ce sont des
cyprès qui indiquent les cimetières. On reconnaît
le plus vaste, celui d'Eyoub, si plein de silence,
d'ombre, d'oubli, si imprégné de poésie intime
et pénétrante, et que depuis P. Loti les amateurs
d'impressions mélancoliques ne manquent pas
de visiter. Les cimetières sont placés dans les
villes mêmes, ils servent aux vivants comme de
caravansérail, où ils viennent se reposer des agitations de la vie dans la pensée et le recueillement
de la mort. Cette pensée est familière à l'oriental
indolent et fataliste, pour qui l'effort de vivre est
une fatigue. Il y trouve une amollissante douceur,
un charme rassérénant et apaisant.

Nous débarquons au milieu d'un tumulte indescriptible. Ce sont des agents de police fouaillant
à coups de cravache des Arabes aux mines et aux
intentions suspectes, lesquels s'enfuient en criant;
ce sont des mendiants qui gémissent, qui brament,
qui lèvent les bras au ciel avec de grands gestes
éplorés ; ce sont des marchands qui cent fois rebu-
tés ne cessent de vous harceler de leurs bibelots ;
ce sont des hommes de peine qui portent sur leur
échine, de tout l'effort de leurs cous robustes
dont les veines se gonflent, d'énormes entasse-

ments de malles et de valises attachées par des
cordes qui viennent se nouer en avant sur leur
front dur et plissé. Et tous ces gens s'injurient,
se bousculent, se menacent comme s'ils étaient
toujours au paroxysme de la fureur. On voudrait
se dégager de cette foule ; impossible, on y est
perdu, noyé, elle vous ballotte dans ses remous.
Nous parvenons enfin à faire une trouée à la force
des coudes et à nous frayer un passage jusqu'au
bureau, où nos passeports seront une fois de plus
estampillés et visés. Cette manie protocolaire sévit
dans la capitale de l'Empire turc, avec plus d'intensité encore que dans les villes de province. Et
les employés ne se pressent pas ! Tranquillement
assis derrière les grilles de leurs guichets, ils
assistent avec calme à nos impatiences et à nos
invectives. Il n'est même pas défendu de croire
qu'ils éprouvent quelque plaisir à savourer ainsi
l'orgueilleuse conscience de leur force et à nous
laisser nous énerver dans ce piétinement sur
place. Ce sont d'ailleurs des messieurs très bien.
Beaucoup portent correctement le binocle, ce qui
est tout ensemble la marque indéniable de leur
supériorité sur le reste de leurs compatriotes et
la preuve manifeste de l'évidente bonne volonté
qu'ils mettent à s'européaniser. Mais soudain une
formidable poussée se produit dans nos rangs, les
digues sont rompues et le flot fait irruption au
dehors. Que s'est-il passé ? Certains indiscrets

chuchotent que le directeur du pèlerinage pour
en finir avec ces interminables formalités, qui
prélèvent sur notre temps déjà si mesuré un tribut vraiment trop considérable, aurait offert un
gros bakchich et obtenu ainsi que la consigne
cédât. Et ceci n'est pas absolument couleur locale,
car on trouve l'équivalent chez nous.

Hélas, nous aurions dû nous contenter de contempler de loin Constantinople ! Nous aurions
gardé intacte l'idéale vision de beauté qui s'était
formée en nous, tandis qu'elle s'est déflorée au
contact de la réalité. Les rues sont sales, de distance en distance s'amoncellent des tas de balayu-
res, auprès desquels des groupes de cinq ou six
chiens sont couchés et dorment. Rien ne les dé-
range, c'est aux voitures et aux promeneurs à
s'écarter. Ces animaux sont une des curiosités de
Constantinople. Ils appartiennent à une espèce voisine du renard, ils sont de petite taille, ils ont
le pelage fauve et le museau allongé. Très doux
d'ailleurs, ils n'ont jamais essayé de mordre qui
que ce soit. Ils vivent des détritus que personne
n'enlève. Ils occupent ainsi une place importante
parmi les fonctionnaires de la grande ville, ce
sont eux qui sont chargés du service public de
la voirie.

Dans toutes les villes d'Orient, on est offensé du
contraste qui s'accuse entre tant d'opulence et
tant de délâbrement, mais nulle part l'antithèse

n'est plus insolente, ni plus violente qu'à Constantinople. A côté des palais des pachas et de ceux du Sultan étalant superbement leurs façades sculptées avec un fini irréprochable, véritables bijoux d'une architecture aux grâces un peu languissantes et maniérées, mais si charmante pourtant, et révélatrice chez l'élite cultivée de cette race d'un goût très vif pour l'art et d'un sens affiné de la beauté ; le peuple loge dans des masures en bois où chaque nuit des incendies éclatent, ce qui complique encore la besogne des chiens, car ils ont mission d'avertir.

Nous avons le temps pendant la soirée de circuler à travers les principales artères des trois grands quartiers, Galata la ville grecque, Péra la ville européenne, Stamboul la ville turque ; et nous rentrons par le fameux pont de la Corne d'Or. Quelle misère ! un vulgaire plancher de bois tout disjoint, supporté par des madriers disposés en croix de Saint-André qui eux-mêmes ne se soutiennent qu'en grinçant comme si la seule force de l'habitude les maintenait en équilibre. L'administration turque ne sait rien embellir, rien entretenir, rien restaurer, et l'on se prend à regretter que cette situation incomparable ne soit pas entre les mains d'une nation jeune, intelligente, active, capable d'utiliser et d'exploiter les ressources infinies qu'elle recèle.

Nous rentrons au bateau pour dîner et coucher

La nuit se passe sans que nous soyons trop en-
nuyés par les aboiements des chiens, qui rôdent
sur le quai. A peine sortis du sommeil nous nous
sentons repris par la hantise et l'irrésistible séduction de cette ville étrange. Nous déjeunons
avec une hâte fiévreuse, et nous voilà hors du
bateau. C'était à cette heure d'apaisement et de
recueillement, qui, dans la calme fraîcheur du
matin, suit le premier éveil. La grande ville sem-
blait se livrer à nos observations. Quelques minutes plus tard, elle allait se dissiper dans les
bruits du jour. Constantinople n'est ni une ville
de commerce comme Marseille, ni une ville d'industrie comme Lyon, ni une ville de pensée
comme Paris, ni une ville d'art comme Rome
ou Florence, ni un centre religieux comme Jérusalem ou La Mecque, elle est une ville d'intrigues et de jouissances... Et ce n'est pas non plus
l'exubérante gaieté de Naples qu'on y rencontre,
c'est quelque chose de plus secret, de plus profond, de plus violent qui ne peut se définir qu'à
l'aide de l'influence persistante de sa vieille
histoire. Un mot la dévoile et la caractérise, elle
a gardé son âme byzantine. Et c'est elle qui continue d'imprimer aux idées, aux habitudes, aux
manières, aux mœurs, à la corruption même, une
forme particulière de raffinement, de recherche ;
il faudrait ajouter d'élégance souple, capricieuse et
traîtresse, qui rappelle à la fois le félin et le reptile

6

et qu'on ne retrouve nulle part ailleurs. L'invasion turque l'a recouverte, elle ne l'a pas absorbée. N'est-ce pas elle en effet qui survit dans cette race des Levantins aux regards brûlants et perfides, à laquelle appartiennent tant de familles de Constantinople ?

Après une demi-heure de marche le guide nous arrête : « Sainte-Sophie ! » s'écrie-t-il..... Sainte-Sophie cela ?... Cette masse lourdement et gauchement accroupie ? Le mot de Renan nous revient à la mémoire, « un amas de platras ! » C'est bien en effet l'impression que donne le monument vu du dehors, l'architecte n'a pas su le présenter de l'extérieur. Tout est subordonné à l'intérieur, il faut donc entrer. Chacun sait que l'accès des mosquées, pour nous surtout qui sommes des infidèles, comporte d'inévitables formalités : « Quitte ta chaussure, disait Dieu à Moïse dans la vision de l'Horeb, car la terre où tu marches est une terre sainte ! » Cette parole, que les musulmans ont retenue, semble leur avoir dicté les formes de la politesse et du respect. Elles consistent en Orient à avoir la tête couverte et les pieds nus. Comme on n'ose pas cependant nous demander de nous déchausser, on nous force à prendre par-dessus nos souliers des babouches, sorte de pantoufles en cuir sans talons qui, devant servir à tout le monde, ne vont naturellement à personne, et qui nous obligent à marcher en traînant les pieds. C'est très

peu commode, mais l'essentiel est que nous
soyons isolés du sol sacré et qu'il ne soit pas
souillé par un contact profane. Aussi faut-il être
bien attentif à ne pas les quitter, le fanatisme musulman s'effaroucherait peut-être, du reste ceux
qui nous accompagnent nous surveillent de près
et ne manquent pas de nous avertir à la première
alarme !

Nous nous engageons dans des couloirs longs
comme des nefs de cathédrales et nous arrivons
enfin au seuil du temple. Nous avançons lentement, comme interdits par l'impression religieuse
qui nous envahit. A mesure que nous pénétrons,
un premier ciel se découvre au-dessus de nos têtes,
puis un second plus haut et plus vaste, puis un
troisième plus élevé et plus spacieux encore. Nous
sommes au centre de l'édifice. Alors nous apparaît
l'économie de cette conception architecturale d'un
effet si merveilleux et d'un art si grand. Qu'on
s'imagine une coupole supportée par quatre piliers
qui sont des coupoles, lesquels sont à leur tour
supportées par huit piliers qui sont des coupoles.
Forcément une pareille construction ressemblera
du dehors à une énorme conque renversée, et l'on
comprend que la formidable poussée des voûtes,
se répercutant surtout le trajet des murs, ait né-
cessité les contreforts et les arcs-boutants dont on
l'a surchargée. Toutefois on aurait voulu moins
de pesanteur, plus d'aisance et de finesse dans

l'allure, plus d'élégance et d'agilité dans les mouvements. Le problème était difficile sans doute, mais nos architectes gothiques ont dû en rencontrer de semblables et ils ont su les résoudre. Il est vrai qu'ils ont eu le temps, leur art a vécu du douzième au quinzième siècle ; tandis que l'art byzantin arrêté dès sa naissance même, dans son développement n'a pas pu se perfectionner. Au dedans, d'ailleurs, le spectacle est magnifique.

Les sensations que l'on éprouve sont très complexes, essayons de les analyser. C'est tout d'abord la sensation de surprise qu'on a en face d'une création. Sainte-Sophie est un genre nouveau, sorti tout entier du cerveau qui l'a conçue. Elle ne se rattache à aucun précédent artistique. Elle ne ressemble ni aux monuments de l'Egypte ni à ceux de la Grèce. Saint-Pierre de Rome est une œuvre composite, où plusieurs éléments se fondent en une synthèse, heureuse peut-être ; mais ce n'est qu'une combinaison, ce n'est pas une création. Certains ont prétendu que l'idée de nos cathédrales avait été suggérée à leurs auteurs par les avenues profondes des bois, s'il est quelque chose dans la nature qui ait servi d'exemplaire à Sainte-Sophie c'est la voûte céleste. Cette superposition de dômes d'une hauteur ample et vaste fait penser en effet à la sphère des cieux.

Ce qui étonne en second lieu c'est l'étendue

immense, mais une étendue régulière et symétrique, qui se révèle immédiatement et qu'aucune autre forme d'architecture ne présente avec ce caractère de netteté et de précision. Le Parthénon est tout en façade il n'a pas d'intérieur, il ne dégage qu'une idée de perfection. Saint-Pierre éblouit par le flamboiement de ses richesses, mais ses dimensions considérables ne frappent pas au premier choc, c'est une impression réflexe plutôt que directe. Nos cathédrales se dérobent aux investigations du regard derrière leurs forêts de colonnes, elles s'échappent en fuites éperdues dans les arrière-fonds obscurs de leurs absides. Sainte-Sophie s'étale tout entière devant nous.

Enfin on est ravi par la splendide unité du plan qui coordonne les parties de cet ensemble ; pas d'excroissances fantaisistes et extravagantes, l'esprit d'ordre qui est une des qualités du tempérament hellénique a présidé à cet arrangement.

Les artistes du reste étaient inspirés et soutenus ici par un idéal sublime dont ils voulaient imprimer la ressemblance sur leur ouvrage. On sait en effet qu'avant d'être une mosquée Sainte-Sophie était une église. Elle fut construite par Justinien, et le beau génie idéaliste et métaphysique des Grecs l'avait dédiée à la Sagesse divine, au Verbe, *Hagia Sophia* !

Hélas la vieille basilique est maintenant désaffectée. Mais quelle diminution elle a dû subir pour

6.

devenir musulmane! Devant la défense faite par
Mahomet de représenter des êtres vivants, les
marbres, les incrustations de métal, les admirables mosaïques surtout qui, dans un ruissellement de pierreries, reproduisaient sur les parois
des murs les grandes figures chrétiennes, ont
disparu sous un badigeon jaunâtre, à travers
lequel le passant croit entrevoir par endroits
le visage ovale des Vierges. Des quatre grands
chérubins qui se dessinaient aux coins de la rotonde centrale, seules les ailes ont trouvé grâce ;
les têtes sont remplacées par des étoiles. S'il est
exact de dire que le vrai et le beau se touchent et
se tiennent au point de n'être que deux aspects
d'une même chose, cette conspiration contre la
beauté ne dénonce-t-elle pas l'essentielle et irré-
médiable erreur de l'Islamisme? En face de la tribune où les Empereurs de Byzance, accompagnés
de leur cour somptueuse, assistaient à l'office
divin, s'élève la tribune réservée au Sultan, également abandonnées l'une et l'autre.

Sous ces voûtes où l'éloquence des « Bouches
d'or » répandait à longs flots les trésors de la doctrine évangélique devant des foules avides de la
recueillir, des imans accroupis sur leurs talons
débitent d'une voix nasillarde la fausse mon-
naie du Coran à de petits groupes d'élèves dis-
traits.

Adossée à la muraille, leur prétendue « chaire

de vérité » se dresse, arborant sur ses rampes le
symbole de la conquête, le drapeau vert que les
musulmans déploient avec orgueil dans toutes les
églises qu'ils ont prises et transformées en mosquées, mais si quelque hazzab ou quelque mufti
en monte les degrés, ce n'est que pour en faire
descendre des formules creuses, des sentences
vaines, au lieu de ces enseignements qui sont le
le pain et le vin des âmes, au lieu de ces paroles
qui sont « esprit et vie ! »

Les cérémonies liturgiques dont la magnificence
remplissait autrefois la superbe enceinte ne s'y
déroulent plus. Les échos de ces coupoles ont dé-
sappris les belles hymnes d'autrefois, elles n'entendent plus que le murmure monotone de ces
hommes et de ces femmes qui, assis ou agenouillés,
dévident le moulinet de leurs prières sans fin, tout
en se balançant, comme si leur corps était mu par
un perpétuel mouvement d'horlogerie.

L'axe même du monument a été violemment
dévié. Il était primitivement dirigé vers Jérusalem,
conformément aux rites du culte nouveau il a
fallu l'orienter du côté de La Mecque. La disposition des tapis et des lampes, tout l'aménagement
intérieur de la mosquée en fut modifié, de façon
qu'elle a l'air de tourner. Cependant l'empreinte
chrétienne était tellement profonde qu'elle demeure encore çà et là visible. Elle se montre en
particulier dans les croix byzantines qui sont gra-

vées sur les boiseries de cèdre et qui ont échappé
à la rage du vainqueur.

L'heure sonnera-t-elle où le progrès pacifique
de la civilisation chrétienne, achevant en Europe
au moins la déroute de l'Islam, ramènera la
vieille basilique à sa destination primitive ? Entre
autres raisons une légende qui circule là-bas
permet de l'espérer. On montre à Sainte-Sophie la
porte par laquelle s'enfuit, laissant le sacrifice
inachevé, le prêtre qui officiait au moment où
Mahomet II fit son entrée triomphale. Cette porte
est depuis restée irrémédiablement fermée, elle
se rouvrira d'elle-même quand Sainte-Sophie sera
restituée au culte chrétien, afin de faire passer le
prêtre qui viendra terminer sa messe. Ne serait-
ce que pour l'art il faudrait souhaiter que l'édifice
reprit sa physionomie authentique. En attendant
pour la reconstituer on est obligé de se livrer
à un travail d'ailleurs facile d'imagination et de
mémoire.

Sainte-Sophie, étant pour ainsi dire le chef-d'œuvre unique dans lequel se sont épuisées toutes les
ressources de l'art byzantin, a inspiré toute une
partie du Moyen Age et même de la Renaissance.
Chacun connaît les types qui lui ont été emprun-
tés ; ces Christs à la face rigide, vêtus du costume
impérial, portant d'une main le globe terrestre,
et tenant l'autre levée en un geste de bénédiction ;
ces saints immobilisés dans leur pose hiératique

et solennelle, que nous retrouvons, peints avec
des ocres, sur les absides de nos églises romanes,
et dont les vieux moines silencieux, dans le demi-
jour de leurs cloîtres, ornaient patiemment les
pages de leurs missels et de leurs encologes, ont
été copiés là. Sans doute ce ne sont plus ces merveilles de beauté plastique que nous admirions
sur l'Acropole d'Athènes, mais pour les réaliser
Phidias et ses élèves avaient l'admirable sou-
plesse des marbres du Pentélique et de Paros.
Or les artistes byzantins n'étaient pas des sta-
tuaires, ils étaient des décorateurs. Avec leur placage de mosaïques ils ne pouvaient songer à obtenir de pareils résultats. Au surplus ce sont deux
formes d'art différentes, correspondant à deux
intentions opposées. Les premiers voulaient rendre les mouvements et les passions de la vie, les
seconds le caractère immuable et impassible de
l'éternité. Les uns et les autres ont réussi. Ces personnages bibliques serrés dans les plis raides de
leurs robes de pierres précieuses, quelles expressions de fixité étrange et de saisissante majesté ils
prennent en effet, parmi les reflets pâles des ors
mats et vieillis, parmi l'éclat mourant et froid des
émeraudes, des rubis, des saphirs, des topazes,
dont les tons s'éteignent sous la poussière des
siècles ! Et puis quelle incomparable décoration
de ces mosaïques ! On sait le merveilleux parti
qu'en ont tiré les artistes de la Renaissance

italienne et qu'en tirent aujourd'hui nos modernes, mais c'est Sainte-Sophie qui leur a fourni les
premiers modèles et les plus admirables. D'aucuns
aiment mieux la beauté austère et nue de nos
cathédrales gothiques, et certes il est permis
d'avoir une telle préférence, elles sont plus
recueillies et plus pieuses. Pourtant on comprend
aussi la pensée à laquelle ont obéi les artistes
byzantins. Ils se sont dit que le temps des humi-
liations était passé pour le Christ entré par la
résurrection dans sa gloire, et, sur la pauvreté des
murs de l'étable et des parois du sépulcre, ils ont
jeté un voile de magnificence, quelque chose de
la richesse et du faste qui s'étalaient sous leurs
yeux, à la cour de Byzance.

Enfin cette influence s'est fait sentir même en
architecture. Les dômes, qui ornent Saint-Marc de
Venise et Saint-Pierre de Rome, ne sont que des
transformations des coupoles de Sainte-Sophie.

Mais comme ces mosquées sont glacées ! Nous
sommes loin de l'atmosphère attiédie qu'entretient dans nos églises la prière, cette respiration
fervente des âmes ! Et pourtant ces gens qui sont
là prient aussi. Mais il faut croire que les phrases
qu'ils prononcent à grands efforts de mâchoire
sont des formules convenues, officielles, qui sortent de leurs lèvres sans avoir passé par leur
cœur !

Et puis malgré les lustres qui pendent de tou-

tes parts, malgré les tapis étendus sur les dalles,
malgré les groupes de fidèles qui stationnent,
comme ces mosquées sont vides ! Le cœur cher-
che à quoi se prendre, à quoi s'attacher ; il ne
trouve rien, ni tabernacle, ni autel ; le mirrhab
qui le remplace, flanqué de deux cierges aussi
gros que des mâts de navire, indique seulement
la direction de La Mecque. C'est une solitude semblable à celle des déserts, où cette religion est née
et qui restent la véritable patrie de ces peuples ;
une solitude pareille à celle de leurs âmes ! Cette
impression est particulièrement pénible à Sainte-
Sophie. On sent que la vieille basilique est seule
comme une orpheline et comme une veuve...
seule comme une morte ! N'est-elle pas séparée
en effet de sa mère, l'Eglise catholique, dont elle
était une des filles aînées ? N'est-elle pas privée
de son époux divin, le Christ ! N'a-t-elle pas perdu
l'âme qui palpitait en elle ?

Nous descendons à l'Hippodrome, vaste rectangle où se dresse encore le fameux obélisque de
Théodose, et où, parmi les spectacles du cirque et
les courses des chevaux, les factions qui déchi-
raient le sein de Byzance, les Bleus et les Verts, les
Blancs et les Rouges, se livraient d'inexpiables
guerres. C'étaient des querelles à la fois stériles et
sanglantes, puériles et tragiques. Au lieu d'y dé-
battre les intérêts vitaux de la patrie menacée de
toutes parts, on y discutait sur des abstractions,

sur des entités métaphysiques. Ce qui n'empêchait pas que l'enjeu de ces luttes était la tête des chefs de parti, souvent même celle de César-Basileus-Autocrator-Porphyrogénète. Jamais la manie des spéculations transcendantes, des dissertations sur des points d'aiguilles, des déclamations subtiles, embrouillées, équivoquées, alambiquées, quintessenciées, n'avait sévi avec une telle contagion ; et jamais elle n'avait été associée à tant de férocité. Agitation et délire de fièvre, convulsions d'agonie, dans lesquelles la société désorganisée du Bas-Empire attestait son incurable décadence et dépensait ses derniers restes de force et d'activité.

Si l'on voulait se représenter la vieille Byzance, voilà l'endroit le plus propice à cette évocation. Malheureusement le temps nous manque. Toutefois, dans un rapide éclair d'imagination, elle apparaît, ainsi qu'en une vision d'apocalypse, l'Impératrice fastueuse, avec sa majesté théâtrale, sa dignité hautaine et dure, et, par un alliage bizarre, son élégance ondoyante et langoureuse. Ce n'était pas la beauté forte et pure d'Athènes, la chaste beauté du marbre blanc. C'était moins encore la beauté mâle et énergique de Rome dont elle était pourtant l'héritière, cette impérieuse beauté d'un profil de bronze. C'était une beauté parée et troublante. Elle avait la tête ceinte d'un diadème de joyaux, le cou chargé de riches colliers, les mains alourdies d'anneaux précieux, les épaules recouvertes de pourpre. Loin de se montrer, comme Athènes et Rome, éprise d'un noble idéal d'art ou de conquêtes, et armée de vaillance pour l'atteindre, ses yeux brûlaient du feu sombre des mauvais désirs. Tout autour d'elle une foule de courtisans « s'enivraient du vin de ses débauches ». Elle avait reçu le baptême cependant, qui, en la purifiant et en la sanctifiant, aurait dû la rendre immortelle. Elle demeurait marquée du signe de la croix, dont la vertu, en la préservant contre elle-même, aurait dû la préserver contre ses ennemis extérieurs. Mais après le schisme où son cœur s'était égaré, elle n'avait gardé qu'un Christianisme appauvri, amoindri, inefficace, qui la livrait sans défense à la merci de ses propres défaillances et par conséquent des entreprises de l'étranger. Elle est tombée la vieille capitale du Bas-Empire Byzantin, et c'était justice! Mais, chose étrange, elle est tombée pour se relever capitale de Bas-Empire Turc, plus décomposé encore que l'autre. Singulières destinées que celles de cette ville! Son sort est-il donc de n'abriter que des races déchues? On dirait que de la suavité de son ciel, et des agréments de son sol, émane une ivresse voluptueuse, qui détrempe et amollit tous les courages.

Nous arrivons à la mosquée du sultan Akhmed. Elle est construite, de même que toutes les autres,

7

sur le plan de Sainte-Sophie. C'est toujours une
rotonde centrale, émergeant au-dessus d'autres
plus petites, disposées autour d'elle, à la façon des
pétales d'une corolle. Nous pénétrons dans une
vaste cour, entourée d'un portique à colonnes de
granit égyptien. Au milieu s'élève l'inévitable
fontaine dont est muni chaque temple musulman
et qui sert aux ablutions légales. Celle-ci a la
réputation d'être la plus belle de l'Orient. Avec
son toit flanqué de tourelles et surplombant
comme celui d'une pagode chinoise, avec ses façades d'albâtre incrustées de faïences vertes et roses,
avec ses arcades aux pointes ogivales et aux courbes plus qu'hémi-circulaires, avec ses retombées
de voûte en forme de stalactites, qui sont l'une
des plus jolies trouvailles de l'architecture orientale, avec ses découpures et ses ciselures d'un travail si délicat et si fini, elle constitue un pur chef-
d'œuvre de grâce légère et d'exquise coquetterie.

L'intérieur de la mosquée est digne des abords.
Les dimensions sont plus considérables peut-être
qu'à Sainte-Sophie. Le sultan Akhmed avait eu
l'ambition de faire mieux que l'empereur Justinien ; et il voulut que cette supériorité s'accusât
jusque dans le nombre des minarets. Il en a piqué
six autour de sa mosquée, tandis que Sainte-Sophie
n'en possède que quatre. C'est ici le triomphe de
l'arabesque. Les revêtements de faïence qui tapissent les murs en sont recouverts. On connaît la

loi qui interdit aux disciples de Mahomet de représenter des êtres vivants, sous peine d'être obligés,
au jugement dernier, à procurer des âmes à ces
formes qu'ils auraient ainsi créées, dans un esprit
de concurrence déloyale et de rivalité coupable
contre le Créateur. Afin de s'épargner tant d'embarras, les artistes musulmans ont renoncé aux
figures, et avec des moyens d'action si limités, en
tordant et en croisant des lignes, ils ont obtenu les
combinaisons les plus ingénieuses et les plus
imprévues. Leurs principaux motifs décoratifs sont
les lettres arabes, contournées comme de véritables
dessins. Ils reproduisent ainsi des pages entières
du Coran, où nous autres profanes ne distinguons
que d'agréables enjolivures, alors que les fidèles,
outre le plaisir des yeux, y trouvent encore l'ali-
ment de leur intelligence et de leur cœur.

Mais qui ne sent la différence de valeur esthétique qui existe entre ces fantaisies charmantes et
les mosaïques de Sainte-Sophie ? Malgré tous les
efforts des musulmans, leur art est condamné à
une infériorité manifeste. Il manque d'étoffe,
d'ampleur, d'envergure, il est étriqué et il étouffe.
Barrée, serrée, emmaillottée par les textes du
Coran, leur vie se meut dans un horizon trop étroit
et trop bas, pour que les ailes du génie s'y puissent déployer et atteindre aux cimes de l'art vraiment grand.

Et puis c'est toujours la même impression de

vide. Ces mosquées sont des temples, c'est-à-dire
que ceux qui les ont bâties les ont faites pour
servir de résidence à la majesté du Dieu invisible.
Or nulle part sa présence ne s'y révèle. L'âme
ne rencontre pas un point où elle soit sûre de se
trouver en contact avec lui. Les païens avaient
leurs idoles à travers lesquelles ils croyaient communiquer avec la Divinité, l'Eternel se manifestait aux Juifs dans l'arche d'alliance, nous avons
la certitude radieuse que Dieu est, sous une forme
appropriée à notre misère présente, l'hôte fidèle de
nos tabernacles. Ici rien ! Rien que cette chaire
prétentieuse où ils s'imaginent que sa vérité se
fait entendre. Ils n'entrent en communion avec
lui que sous l'espèce de la parole, ils n'ont pas
d'autre sacrement que le Coran. Encore si ces
paroles, comme celles de notre Evangile conte-
naient vraiment son Esprit et son Cœur ! Mais non,
Dieu n'est pas là !

Nous retournons déjeuner au bateau. C'est vendredi aujourd'hui, le dimanche musulman. Il n'y
a du reste rien de commun entre la banalité de ce
jour, pareil en Turquie à tous les autres, et la
poésie de notre dimanche chrétien. Chez nous, là
où il est respecté, c'est vraiment la trêve de Dieu.
La fièvre d'activité qui agite en une trépidation
continuelle les bras des hommes essoufflés et les
rouages des machines haletantes, s'interrompt
tout à coup. L'ouvrier de la ville ou de la campa-

gne peut éponger son front en sueur, s'arracher un
instant à la fumée de l'usine ou à la poussière des
champs et respirer du côté du ciel. Il quitte la
livrée de l'esclavage et revêt l'habit de fête, un
afflux de joie gonfle son cœur, un bonheur semblable à celui que goûtait le premier homme dans
le sentiment de sa royauté sur les choses. Ici les
gens ne travaillent pas plus aujourd'hui qu'hier,
ils sont malpropres aujourd'hui comme hier, ils
fument leur narguilé avec la même indifférence
aujourd'hui qu'hier.

Les rues sont encombrées de soldats qui débou-
chent de toutes les casernes, ils se rendent au
« sélamlich ». Le mot en impose, la cérémonie
est des plus simples. Le Sultan va faire sa prière
dans une mosquée et envoie aux privilégiés qui
ont été admis son salut impérial. L'intérêt ne
consiste que dans le défilé et la parade militaire
dont c'est l'occasion. Tout le monde officiel est
présent ; pachas, vizirs, princes, puis vient la cour
et enfin le Padischa, avec son escorte de janis-
saires et de gardes fidèles, choisis parmi les plus
beaux hommes de l'Empire et vêtus de splendides uniformes en drap bleu clair, chamarré d'or.
Aujourd'hui le public est privé de ce spectacle,
tout se passe derrière les murs d'Yldiz-Kiosh [1], le
Sultan descend à une mosquée attenante à son
palais. Surtout depuis la dernière bombe qui a

1. Ceci est changé depuis la Révolution des Jeunes-Turcs.

été lancée il est très difficile d'avoir la permission d'assister, au Sélamlich, les recommandations des personnages ne suffisent plus, il faut mettre en mouvement jusqu'aux ambassades.

Quelle existence que celle de ce souverain, vivant ainsi emprisonné au fond de son palais, sans oser affronter les rues de sa capitale. La légende s'attache à lui comme à tous les êtres mystérieux, comme elle s'est attachée par exemple à notre Louis XI, avec qui il présente plus d'un trait de ressemblance, dont il a les goûts simples, l'extérieur ratatiné, la mine dissimulée et sournoise, le caractère retors, l'habileté diplomatique, et la cruauté froide, par politique sans doute. On le suppose malfaisant, méchant, bassement soupçonneux. On raconte qu'il est hanté nuit et jour d'affreux cauchemars, qu'il est sans cesse aux prises avec de folles terreurs, qu'il se croit continuellement environné de traîtres et sous la menace d'un attentat, qu'il se défie de tout le monde, qu'il a toujours à portée de sa main un revolver chargé, prêt à tirer sur ses visiteurs, dès qu'ils ont l'air de fouiller dans leurs habits pour y chercher un couteau caché, qu'il change de chambre à coucher chaque soir. En fait il est vrai qu'il est détesté de son peuple autant qu'il en est craint. Isolé du monde extérieur, mal renseigné par son entourage, comment serait-il capable d'administrer son Empire ? Alors les routes ne sont pas réparées, les chemins

de fer qui existent ne sont pas entretenus, d'autres qui seraient nécessaires ne sont pas construits,
les fonctionnaires ne sont pas payés, les agents du
fixe sous prétexte de lever l'impôt rançonnent les
contribuables ; c'est le gâchis, nulle part machine
gouvernementale ne grince de telle façon. Or de
tous ces maux on accuse le Sultan, et en un sens
on a raison puisque lui seul est responsable ! Le
pire est que l'on ne voit pas de remède à cette
situation. La Turquie est moins encore peut-être
que la Russie mûre pour le régime représentatif.
On avait essayé ces années dernières de créer un
Parlement, l'expérience fut tellement désastreuse
qu'au bout de quelques séances le gouvernement
fut obligé de dissoudre l'assemblée. On montre à
l'étranger qui visite Constantinople le palais lé-
gislatif clos et muet[1].

Un Turc, décoré de la légion d'honneur et exhi-
bant avec orgueil le ruban rouge qu'il porte à sa
boutonnière, nous salue aimablement et vient à
nous. Il parle un français correct, il est venu à
Paris et nous en vante les beautés. Nous ne voulons pas être en reste de courtoisie, nous le félici-
tons de la position hors pair de Constantinople,
mais nous nous plaignons de l'indécente malpropreté des rues et de l'ineptie de l'administration
turque. Il reconnaît la légitimité de nos griefs,
seulement il nous demande de faire à la Turquie

1. On sait qu'il a été rouvert ces temps derniers.

un crédit de cent ans, pour lui permettre d'accomplir les réformes et de réaliser les progrès nécessaires. Nous le lui accordons volontiers, tout en songeant à part nous que, si le temps est un facteur indispensable, il ne saurait suffire. Il faudrait changer les mœurs de ce peuple et encore une fois seul le Christianisme aurait la force d'opérer une transformation aussi radicale. Beaucoup d'habitudes et d'usages auxquels ils tiennent et que leur religion sanctionne, la polygamie par exemple, ne sont que les résidus d'un état primitif et nomade qui ne sauraient convenir à un état social plus avancé. Ou ils renonceront à la civilisation, ou ils abandonneront ces coutumes pour en arriver à des pratiques conformes à la morale chrétienne.

En attendant quel scandale et quelle honte pour l'Europe que ce palais d'Yldiz-Kiosh vaste comme une ville, impénétrable comme une forteresse, et destiné à abriter les harems du Sultan ! Quelles ignominies et quelles atrocités sanglantes s'y commettent ! Elles sont étouffées dans le silence et l'ombre de ces hautes murailles, sans qu'il soit possible à l'opinion de s'en émouvoir. Qui dira les empoisonnements, les coups de poignard, qui sont chaque jour l'inévitable conclusion des intrigues qui s'y forment et le dénouement fatal des révolutions qui y éclatent !

Depuis le commencement du dernier siècle les

empiriques de la politique européenne pronosti-
quent la mort prochaine de l' « Homme malade »,
et ce sont eux, qui par le conflit d'ambitions où
leur action se neutralise, prolonge sa lamentable
agonie ! Le parti Jeune-Turc réussira-t-il à galva-
niser ce corps en décomposition ?

Lorsque nous arrivons au bateau il est midi.
En haut d'un minaret voisin un muezzin s'épou-
monne pour appeler les fidèles à la prière, mais
qui donc l'entend ? Sa voix se perd au milieu du
bruit de la grande ville. Une fois de plus nous cons-
tatons l'énorme disproportion, l'antinomie criante
qui existe entre l'Islam et les conditions de la vie
moderne. Et l'adaptation est impossible, car tout
est stéréotypé, solidifié, pétrifié dans l'Islam, on
briserait les moules plutôt que de les modifier !

Le programme de la soirée est rempli par une
promenade en barque sur le Bosphore. Le temps
est clair et gai comme un sourire. Ah ! voilà le
charme indescriptible qui fait de Constantinople
un séjour unique ! Rien en effet n'est comparable
au Bosphore. Il s'étend entre deux rives délicieusement fleuries, où s'épanouissent et se mêlent, en
un ravissant paysage, toutes les richesses de la
végétation de nos régions tempérées et toutes les
opulences de la flore orientale ; des mélèzes, des
cyprès, des bouleaux, des palmiers, des oliviers,
des orangers aux branches desquels la vigne sauvage accroche ses festons gracieux. D'un côté, sur

7.

la rive européenne plus accueillante et plus douce, avec son feuillage plus frais et plus tendre, il est bordé par les palais d'été des ambassades, dont les façades somptueuses se prolongent jusqu'au faubourg de Thérapia ; de l'autre, sur la rive asiatique plus mystérieuse, plus farouche et plus attirante pourtant, sous son vert plus sombre et les teintes plus fauves de son ciel, par la longue file de villas blanches, qui s'égrènent à travers la campagne aux alentours de Scutari. On dirait une immense vasque de marbre enguirlandée de verdure. Le soleil répand des coulées d'or fluide sur ce fond d'un bleu de saphir. Çà et là des caïques aux couleurs voyantes glissent légèrement sur l'onde ; avec leurs voiles triangulaires, ils ressemblent à des libellules voltigeant à fleur d'eau. Ils vont et viennent, portant de vagues fantômes noirs ; ce sont les grandes dames de Constantinople, entièrement enveloppées de leur « tcharkah », qui font leur promenade du soir. Des brises, chargées de parfums capiteux, qui semblent être la respiration embaumée de cette belle nature, nous soufflent au visage. Il y a là une minute inoubliable, où l'irrésistible poésie de cet ensemble pénètre jusqu'à l'âme par les avenues ouvertes des sens et l'enivre.

Nous touchons à l'extrémité du Bosphore, un vent froid nous transit, c'est l'haleine glacée de la mer Noire qui nous arrive, il faut rentrer. La soirée s'avance du reste, et le commandant du « Sénégal » nous avait assigné rendez-vous à cinq heures. Bientôt nous nous retrouvons à bord, et le signal du départ est donné. A mesure que le bateau s'éloigne l'admirable baie se découvre dans sa pleine magnificence ; la Corne d'Or à gauche, le Bosphore à droite, et au milieu, enchantée par l'harmonie de ces flots et resplendissante de leurs scintillements la « Pointe du sérail » sur laquelle s'étage Constantinople. Quel tableau !... Tous les regards se tendent, en une contemplation ardente, afin de fixer et de retenir la vision de suprême beauté qui va s'évanouir. Constantinople se dégage dans la limpidité de l'atmosphère ; on distingue les murs crénelés qui l'entourent, ainsi qu'une forteresse du Moyen Age, les dômes de ses mosquées, les flèches aériennes de ses minarets qui s'élancent toutes droites vers le zénith embrasé, ses palais qui empruntent de la transparence à la mer dont les eaux réfléchissent leurs images et qui, dans le mirage de cet horizon, se muent en des palais de cristal. Le soleil avant de se coucher derrière les hauteurs violacées de San-Stefano lance des fusées, des jets de flamme, qui retombent sur Constantinople et l'inondent de clarté ; la grande ville a l'air de se griser de cette orgie de lumière, tant il est vrai que toutes les impressions revêtent ici cette forme spéciale. Mais insensiblement sa silhouette s'estompe à travers le rideau de vapeurs roses et mauves, qui, de minute en minute, s'as-

sombrit et s'épaissit. Les yeux éblouis s'obstinent
à la chercher toujours ; elle a disparu !

Là-bas à l'Occident des lueurs d'un rouge fumeux
bouillonnent ; on dirait des ruisseaux de sang qui
des flancs de l'astre blessé à mort par quelque
monstre ténébreux coulent abondamment et qui
peu à peu s'engouffrent dans le trou noir de la
nuit sans fond...

Nous avons pris à Constantinople une foule de
Turcs, d'Arabes, de Bédouins, qui vont à Beyrouth.
Ils sont parqués pêle-mêle, hommes, enfants et
femmes, ainsi qu'un troupeau de bétail, sur le
gaillard d'avant, sans cabines ni salles à manger.
Ils mangent et couchent en plein air. Nulle part
le régime n'est moins démocratique qu'en bateau ;
les passagers de première classe ont droit partout,
puis l'espace réservé à ceux de seconde, de troisième, de quatrième, se restreint à mesure que
l'on descend. Ces malheureux sont hors classe, ils
doivent rester nuit et jour cantonnés, ainsi qu'en
de gourbis infects, dans l'étroit couloir qui leur
est assigné. Cet étalage immonde nous fournit un
échantillon de la population crasseuse et pouilleuse
qui remplit l'Orient musulman. Chaque soir les
pauvres gens, sans qu'ils s'en doutent, nous offrent
une curieuse sérénade. Leur prière faite et leur
dîner pris — et quel dîner, quelques figues et
quelques dattes pourries ! — ils chantent de leurs
voix rauques et nasillardes, dans leur langue

gutturale et dure, tout en dansant et en battant
des mains, des airs mélancoliques, qu'on a envie
de comparer à ces gros nuages qui se traînent
à terre pesamment et péniblement. Parfois le
nom sacré d'Allah passe comme une éclaircie à
travers ces soupirs. Est-ce la continuation de leur
prière ? Peut-être ! Elle doit en effet s'exhaler
ainsi, timide et rampante sous le ciel bas de
l'Islam... Mais la plainte est-elle donc le cri naturel de l'âme ? Chose étrange, sans comprendre
ces mélopées nous croyons nous y reconnaître, à
certains moments surtout, tant elles paraissent
sourdre directement de ce fond de tristesse qui est
ce qu'il y a de plus authentique et de plus profondément humain en chacun de nous ! Puis le
silence se fait, tous s'enveloppent dans leurs
amples manteaux blancs rapiécés de morceaux
bruns et rouges et s'étendent pour dormir... Celui
qui, à cette heure avancée de la nuit, s'attarderait
sur le bateau aurait sous les yeux un spectacle
singulier. Ce tas de corps ainsi amoncelés, que le
fanal du beaupré éclaire de sa lueur blafarde et
sinistre, suggère des visions effrayantes et maca-
bres. Bien qu'éveillé on a des cauchemars, on se
croit le seul être vivant, parmi des morts qui
auraient succombé dans une lutte tragique contre
d'invisibles ennemis, et dont les cadavres seraient
couchés là, recouverts de linceuls tachés de sang ;
tandis que le navire lui-même semble un vais-

seau perdu sur un Océan de ténèbres, battu de
toutes parts par les lames qui l'assaillent, aux
prises avec la formidable coalition des forces de
l'abîme, et se débattant en d'impuissants efforts
à la poursuite d'un rivage qui se dérobe toujours.

Mais ces fantômes nés dans l'horreur de la nuit
se dissipent au retour du soleil. Alors, comme ces
statues de Memnon dont l'antiquité nous parle, les
choses se remettent à vibrer joyeusement, dès
qu'elles sont touchées par ses rayons ; la mer, pareille dans l'ombre à une masse de plomb liquide
au bouillonnement noir, reprend, sous les caresses
de cette lumière, sa teinte azurée ; les côtes du
littoral se dessinent, nous nous retrouvons à
Smyrne. Nous sommes au samedi 20 avril.

Beaucoup restent à bord, la plupart cependant
retournent flâner à travers les rues grouillantes et
sales. Cette seconde visite d'ailleurs manque d'intérêt, après l'autre si riche en découvertes imprévues et si fertile en impressions neuves. Et puis
ce n'est qu'une rapide apparition, car le « Sénégal »
doit repartir d'assez bonne heure. Mais nous avons
cette fois encore la chance de contempler, en nous
éloignant, le vaste golfe. Il est éclairé des reflets
rouges du soleil couchant, semblable à un tison
énorme qui fume là-bas dans les nuages, derrière
les cyprès du Pagus.

Le lendemain, dimanche, par un temps superbe,
le pèlerinage peut avoir pour la première fois une

messe solennelle en plein air. A l'extrémité du
pont un autel est dressé, tout le monde y travaille,
pèlerins et matelots. On le pavoise aux couleurs
nationales, on l'orne de plantes vertes et le sacrifice commence. Rien d'émouvant comme cette
cérémonie, si auguste déjà en elle-même, se déroulant dans un tel décor, sous le tabernacle étincelant du ciel, tendu au-dessus de l'immensité
bleue de l'océan et porté par les vagues. Que sont
nos plus prestigieuses cathédrales, en comparaison de ce temple que Dieu lui-même a construit
aux proportions de sa majesté infinie, et que l'éclat
de sa face emplit d'un rayonnement de gloire !
Appelées à l'aide par l'imagination qui défaille, les
grandes paroles bibliques, que nous avons lues
tant de fois et qui sont seules dignes d'être prononcées en face de ce spectacle, parce que Celui-
là seul est capable de le dépeindre qui a été capable de le produire, ces paroles viennent chanter
dans notre pensée : « O Dieu dont le regard sonde
la profondeur des abîmes, Dieu qui planez sur
les ailes des brises, que vous êtes admirable dans
les hauteurs des cieux et dans les soulèvements
des flots ! » Ceux qui ne partagent pas nos croyances, les protestants, les musulmans, les libres-
penseurs, attirés d'abord par la curiosité assistent
respectueusement, l'émotion religieuse les saisit
et les retient. C'est surtout lorsque retentissent les
premières notes du *Credo* qu'elle devient irrésis-

tible : « Je crois en Dieu le Père tout-puissant,
créateur du ciel et de la terre ! » Oh ! l'éloquence
de cette profession de foi, devant ces accablantes
manifestations de la toute-puissante activité créa-
trice !

La mélodie sacrée se poursuit : « Je crois en
Jésus-Christ, son Fils unique, Notre-Seigneur. »
En effet, la vérité expérimentale ou rationnelle
qui se présente à notre intelligence, dans la lumière naturelle de la création, et la vérité religieuse qui se présente à notre Foi, dans la lumière
surnaturelle de la Révélation ne sont que deux
aspects de la même Vérité totale qui en son essence
est une. Le Dieu qui a fait les choses est le même
qui a fait nos cœurs ; et comme à ses yeux la
qualité l'emporte sur la quantité, ni l'océan avec
ses splendeurs, ni le firmament avec ses merveilles, ne valent pour lui la moindre pensée consciente. Si donc il a consenti à sortir de son repos
pour créer les mondes, quoi d'étonnant qu'il ait
daigné intervenir pour racheter et sauver les âmes ?

Nos chants sont accompagnés par ce murmure éternel, auprès duquel les grondements
de nos orgues les plus fortes ne sont que des sons
de flûte et qui monte jour et nuit du sein des flots.

L'Élévation arrive ; alors sur ce bateau qui fuit
à travers les espaces, tout frémissant des énergies
victorieuses qui palpitent dans ses flancs enfiévrés,
le Calvaire se dresse et une fois de plus l'immola-

tion rédemptrice s'accomplit. « Partout, de l'occident à l'aurore, avait dit le Seigneur par la bouche de son prophète, une oblation sans tâche sera offerte en mon nom ! »

Lentement la messe s'achève. Parmi ceux qui se sont unis de cœur et de pensée à l'action sainte, il n'en est pas un qui ne se retire meilleur !

Nous voici à nouveau dans les mers Ioniennes, nous retrouvons la pureté du climat de Grèce. On dirait qu'il y a deux sources et deux courants de lumière. L'un descend du ciel, en une pluie aveuglante de rayons tombant rapides et droits ainsi que des traits ; l'autre s'élève de la surface de la mer en vibrations ardentes ; tous deux se rejoignent, et, se jouant dans la transparence bleuâtre des vapeurs légères qui flottent à l'horizon, ils y forment comme des tourbillons où passent et repassent toutes les teintes de l'arc-en-ciel.

Autour de nous, l'innombrable multitude des îles d'Ionie, au front couronné de verdure, continuent leur ronde. Elles font penser à ces naïades, dans lesquelles le génie des Grecs avait exprimé toute la poésie de ces contrées ; déesses au corps souple et fluide, aux cheveux couleur d'algues marines, habitant dans les eaux des grottes diaphanes et vivant au milieu des ébats d'un printemps éternel. Nous côtoyons Samos, aux pentes hérissées de rochers rougeâtres et tapissées de vignes qui produisent un vin chargé de soleil et « re-

nommé au loin » ; Kos, dont les sommets dente-
lés sont revêtus d'un fin duvet de mousse ; Patmos,
célèbre par le séjour de saint Jean ; quand on la
voit à travers les couleurs effrayantes de l'Apocalypse, elle prend l'aspect terrible d'un volcan
gorgé de cendre et de feu, en réalité elle est souriante et suave autant que ses voisines. C'est là,
parmi ces îles au sein fleuri de myrtes et de
lauriers-roses, qu'est née la plus belle chose qu'ait
inventée l'esprit industrieux des mortels : l'Hellénisme.

Nous errons longtemps encore sur la mer et
bientôt nous apercevons, « la terre hospitalière
et nourricière », « demeure agréable aux hommes
qui ont voyagé au loin et qui ont eu à craindre
les embûches des flots perfides ». C'est Rhodes,
nous y arrivons à deux heures. Là non plus le
bateau ne peut pas atterrir, il faut que des barques viennent nous prendre. Heureusement les
matelots sont de mine plus rassurante que ceux
de Smyrne. Rhodes est peuplée de 300.000 habitants, 12.000 dans la ville et le reste éparpillé dans
les villages. Nous débarquons sans incident. On
nous montre l'emplacement supposé du fameux
colosse, que l'antiquité considérait comme l'une
des sept Merveilles du monde. Mais ici encore les
souvenirs chrétiens ont refoulé les souvenirs
païens. Rhodes est toujours dominée par les grandes figures de ses chevaliers. Quelle épopée que

leur histoire! Et ils l'ont écrite dans ces monuments impérissables, que l'on rencontre partout en
Orient. C'est elle que nous racontent ces fortifications gigantesques, qui enveloppent l'île comme
d'une cuirasse de granit, ces hautes tours crénelées continuellement armées pour la défense ou
pour l'attaque, ces redoutables bastions percés de
meurtrières toujours prêtes à cracher la foudre,
tout ce système de fortifications si admirablement
combiné, que la citadelle de Rhodes fût demeurée
imprenable sans une trahison. Nous franchissons
le mur d'enceinte, la ville s'est immobilisée dans
son attitude du xve siècle. Les rues sont pavées
de petits cailloux ovoïdes, triés parmi les galets
roulés sur la grève ; celle des chevaliers avec ses
maisons aux murailles épaisses et élevées comme
des murs de forteresse, aux fenêtres étroites défen-
dues par de lourds barreaux de fer, aux portes
surmontées des écussons des grands maîtres, a
gardé absolument sa physionomie du Moyen Age.
Elle rappelle tout un passé d'héroïsme, que nous
n'osons pas regarder en face, parce que nous sommes incapables de le continuer. Le sentiment qui
nous étreint alors, Virgile l'a magnifiquement ana-
lysé, dans cette page célèbre, où il nous dépeint la
stupeur de ce paysan du Latium, dont la charrue
vient un jour à heurter et à découvrir des armes
d'anciens guerriers que lui, représentant affaibli
d'une race dégénérée, aurait eu de la peine à soule-

ver. Qu'ils devaient être grands, quand ils étaient
debout dans la plénitude de leur force, ces hommes
qui, couchés à terre parmi ces débris de leurs
œuvres, paraissent d'une taille surhumaine ! Et
comme on comprend, devant ces vieux témoins
de tant de vaillance, quelle grande et belle chose
était la chevalerie. De toutes les institutions humaines aucune ne fut plus glorieuse, et s'il a fallu
les sublimes hardiesses du génie de l'Eglise pour
la concevoir, la souveraine fécondité de sa vertu
fut nécessaire pour la réaliser. Prendre des jeunes
gens à l'âge, où sous le fouet furieux des passions
déchaînées, le sang bouillonne dans les veines et
les soumettre à la pratique du plus austère ascé-
tisme ; saisir des volontés ardentes mais rebelles,
les plier sous le joug, les briser dans l'abnégation
et le renoncement, puis les tremper dans l'obéis-
sance afin de leur donner plus de ressort ; s'emparer de cœurs braves mais indociles, susciter chez
eux les énergies qui sommeillent, les exalter jusqu'à ce qu'ils renversent dans leurs élans d'enthousiasme les étroites barrières de l'égoïsme,
diriger tous les mouvements de leurs ambitions
au profit d'un noble idéal de justice et de liberté ;
obliger ces hommes à se tenir toujours debout,
droits et inflexibles comme la lame de leur épée,
sans s'abaisser aux vulgarités, aux frivolités, aux
boues d'ici-bas, leur imposer pour consigne de marcher toujours plus avant, de monter toujours plus

Une porte de Rhodes.

haut sans reculer ni descendre, sans s'arrêter ni faillir, de mourir plutôt que de forfaire, de n'avoir pas d'autre règle que la vérité et l'équité, pas d'autre loi que le devoir, pas d'autre discipline que l'Evangile, pas d'autre amour que le Christ, pas d'autre récompense que Dieu, tel est le programme que l'Eglise avait tracé à la chevalerie. Illusion et folie ! diront en haussant les épaules tous les sceptiques, tous les tenants d'une sagesse moyenne et d'une prudence bourgeoise... Oui mais folie de la Croix ! Et en fait grâce à l'Eglise la chevalerie a su exécuter son programme. Et si l'on en veut comprendre la supériorité, qu'on le compare avec celui que l'on suit aujourd'hui. Abêti par le souci exclusif de ses intérêts matériels, travaillant pour le seul motif de s'enrichir, avec le seul espoir de s'engraisser, l'homme moderne jouisseur et avare, accapareur et cupide, est devenu l'être de brutalité et de férocité que le paganisme avait connu. Et cette crise de l'idéalisme, tous les praticiens à la mode, habitués à tâter le pouls de l'opinion, la constatent dans leurs articles et leurs discours. Mais si notre société veut guérir, ce n'est pas à eux, c'est plutôt aux vieux chevaliers du Moyen Age, qu'elle devra aller demander le secret des relèvements généreux et des sublimes renaissances morales.

Nous nous acheminons vers le couvent. Bien qu'il soit à moitié démoli, les Turcs, sans le res-

taurer naturellement, l'ont converti en caserne, et
l'interdiction d'y pénétrer est absolue. C'est une
déception, car nous espérions en approcher d'assez
près pour écouter les voix du passé qui chantent
dans ces ruines. Nous nous contentons d'en faire
le tour, tout en essayant de reconstituer par la
pensée le temps où ils vivaient là, ces guerriers
intrépides et pieux, derrière ces grands murs,
dans la prière qui illumine, dans la mortification
qui épure, dans le recueillement qui fortifie. Nous
nous rappelons les scènes émouvantes de leur
sainte existence; la veillée d'armes, où, après toute
une nuit passée aux pieds de l'Hostie, leurs courages sortaient tendus comme des arcs pour les
combats de Dieu, la cérémonie de l'investiture, où,
dans un beau geste qui fixait l'orientation définitive de leurs aspirations et de leurs rêves, l'Eglise
leur montrait là-bas le Sépulcre sacré dont elle les
instituait les défenseurs et les gardiens. « Je te
fais chevalier ! » Quel son rendait leurs âmes sous
le coup de cette parole ! La suggestion est si forte
qu'à distance même, il semble que nous éprouvions quelque chose du frisson héroïque qui les
agitait. Mais non, nous sommes trop lâches et trop
mous. Un éloquent évêque l'a bien dit : « Nous
ne sommes plus des descendants, nous sommes
des descendus ! »

Cependant un afflux d'impressions venues du
dehors nous envahit et nous dispute à ces grands

souvenirs. Rhodes est en effet la perle des Mers
du Levant. Nulle part la nature ne se montre plus
douce, plus veloutée pour ainsi dire. L'air est traversé par des ondes de lumière, qui ruissellent le
long des objets et qui les imprègnent, de façon qu'on
dirait que cette clarté qui les baigne émane d'eux-
mêmes ; sur cette terre que l'ardeur du soleil
aurait vite changée en une motte aride, la mer
voisine répand des souffles de rosée qui y entretiennent une fraîcheur, une fertilité étonnantes,
et qui en font un jardin toujours en fleurs ; des
traînées de senteurs exquises où l'on démêle le
parfum des orangers, l'haleine embaumée des jas-
mins et des roses, passent sur ce sol béni. Nous nous
attardons volontiers à visiter la maison des Frères
des Ecoles chrétiennes, qui seuls apprennent le
Christianisme et le français aux jolis bambins qui
nous suivent dans les rues.

Mais il faut rentrer au bateau. Une dernière
fois nous saluons Rhodes. Elle a l'air de som-
meiller, mollement étendue sur les flots, bercée
aux caresses des vagues, éventée du continuel
balancement de ses hautes palmes et enveloppée
des longs fils soyeux de cette lumière blonde.
Vraiment elle mériterait de figurer au nombre de
ces îles fortunées dont parlent les légendes. On
sait que les anciens ravis de sa beauté l'avaient
surnommée « la fiancée du soleil ». Lui-même
semble s'appliquer à justifier ce soir cette appel-

lation gracieuse. Avec ses rayons qui s'allongent à mesure qu'il s'incline, il lui tisse un voile de gaze lilas et mauve, dont il la recouvre et dont la draperie flottante paraît accrochée aux aspérités du rivage. Puis la trame d'abord infiniment tenue s'épaissit insensiblement, les couleurs qui la nuançaient s'amortissent en des tons uniformément violets, les contours de Rhodes, semblables, à travers cette brume devenue opaque, au vague dessin d'un filigrane, se dégradent peu à peu. Bientôt la vision radieuse s'évanouit au fond de l'horizon obscur...

C'est notre dernière soirée sur le « Sénégal ». Déjà nous sommes en rade de Beyrouth et nous apercevons les lumières de la grande ville qui tremblotent dans la nuit froide. M. le commandant, en qui nous sommes heureux de retrouver vivantes les traditions de courtoisie et de distinction de la vieille marine française, offre un feu d'artifice en notre honneur. Nous le regretterons ce bateau, où les officiers comme les hommes d'équipage rivalisaient d'amabilité et de prévenances, et malgré les quelques mauvais quarts d'heure que la méchante humeur de la Méditerranée nous a infligés, les quinze jours de traversée, que nous y avons passés, compteront parmi les meilleurs de notre voyage.

Nous débarquons à Beyrouth le lendemain à 7 heures du matin. Nous sommes au mardi 23 avril.

Beyrouth est situé au pied du Liban. Ses rues tumultueuses sont pleines des bruits de toutes les plages du monde, dont la mer aux flots sonores lui apporte l'écho. Plus encore que Smyrne en effet Beyrouth est une « cosmopolis ». Toutes les races s'y sont donné rendez-vous et s'y coudoient. On y entend parler turc, arabe, persan, grec, russe, français, anglais, italien. Nous n'avons pas le temps de visiter la ville, car nous sommes obligés d'aller en toute hâte prendre le train qui doit nous conduire à Damas. Mais cette cohue remuante, hurlante, nous la trouvons à la gare. Elle en envahit les abords, les salles, les quais. On croirait avoir sous les yeux un de ces tableaux, composés par quelqu'un de nos puissants évocateurs et brasseurs de foules, où l'on voit se mouvoir d'énormes multitudes, dans les remous desquelles défilent, chacun avec ses traits caractéristiques, des représentants de tous les peuples et de tous les pays. Deux hommes dépassent les autres de la hauteur de la tête. L'un d'eux, le plus âgé, avec ses grands yeux d'un bleu profond, ses longs cheveux blancs et bouclés, sa barbe de fleuve, sa robe rose serrée par une ceinture jaune, sa toque de laine frisée et son large manteau de peau de mouton, ressemble à un vieux patriarche ou à un vieux mage ; splendide revenant des temps anciens, égaré au milieu de la laideur de notre époque contemporaine. L'autre, plus jeune, dans la pleine

8

vigueur de ses trente ou quarante ans, est cos-
tumé de la même façon, seulement la toque et la
peau de bête qu'il porte également sont noires
au lieu d'être blanches. Ces types sont vraiment
superbes. Un de nos compagnons les approche, ils
l'accueillent respectueusement, mais le moyen de
se faire comprendre ? Après avoir fouillé dans les
tiroirs des cinq ou six langues dont il peut connaître quelques expressions, il finit par trouver une
clef qui va, et il découvre que ce sont des Russes
de l'Afghanistan.

Le train va partir, et plusieurs d'entre nous
auront l'occasion d'apprendre à leurs dépens que
les Turcs ne préviennent pas ; le train siffle et
part, tant pis pour qui n'est pas prêt. Les Arabes
cependant, pillards par tempérament, par goût
et aussi par besoin, puisqu'ils sont trop paresseux
pour travailler, pressentant en nous une proie facile à rançonner, se ruent, sans billet naturellement, sur les wagons où nous sommes installés,
se cramponnent aux loquets et aux barres, et prétendent prendre place à nos côtés. Ce n'est qu'à
coups de poings, à coups de pieds, à coups de
cravaches, que les employés turcs réussissent à
leur faire lâcher prise. Encore sont-ils obligés de
rester debout aux portières un certain temps
après que le train est en marche, afin de les empêcher de revenir à l'assaut. Et l'on est forcé de
convenir que les procédés dont les Turcs font

usage à leur égard, sont les seuls qui réussissent.
Ils sont décidément incapables de s'astreindre à
une discipline morale, et par conséquent de s'élever jusqu'à la civilisation.

Jusqu'où seraient-ils venus si on les avait
laissé faire? Peu leur importe, ils n'ont pas de
résidence !

La ligne de Beyrouth à Damas suit la chaîne du
Liban. Le trajet est un des plus intéressants qu'on
puisse parcourir en chemin de fer. Nous gravissons la montagne, et à Aley, qui est la seconde
station et qui n'est qu'à vingt kilomètres de
Beyrouth, nous atteignons déjà 750 mètres d'altitude. De là, à travers une sorte de baie de feuillage, où les rayons du soleil pareils à des flèches
d'or percent des trouées lumineuses, nous apercevons une dernière fois la mer aux trompeuses caresses ; et dans ce murmure confus dont l'atmos-
phère est remplie il nous semble reconnaître sa
grande voix lointaine, qui nous arrive comme
adoucie par le regret. Malgré ses fantaisies cruel-
les parfois, nous commencions en effet à nous attacher à elle, tant elle est attirante et prenante !
Et maintenant que nous l'avons quittée, elle nous
rappelle encore, semblable à ces sirènes, dans
lesquelles les Anciens, épouvantés et séduits,
avaient symbolisé le péril de ses enchantements.
Elle a l'air immobile, elle toujours agitée ; et vue
de cette distance sa surface bleue, bordée d'un

liseré blanc paraît concave, on dirait une énorme
coupe de Sèvres.

Nous montons toujours. Bientôt la pente devient tellement raide que la locomotive malgré
les coups précipités du piston avance à peine. A
partir de cet endroit la voie est à crémaillère, si
malheureusement une dent avait craqué, quelle
chute !... Alors s'étalent devant nous les merveilles que la nature produit dans ces hautes montagnes, où elle s'exalte avec tant de magnificence ;
cimes imposantes couvertes de neige, vastes cir-
ques où les cascades, qui dévalent des sommets, se
brisent sur des bancs de granit et rebondissent en
gouttes de cristal, parmi les éclats de rire et les
jeux de la lumière ; roches qui surplombent au-
dessus de nos têtes et menacent de nous ensevelir ;
pierres qui se dressent, ainsi que de gigantesques
statues mutilées, sans bras ni jambes ; chênes
altiers, dont les bataillons serrés paraissent vouloir escalader ces inaccessibles crêtes et s'arrêtent
à mi-côte ; sapins aux longues branches tendues
comme des cordes de harpes, où le vent tour à
tour chante et pleure ; vertigineux abîmes aux lèvres desquels pendent des lianes ; ravins dont les
torrents mordent en courant les rives ; prairies
plantureuses, où s'épanouissent les richesses de
la flore la plus variée ; chaos effrayants, dans lesquels l'imagination déconcertée se demande si elle
doit voir l'ébauche monstrueuse de mondes en

formation ou les débris de mondes en ruines.

Ces montagnes sont surtout de nature calcaire. Elles sont moins âpres et moins farouches que nos Alpes, elles sont plus apprivoisées et plus humaines. A chaque pas on suit les traces des conquêtes, qu'à force de luttes opiniâtres et persévérantes le génie de l'homme a remportées sur elles. Leurs flancs abrupts ont été découpés en gradins, par des terrasses artificielles, qui s'étagent au-dessus les unes des autres et que retiennent des murs de pierre sans mortier. Sur ces platesformes, cultivées par un labeur assidu et irriguées par le jaillissement spontané des sources naturelles, poussent des plantations de mûriers blancs, d'abricotiers, de grenadiers, de céréales et de vignes ; à cette époque de l'année les longs ceps dénudés rampent encore, en se tordant sur le sol. C'est qu'en effet nous ne sommes plus ici en pays musulman. Le Liban est peuplé par une race intéressante et active, les Maronites, catholiques de croyance et français de cœur. Leur sympathie pour nous se trahit par le bon sourire avec lequel ils nous accueillent. On se rappelle la réception princière, qui fut faite par notre gouvernement à leur patriarche Mgr Oyeck, lors de son dernier voyage chez nous. Les voitures du ministère des Affaires étrangères allèrent au-devant de lui à la gare, tandis que le Parlement votait la loi de séparation.

8.

La différence entre les deux religions ; l'Islamisme, la religion du fatalisme et le Christianisme, la religion de l'initiative et de l'effort, est
toute dans ce contraste entre l'Arabe abruti dans
son indolence et dans sa misère et le Maronite
intelligent, laborieux, aisé. Malheureusement là
encore le travail, au lieu d'être secondé, est con-
trarié et opprimé par l'administration turque.

Nous arrivons à la station de Beidar. La ligne
atteint sa plus grande élévation, 1.500 mètres.
Nous éprouvons ce frisson particulier des hauteurs. Sous l'afflux du sang qui circule, fouetté par
cet air vif et pur, un regain de santé, un sursaut
de vie se produit dans l'organisme ; il en résulte
une sensation de bien-être infiniment profonde
et délicieuse.

Beidar se trouve sur un large plateau, balayé
pendant la mauvaise saison par les vents, qui sortent des couloirs de la montagne en rafales et en
bourrasques d'une violence inouïe, chassant devant eux des tourbillons de neige. Elle n'est pas
encore fondue, nous en avons à nos pieds.

Mais où sont les cèdres ? Depuis le départ de
Beyrouth nous les cherchons, et nous n'avons pas
encore aperçu leur vaste ramure. Ce ne sont pas
des mythes cependant, ces beaux arbres, dont la
poésie nous enchante à la lecture des écrivains
bibliques. David, Isaïe, qui ont composé ce qu'en
langage profane on pourrait appeler leur « lé-

gende », ont dû les voir ! Hélas, autrefois ils pous-
saient librement partout, sur ces sommets, quand
« le destructeur des bois, l'homme au pâle visage » vint à passer par là, armé de sa cognée.
Alors les fiers géants, que leur vigueur préservait
des attaques du temps, ont succombé sous ses
coups ! On a essayé d'en replanter, mais un beau
cèdre est un chef-d'œuvre que la nature met plus
de cent ans à produire. Les anciens qui restent
sont relégués très loin, à l'opposé de l'endroit vers
lequel nous nous dirigeons, et il n'en reste d'ailleurs plus que quelques-uns. Ils datent peut-être
du temps de Salomon ! Ils portent ainsi le fardeau
de trente siècles sans fléchir et sans que leur énergie vitale ne soit épuisée ni même affaiblie.

En quittant Beidar nous nous trouvons sur
l'autre versant. Un nouvel horizon se découvre ;
d'un côté ce sont les pics neigeux de l'Hermon,
vivement éclairé des rayons d'un soleil fauve, qui
borde d'une frange d'or la blanche dentelle de
leurs contours ; puis toute la chaîne de l'Anti-
Liban, déroulant ses assises de calcaire, aux aspérités desquelles les aigles, qui tournoient et planent au-dessus de nos têtes, accrochent leurs nids.
Par endroits, sur ces rampes chauves et nues, se
creusent de riants vallons, qu'arrosent des fontaines aux eaux claires et fraîches. D'un autre côté
c'est la plaine verdoyante de la Célésyrie, où pais-
sent des troupeaux de chameaux et de chèvres,

errants autour des tentes de Bédouins, qu'on voit
disséminées par groupes de cinq ou six.

A Rayak, où nous arrivons vers midi pour déjeuner, la caravane se divise en deux groupes.
Les uns filent tout droit sur Damas, les autres
plus nombreux obliquent vers Baalbeck. L'antique Héliopolis, la ville du soleil, est aujourd'hui
bien déchue de son importance d'autrefois. Ce
n'est plus qu'une pauvre bourgade, accroupie au
bord d'un ruisseau, qui descend en chantant des
montagnes voisines. De beaux arbres, des
ormeaux, des chênes, des peupliers et des saules,
qui poussent avec un élan de sève qu'on ne
rencontre guère sur ces terres brûlées d'Orient,
en ombragent les rives. On raconte que ces contrées servent de repaire à une population de
montagnards demi-sauvages, fanatiques féroces,
musulmans de religion, mais vivant en marge de
toute administration politique régulière, tributaires plutôt que sujets du Sultan. Quelqu'un des
nôtres faillit expérimenter à ses dépens l'exactitude de ces récits. Comme il s'était attardé seul à
prendre des notes, un de ces énergumènes se précipita sur lui en brandissant un poignard. Heureusement des hommes résolus s'interposèrent et
réussirent à le désarmer.

Ce qui attire le voyageur à Baalbeck ce sont les
ruines. Elles comptent en effet parmi les plus
imposantes qui existent. Toutes les images, que

nous portons dans notre mémoire, des grands
monuments que nous avons vu ailleurs, et qui
inconsciemment nous servent de termes de comparaison et comme d'unité de mesure pour éva-
luer les proportions, sont ici dépassées et vraiment
hors d'usage. Ce formidable amoncellement de
blocs ressemble moins aux débris d'une œuvre humaine, qu'à l'écroulement de tout un monde bouleversé et détruit par quelque cataclysme. Çà et là,
parmi ces décombres, des colonnes et des pans de
murs sont encore debout, ce sont les restes de l'ancien temple du « Soleil ». Le travail accuse une
origine gréco-romaine, mais l'inspiration en a été
influencée par le goût oriental de l'excessif. De
cette façon il se rattache aux traditions architec-
toniques de l'Egypte et de l'Assyrie. Les pierres
taillées, qui ont été utilisées pour la construction
de l'édifice, ont jusqu'à dix mètres de longueur.
On demeure épouvanté, quand on réfléchit à
l'effort accompli et que l'on calcule la difficulté
vaincue ; et l'on se prend à douter de ce « Progrès »,
que l'incrédulité moderne enseigne comme un
dogme et que l'athéisme contemporain prétend
imposer comme un fétiche. Les murs ont une
telle superficie qu'ils masquent toute une partie
de l'horizon et que les montagnes voisines ne les
écrasent pas ! Les colonnes ont des dimensions si
colossales qu'on voit l'immensité bleue du ciel se
déployer entre leurs architraves, et elles sont si

hautes qu'elles ont l'air de le porter ! Cependant, au point de vue de l'art, l'ouvrage marque une décadence sur le Parthénon, et les signes d'infériorité sont manifestes et nombreux. Cette matière d'abord est bien loin d'avoir la qualité des marbres du Pentélique ou de Paros ; et puis on a eu recours au ciment. Sur les parois intérieures des motifs décoratifs ont été surajoutés, placage de colonnettes, appliques de consoles, qui n'ont d'autre raison d'être que l'ornementation et dont la sobriété attique n'eût pas manqué d'être offensée. Enfin, dans ces constructions qui visent surtout au gigantesque, on ne rencontre pas cette pureté de goût, ce fini impeccable, cette suprême élégance, cette perfection achevée en un mot qui constitue ce que Renan appelle « le miracle grec ». Ce sont plutôt des prodiges de force physique qui étonnent ; mais qui sont loin de procurer les satisfactions esthétiques supérieures que nous ressentions sur l'Acropole d'Athènes, en présence de ces triomphes de l'intelligence et de la pensée, nous dévoilant l'auguste face de la Beauté pure, simple et vraie ! Le soleil est couché quand nous quittons Baalbeck, pour rejoindre nos compagnons qui nous ont devancés à Damas. La ligne du chemin de fer continue à suivre le Liban. Oh ! les étranges visions que présentent ces paysages de montagnes, à travers les vitres d'un train en marche, à la clarté indécise de ces

mystérieuses nuits d'Orient! Ces pics, ces rochers,
ces grands arbres, qui passent en une interminable ronde, ressemblent à un défilé de spectres
dansant dans un rayon de lune, au bruit des
cascades qui bondissent et des sources qui jaillissent en bouillonnant du fond des gorges. Puis la
fatigue nous clôt les yeux... Dans cet engourdissement de la sensibilité qu'aucune impression ne
secoue et n'éveille, nous ne percevons que le roulement monotone et confus des wagons... bientôt
il semble que nous n'avançons plus... et que la
locomotive, dont les lourdes roues tournent toujours, broie de l'étendue sur place... A minuit
nous sommes à Damas où pour la première fois
nous trouvons des lits... de vrais lits !

Damas est intéressante, d'abord par son caractère si franchement et si curieusement exotique
de ville arabe, et puis par sa position même. Elle
est située au bas de l'Anti-Liban, aux portes du
désert, elle est vraiment la fleur des sables. Elle
s'est épanouie là, parmi cette aridité sans bornes,
sur les bords du Baratha, rivière aux eaux rapides et bruyantes, qui tombe des hauteurs et qui
entretient tout autour de ses rives une zone de
fertilité et de fraîcheur. Ce torrent suffirait à donner à Damas son importance. Nous ne comprenons pas la place que l'eau occupe, dans la vie de
ces peuples qui en sont privés et qui en ont tant
besoin sous un climat aussi chaud. La patrie

pour nous, c'est la maison paternelle, le clocher,
le cimetière où dorment les morts ; pour l'Arabe,
s'il était capable d'en avoir une, ce serait la terre
qui lui procurerait de l'eau.

De grands souvenirs chrétiens nous arrêtent
quelque temps ici. Instinctivement nous cherchons l'emplacement supposé de la maison
d'Ananie, où s'acheva la conversion de saint Paul.
On nous montre également la maison de Jean
Damascène, l'intrépide vengeur de l'orthodoxie,
du bon sens et de l'art, contre l'hérésie, la stupi-
dité et le vandalisme des Iconoclastes. Damas est
le séjour préféré du patriarche grec uni d'Antioche. Nous nous rendons à son palais pour lui
offrir nos hommages. Sa Béatitude est absente.
Nous sommes reçus par le vicaire général
patriarcal, qui a le titre d'archevêque et qui nous
parle avec douleur de la France apostate, dont
néanmoins, comme tous les catholiques orientaux,
il garde au cœur l'amour et dont il possède parfaitement la langue.

Mais le principal attrait de Damas est dans les
industries arabes qui s'y développent. Tous ces
meubles, tous ces bibelots d'un goût un peu ca-
pricieux, mais d'un travail si exquis et d'une fac-
ture si irréprochable, que nous appelons en effet
des damasquineries ; vases, coupes, potiches de
cuivre ciselé, martelé, strié d'un réseau de lignes
qui s'enchevêtrent, tables en marqueterie, coffrets

avec incrustations d'ivoire et de nacre, étoffes
avec dessins passés dans la trame, sont fabriqués
ici. Une chose dont on ne manque pas d'être
frappé dès le premier abord, c'est que Damas
est une des rares villes d'Orient où l'on travaille.
On dirait que la civilisation éblouissante et brève,
dont cette race fut capable à une minute historique de son existence, n'a pas épuisé entièrement
ses réserves de forces, et que les dernières épargnes se sont concentrées dans les ateliers de Damas, où elles achèvent de se dépenser, en un frémissement d'activité fébrile. Nous y entrons, mais
un spectacle navrant nous serre le cœur. Ces ouvrages sont exécutés surtout par des enfants, dont
beaucoup n'ont pas encore douze ans. Ils sont
rangés sur deux files, appliqués sans relâche du
matin au soir à leur rude besogne, sous la surveillance brutale d'un aga qui les menace et les
soufflète au moindre répit. A peine leur laisse-
t-on le temps d'extraire de leurs yeux les esquilles
de métal, qui sautent au choc du marteau ou du
burin. Hélas, nos lois sur la protection de l'enfance et la limitation des heures de travail sont
inconnues ici! Rien de surprenant du reste, elles
ne sont que l'application des principes évangéli-
ques, elles marquent les diverses étapes par lesquelles nos sociétés baptisées s'acheminent, sous
la poussée de l'esprit chrétien, et malgré les obstacles suscités à chaque pas par le vieil individua-

9

lisme païen sans cesse renaissant, vers un avenir de
« mieux être » où elles réaliseront toujours plus
de justice et plus d'amour. Dans les pays infidèles
au contraire, c'est l'exploitation impudente et
éhontée du faible par le fort. C'est donc en somme,
et évidemment sans qu'aucun de ces Arabes s'en
doute, la mise en pratique de la théorie du « sur-
homme ». Ceux qui veulent prendre sur le vif
la beauté de cette doctrine n'ont qu'à aller visiter
les manufactures de Damas. Une telle organisation est radicalement immorale !

Nous sortons écœurés. Et cette impression pénible, loin de s'atténuer, s'accroît encore à l'aspect
de ces rues mal alignées et sales, qui voudraient
se modeler sur celles de nos grandes villes et qui
ne réussissent qu'à les imiter gauchement ; à la
vue de ces maisons aux murs de pisé, qui essayent
de dissimuler leur délàbrement sordide sous un
badigeon blanc, jaune ou bleu. Une fois de plus
la constatation s'impose de l'impuissance absolue
de ces peuples, déprimés par l'Islam et auxquels
la discipline chrétienne et la formation évangélique ont manqué pour devenir adultes, à rien produire qui soit sérieux, achevé et véritablement
grand. Nous faisons un tour aux bazars. Ils ressemblent à ceux de Smyrne, avec des tons moins
chauds et plus clairs, avec la même foule grouillante mais moins bigarrée, car nous sommes ici
en pays plus exclusivement arabe, avec le même

pêle-mêle de tapis, d'étoffes, de bijoux, de légumes, de cuisines, de pâtisseries, de parfums, d'armures, de maroquinerie, de sellerie, de tout ce que l'on peut imaginer.

Vers le soir nous montons à quelques kilomètres de Damas, sur les hauteurs de Salaiyeh pour assister au coucher du soleil. C'est l'instant magique de la journée. Le tableau que nous avons sous les yeux restera l'un des plus beaux qu'il nous ait été donné de contempler au cours de notre long voyage. Derrière nous l'Anti-Liban, dont les lignes fuyantes vont se perdre dans des arrière-plans de clarté intense, et dont les flancs arides se gercent de crevasses profondes, et se bossellent de roches rugueuses, pareilles à des verrues ; à gauche l'étincelante vision du désert, l'Océan des sables, vaste comme l'autre, mouvant et dangereux comme l'autre, avec sa surface agitée par les tourbillons des vents et les vagues des dunes ; devant nous Damas. Oh ! la féerie de ces villes d'Orient vues de loin, dans l'embrasement de cette lumière ! Les pelouses qui l'entourent lui forment une couronne de verdure, que le feuillage des noyers, des grenadiers, des figuiers et des pins, festonne d'une guirlande plus sombre. Dans ce décor merveilleux la grande cité émerge, dessinant les toits plats et blancs de ses maisons cubiques, arrondissant les coupoles de ses mosquées, et dardant vers le ciel la pointe aiguë de ses minarets. Lentement, timidement, les vapeurs du soir s'avancent, enveloppant Damas d'un réseau de moire diaphane, dont les reflets traversent toute la gamme des couleurs. Un pareil spectacle justifie l'enthousiasme des Arabes, qui dans leur poétique langage définissent Damas : « Une jonchée de perles sur un tapis d'émeraude ! » Et vraiment quand leurs longues caravanes reviennent du pèlerinage de La Mecque, couvertes de poussière, haletantes de soif, épuisées et décimées par les fatigues de la route, après avoir traversé ce désert meurtrier, où ils ont dû laisser à chaque halte quelques-uns des leurs, dont les cadavres serviront de pâture aux oiseaux de proie et aux fauves, et dont les os blanchiront sous les véhémentes ardeurs de ce ciel implacable ; Damas avec ses eaux vives, avec les frais ombrages de ses jardins, l'abondance de ses récoltes et de ses fruits, et les richesses de son industrie, leur apparaît en un miroitement de délices, comme l'oasis bénie, le paradis de la terre ; et les légendes ne racontent-elles pas que Mahomet, arrivé jusqu'aux portes, ne voulut point y pénétrer « de peur de ne pouvoir ensuite être admis dans l'autre » !

LA GALILÉE

Jeudi 25 avril. — Nous nous rendons à cinq heures du matin à la gare de Damas, pour y prendre le train spécial qui nous conduira à Tibériade. Mais d'interminables pourparlers s'engagent entre notre directeur et les employés de l'administration turque. Il sera huit heures quand nous partirons. En attendant nous avons le loisir, en poursuivant nos rêveries, de nous abandonner au charme pénétrant de ces sensations matinales. L'aurore répand sur les montagnes une buée rose qui va bientôt s'évaporer dans l'ardente clarté du jour ; un souffle frais s'élève, on dirait la respiration des choses qui s'éveillent aux caresses de cette lumière vierge, et se reprennent à palpiter et à vivre après l'assoupissement de la nuit ; tandis que là-bas les sables du désert rougeoient déjà, comme les briques d'un four qui s'allume.

La ligne du chemin de fer coupe la sauvage vallée du Hauran. A chaque tournant l'aspect change. Tantôt ce sont de vastes plaines, couvertes de hautes herbes qui frissonnent au frôlement de

l'air léger, et d'où émerge parfois le canon du fusil
et la pointe blanche du burnous d'un Arabe qui
rôde ; tantôt de maigres prairies, où les Bédouins
nomades ont planté pour un jour leurs tentes
noires, autour desquelles gambadent, au milieu
des troupeaux de moutons et de chèvres, des
gamins au torse couleur de bronze ; puis des
coteaux calcaires, stériles et pelés, avec, par
endroits, des plaques de gazon semblables à un
duvet rare et court.

A deux heures de l'après-midi nous descendons
à Es-Semack, au bord du lac de Tibériade, nous
mettons le pied sur la Terre-Sainte. Pour nous
rendre à Tibériade nous traversons le lac en barque.

Nous sommes en Galilée ! Il faut renoncer
à décrire les émotions que nous ressentons en
touchant à cette terre, dont le nom chante si délicieusement parmi les plus anciens et les plus
chers souvenirs de notre enfance, la Galilée ! Et
sans doute ce paysage n'y est point étranger !
Autant en effet la Judée nous paraîtra âpre et
dure, autant la Galilée se montre accueillante et
souriante. Ce caractère ouvert, on a envie de dire
libéral, du pays et des habitants, avait choqué,
on le sait, le particularisme étroit et intransigeant
des Juifs, qui l'appelaient avec mépris : « La Galilée des Gentils. » Ses collines ne sont point
boisées, mais elles se parent en ce renouveau du
printemps d'une charmante verdure, elles ondu-

lent avec une grâce qui a quelque chose de
céleste. Au lieu de borner la perspective, elles
découvrent des horizons immenses de limpidité et
de suavité. Son lac est une coupe d'azur, à la
surface de laquelle les rayons du soleil viennent
se briser le soir en une infinité de paillettes de
diamants, et dont les bords fleuris de nard, de
myrrhe, de cinnamone, exhalent comme des
odeurs d'encens et des parfums de sanctuaire. Sa
forme et l'harmonie particulière de ses murmures traînants et doux l'avaient fait comparer par
les Anciens à une harpe.

Les lacs de Suisse sont moins beaux, leurs eaux
n'ont pas cette lumière, ni cette transparence
profonde et pure !

Mais tout cela n'est qu'un cadre; et ce que nous
y cherchons surtout c'est la physionomie de Celui
qui y a vécu !

Ce lac fut le centre de son ministère évangélique. C'est sur ces rives qu'Il errait dans la magnificence des heures du soir portant dans son cœur
son idéal plus magnifique encore d'amour, de
pitié, de rédemption. C'est là qu'Il se plaisait à
s'attarder, recueillant dans le silence des nuits sa
pensée plus insondable que les abîmes, plus vaste
que les océans, plus élevée et plus lumineuse que
les cieux. C'est là qu'Il reparaissait aux premières
lueurs du jour, faisant monter vers son Père, du
fond de sa conscience divine, un hymne d'adoration

plus sublime que le cantique de cette ravissante
nature. Le clair miroir de ces flots a réfléchi ses
traits, hélas il n'en a point gardé l'image ; ces
vagues ont touché ses pieds sacrés, elles n'en ont
point conservé l'empreinte ! C'est là que douze
pêcheurs galiléens ont rencontré son regard et
entendu son appel, et qu'ayant abandonné leurs
filets pour Le suivre, ils sont devenus pêcheurs
d'hommes. C'est sur une barque semblable à la
nôtre, — puisque rien n'a changé ici — qu'Il
s'était endormi et que d'un geste souverain Il
apaisait les tempêtes, car on nous raconte que ces
eaux, si calmes ce soir, ont parfois des sautes terribles et de soudaines violences. C'est sur ces bords
qu'Il se montra aux disciples, quelques jours après
les fêtes de Pâques, dans la sérénité d'une aube de
résurrection. C'est là qu'Il a confié à saint Pierre
les clefs de son Royaume. Ces collines, dont les
pentes s'inclinent doucement vers le lac, comme
les lèvres d'un calice qui s'évase, L'ont vu passer
suivi de multitudes affamées de L'entendre. Voici
celle où s'accomplit le miracle de la multiplication
des pains ; voici le Kouroûn-Hattin, le mont des
Béatitudes, où fut prononcé le sermon qui boule-
versa les rapports et les règles établis par notre
prétendue sagesse, et qui contient la substance vivante d'éternelle Vérité dont l'humanité se nour-
rit depuis deux mille ans.

Jamais le caractère surnaturel et transcendant

du Christianisme ne nous était apparu avec autant d'évidence. Un jour donc un jeune charpentier de Nazareth descend le long de ces collines et
s'arrête au bord de ce lac. Il trouve là des pêcheurs, pareils à ceux que nous y voyons nous-
mêmes, grossiers, incultes, au visage hâlé, aux
mains calleuses, à la peau durcie et meurtrie
par les luttes de leur rude existence, mais dont
l'âme naïve, le cœur droit et sain n'avaient pas
été faussés par les systèmes et les conceptions
des écoles. Peu à peu, au contact du Maître et
sous son influence, une transformation s'opère.
Quand Il les juge prêts, Il dépose en eux une semence de vérité et de vertu, destinée à régénérer
le monde, et il leur donne la mission d'aller la
porter à toutes les âmes. Ils partent, ouvriers
dociles et intrépides, sans se laisser décourager
par les difficultés de l'œuvre gigantesque à laquelle ils sont conviés. Car il s'agit pour eux de
renouveler la face de la terre ! Et à côté de cela
l'œuvre prodigieuse d'un Alexandre, d'un César,
d'un Napoléon, n'est qu'un travail de Pygmées et
qu'un jeu d'enfants. Au début, cette semence
c'est le grain de sénevé dont parle l'Evangile qui
est la plus petite des graines. Bientôt cependant
elle lève, se développe, s'étend partout. Alors
s'organise une formidable coalition de toutes les
forces de l'erreur et du mal, qui, depuis vingt siècles, n'a pas désarmé. Mais sous ce poids sans

9.

cesse aggravé de contradictions et d'obstacles, la germination puissante de la semence divine continue, sans être étouffée, ni même ralentie. Au contraire ! A mesure que les difficultés s'accumulent, son inépuisable fécondité se manifeste par des accroissements plus rapides, dont tous nos progrès dans l'ordre intellectuel par la connaissance du vrai, dans l'ordre moral par l'amour du bien, dans l'ordre social par la pratique de la justice et de la charité, ne sont que les conséquences admirables et comme l'efflorescence merveilleuse. Malheureusement une réforme aussi complète ne saurait avoir lieu au sein de l'humanité, sans déterminer des crises douloureuses. Il en coûte toujours beaucoup aux hommes de se dépouiller des mensonges, des préjugés et des vices qui font corps avec leur tempérament. Vices, préjugés et mensonges constituent en effet une sorte de vêtement commode pour les uns, gênant pour les autres, mais auquel tous tiennent également, ceux-là à cause des avantages qu'ils en retirent, ceux-ci par timidité, par lâcheté, par peur du changement. Il faut donc vaincre la résistance désespérée des premiers, l'inertie obstinée des seconds ; car c'est l'inévitable loi de ce triste monde qu'un labeur patient et pénible soit la condition et la rançon de tout perfectionnement. N'importe, la semence divine poursuit son développement lent et sûr, et sous cette poussée irrésistible la révolution bienfaisante s'accomplit. Telle est la généreuse revanche du Christ sur ceux qui Le renient : quand ils cherchent le vrai, c'est Lui qu'ils cherchent, quand ils veulent la charité dans l'équité et le droit, et que de tous leurs vœux ils en appellent le triomphe sur les brutalités de l'égoïsme, c'est Lui qu'ils veulent et c'est son règne qu'ils préparent ; quand ils s'appliquent à produire et à fixer un peu de bien en eux-mêmes ou chez leurs semblables, c'est pour Lui qu'ils travaillent, et s'ils y réussissent, c'est grâce à son secours ; et si leurs efforts ont quelque mérite leur plus précieuse récompense sera de découvrir que, même sans Le connaître, c'est Lui qu'ils avaient aimé ! Ainsi les progrès de la semence évangélique à travers l'histoire règlent et mesurent la marche de la civilisation elle-même, et le Christianisme n'aura atteint son expansion totale que le jour où la civilisation aura réalisé la plénitude qu'elle comporte, c'est-à-dire le jour où le monde sera converti et conquis autant qu'il peut l'être à la vérité et à la vertu.

Du reste aucune époque, aucune génération, quelle que soit son activité, n'absorbera jamais la richesse de ce germe divin. Par les adaptations successives auxquelles il est capable de se prêter indéfiniment, il apportera à chacune d'elles, à proportion de leurs besoins, l'élément libérateur et sauveur, le principe inépuisable de toutes les renaissances, de tous les relèvements, de toutes les ascensions.

Insensiblement nous nous dirigeons vers le rivage, entraînés que nous sommes par le vent qui souffle dans les voiles et par la vigueur des coups de rame. Si l'unique pensée qui nous retient nous laissait quelque loisir et quelque liberté d'esprit, nous admirerions la cadence de ces bras nerveux et souples, arrondissant suivant une courbe superbe leurs mouvements nobles et larges, et reproduisant ainsi le beau geste ancestral affiné par des siècles d'hérédité, tel que nous le retrouvons sur les bas-reliefs antiques. Pour mieux concerter leurs élans, nos rameurs fredonnent une mélopée très simple et très suave, qui semble venir du fond lointain des vieux âges, et qui est à la fois comme le soupir très doux de cette terre hospitalière et maternelle et le chant spontané de l'âme galiléenne faite de candeur, de mansuétude et de bonté. C'étaient des airs semblables que les Apôtres chantaient, en ramant sur la barque de Pierre et qui berçaient le sommeil de Jésus.

Tandis que nous avançons, nous découvrons les débris de cette abondante et charmante floraison de bourgades écloses autrefois au sourire du soleil, autour du lac ; des villes aux noms de rêve qui nous apparaissent ensevelies dans la splendeur poudreuse et dorée des temps anciens : Capharnaüm l'antique capitale de cette région,

l'une des premières à qui le don de Dieu fut offert
et qui eut le malheur de le repousser ; l'anathème
l'a frappée et les prédictions de ruines qui furent
prononcées contre elle se sont terriblement exécu-
tées ; de son orgueilleuse et insolente beauté il ne
reste plus qu'un monceau de pierres, au milieu
desquelles on montre au passant l'emplacement
de la synagogue où le Christ a parlé, comme si, par
une ironie vengeresse, la Providence avait voulu
qu'il ne restât de Capharnaüm que ce qui avait
été consacré par le souvenir de Celui qu'elle a
méconnu ; Bethsaïda, Corozaïn, plus favorisées que
Tyr et Sidon, plus coupables aussi par conséquent
et à jamais réprouvées ; Magdala le château de
Madeleine ; Cana la ville du premier miracle ;
Tibériade enfin, résidence d'Hérode qui pour flatter
Tibère l'avait appelée de son nom. Elle est aujourd'hui réduite à quelques misérables bicoques
de pêcheurs ; et quand aux heures du soir on
s'amuse à en parcourir les ruelles étroites, on y
rencontre surtout de ces vilains petits Juifs, faciles
à reconnaître avec leurs faces de vampires, leurs
chapeaux de feutre rond aux bords plats ; avec
leur taille mince et effilée, étroitement serrée dans
leurs longues robes aux couleurs fanées et indé-
cises ; avec leurs deux mèches de cheveux frisés
en tire-bouchon qui pendent de chaque côté de
leurs oreilles ; avec leur teint bilieux, leurs paupières chassieuses et sanguinolentes, leurs yeux

ternes et louches, leurs visages efféminés et glabres ; autant de symptômes révélateurs d'une race décadente, livrée sans défense à la merci des plus vils instincts, consumée par la fièvre des vices, et rongée par la malpropreté.

Mais voici qu'à mesure que nous approchons de la rive une impression de paix infinie nous envahit. Cette sensation n'a rien d'analogue aux jouissances esthétiques que nous éprouvions à Athènes en face des chefs-d'œuvre de l'art, ni à Constantinople devant les beautés naturelles. C'est quelque chose de plus intime et de plus doux. C'est un flot de félicité calme et pure, comme les eaux de ce lac, qui baigne le cœur en ses profondeurs secrètes, qui au lieu de fatiguer les facultés les détend et les repose, et qui, loin de disperser et de dissiper l'être à la façon des joies bruyantes de la terre, le recueille silencieusement. Et qu'on ne vienne pas crier ici à l'illusion, à l'auto-suggestion ! Notre réponse serait celle du philosophe : *Sentimus, experimur !* « C'est un fait de conscience que chacun de nous expérimente et dont chacun témoigne ! » Mais d'où vient-elle cette paix ? Remonte-t-elle ainsi qu'une source bénie, à l'appel de je ne sais quelle puissance mystérieuse, des profondeurs tranquilles de l'âme pour déborder à la surface et l'inonder tout entière ? Ou plutôt descend-elle sur nous de ces beaux sites harmonieux, qui ont été mêlés à tant d'événements divins et qui en auraient gardé une vertu rassérénante et apaisante? Nous aimons mieux croire qu'elle nous vient du salut familier et si touchant que le Maître adressait autrefois à ses disciples, et qu'il nous adresse à nous-mêmes au moment où nous allons aborder ce rivage qui est le sien : « *Pax vobis !* la paix soit avec vous ! » « *Pax iste erit,* avaient dit les prophètes, il sera la Paix ! »

A quatre heures nous débarquons à la Casa-Nova des Pères Franciscains, qui sont, comme on le sait, les gardiens séculaires de la Terre-Sainte et chez qui nous trouvons le plus cordial accueil. Nous nous réunissons d'abord à la chapelle pour le salut du Saint Sacrement. Elle est dédiée à saint Pierre. Le choix du patron était en effet tout indiqué d'avance. Instinctivement notre esprit se reporte, de ce pauvre oratoire assis sur les bords du lac, où Pierre fut élu par Jésus, jusqu'à la royale basilique qui s'élève, dans sa robe de marbre et d'or, sur les ruines du cirque de Néron, à Rome, et qui est dédiée au même Apôtre. Entre ces deux termes quelle distance parcourue dans la vie de l'Eglise ! Et dans la vie du glorieux Apôtre quels progrès accomplis entre ces deux étapes ; Tibériade, l'humble bourgade galiléenne d'où il part et Rome la capitale du monde où il aboutit ! Et pourtant que d'orages se sont abattus sur la nef fragile qui porte Pierre et sa fortune ! Mille fois la barque a failli être engloutie, elle n'a point

sombré ! Manifestement une force invisible la
soutenait. Ah ! voilà bien le grand miracle du catholicisme, le miracle permanent, tangible, indéniable ! Il réside dans cette disproportion flagrante
et déconcertante entre l'insuffisance des moyens
employés et l'importance des résultats obtenus,
dans la victoire finale de l'Eglise, humainement
faible et désarmée, sur l'implacable conspiration
de toutes les puissances d'ici-bas. Un de ces pauvres pêcheurs galiléens à l'âme bornée, aux manières lourdes et gauches, part donc un jour. Il arrive
dans cette ville de Rome qui sert déjà de Panthéon
à trente mille dieux. Il rencontre là des foules élé-
gantes, gorgées de richesses, grisées d'éloquence,
ivres de plaisirs. Il leur parle un idiome barbare
qu'elles entendent à peine et qui ne manque pas
d'être choquant pour ces oreilles délicates, habi-
tuées aux belles périodes des orateurs du Forum.
Il leur propose une doctrine qui est une folie pour
leur raison, un scandale pour leur cœur, une discipline odieuse pour leur volonté, un frein insup-
portable pour leurs sens. A ces superbes il prêche l'humilité, à ces égoïstes la charité et le dévouement, à ces désœuvrés le courage d'une vie
laborieuse et utile, à ces jouisseurs la mortification ! Il leur déclare que tous ces philosophes qui
sont leur orgueil, les Socrate, les Platon, les Aris-
tote, les Zénon, les Cicéron, se sont égarés dans
leurs pensées, que lui seul détient la vérité, et il

leur annonce un Dieu né sur de la paille et mort sur
une croix ! C'est évidemment le défi le plus hardi
qui ait jamais été lancé à la face de l'humaine sagesse. Les païens sceptiques se contentent d'abord
de passer, le sourire du mépris aux lèvres. Puis,
comme ils aperçoivent que leurs dédains ne réussissent pas à réduire au silence ce prédicateur
étrange dont ils finissent par être agacés, ils le
condamnent à mort, et retournent à leurs amu-
sements, assurés d'avoir enseveli dans le même
linceul d'oubli l'Apôtre et sa doctrine. Les siècles
se succèdent, car ils ne comptent pas pour l'Eternel, au surplus les grandes œuvres ne s'enfantent
qu'au prix de longs et de patients efforts, et vraiment n'est-ce pas le cas de répéter ici le beau
vers de leur poète national : *Tantœ molis erat !*
Trois cents ans se sont écoulés, le paganisme
est détruit, et l'humble croix de bois, plantée sur
les bords du Tibre par le pêcheur galiléen,
rayonne maintenant sur la plus grande partie du
monde romain ! Telle est depuis son berceau l'existence de l'Eglise ; toujours persécutée et toujours
victorieuse, toujours écrasée et toujours survi-
vante, cette infatigable ouvrière d'éternité ne
cesse de tisser avec les débris de ses ennemis
vaincus la trame de sa prodigieuse histoire ! Une
destinée pareille serait la plus indéchiffrable des
énigmes, si l'explication n'en brillait à nos
yeux dans l'éclair de cette prophétie que Celui-là

seul, qui était le Maître de l'avenir pouvait oser
formuler avec cette confiance, et qu'on a transcrite
autour de cette abside, au bas d'une fresque d'ailleurs grossière, représentant l'inoubliable scène
où la vertu de la parole divine transforme Simon, l'être de fragilité et de faiblesse, en l'iné-
branlable « pierre » : « *Non prævalebunt!* Ils ne
prévaudront pas ! »

La bénédiction est donnée. Le temps de mettre
ordre à nos affaires, de nous installer dans les
chambres qui nous sont assignées et de dîner, et
le moment arrive de se coucher. Mais qui donc
y songe ? Quelques-uns stationnent dans la cour à
côté des poivriers et des orangers ; la plupart montent sur la terrasse qui domine le lac. C'est l'heure
où dans le recueillement de la terre et des cieux le
Christ entrait en prière. Oh ! dans l'étincellement
splendide et calme de cette nuit d'Orient, au sein
de cette paix divine qui tombe des étoiles, près
de ce lac dont le murmure ressemble à une plainte
et à une aspiration infinie, l'ineffable émotion
religieuse, et l'incomparable poésie de ces pieux
souvenirs !... Mais sont-ce bien des souvenirs ?
N'est-ce pas plutôt Lui-même dont nous sentons la
présence en ces lieux qu'Il a tant de fois visités ? Il
semble qu'Il va reparaître, qu'Il ne s'est éloigné
que pour un instant,... nous L'attendons,... nous
allons L'apercevoir... et dans cette imperceptible
fuite des heures, tandis que toutes nos facultés

tendues vers Lui s'immobilisent, nous vivons une minute d'éternité...

Le lendemain vendredi, 26 avril, à 4 heures du matin, départ pour le Mont Thabor. Comme il n'y a ni routes, ni sentiers carrossables et que la distance est trop longue pour que nous puissions la parcourir à pied, nous sommes obligés de monter à cheval. La journée s'annonce splendide. A la lueur des premiers rayons de l'aurore, les gouttes de rosée qui perlent aux pentes fleuries des monts de Galilée brillent ainsi qu'un semis de diamants, des vapeurs odorantes fument de ce sol où fermente la sève printanière, la lumière s'épand en larges ondes à travers la campagne, envahissant peu à peu les derniers recoins d'ombre et recouvrant d'une nappe de clarté dorée l'immense étendue verte. Nous disons adieu au lac dont les belles eaux frissonnent dans cette fraîcheur matinale et nous partons. Rien de curieux au coup d'œil comme le ruban de cette caravane aux manteaux flottants et aux couvre-nuques multicolores, qui se déroule et serpente. Rien de pittoresque comme cette chevauchée par les collines et les vallons. Outre le plaisir de la promenade, il y a le charme de la couleur locale, qui fait revivre devant nous, avec une exactitude et une précision saisissantes, les récits de l'Evangile. C'est ainsi que Notre-Seigneur voyageait en compagnie de ses parents et de ses voisins, quand aux jours de grande fête ils se rendaient à Jérusalem. L'excursion est encore agrémentée par maints accidents survenus à tel vénérable ecclésiastique ou à tel grave laïque, qui, pour avoir des cheveux blancs, n'en sont pas moins des cavaliers apprentis. La conduite de la caravane est confiée à un jeune drogman aux épaules trapues, à la figure osseuse et carrée, au regard vif et dur, à la moustache noire et drue. Il va et vient d'un bout à l'autre, encourageant les timides, pressant les retardataires, modérant les impatients. Il semble tout à fait persuadé de l'importance de ses fonctions. Les dames ont des moukres qui tiennent leur monture à la bride, malgré tout, « la frayeur monte en croupe et galope avec elles. » Le plus simple est de s'abandonner à ces admirables petits chevaux arabes, nerveux et prudents, souples et vigoureux, dont le pied robuste et agile vous porte sans broncher, aussi bien parmi l'enchevêtrement des broussailles qui encombrent les sentiers, que sur les rochers glissants qui les tapissent.

Nous arrivons au Thabor. Il s'élève à une hauteur de 800 mètres, la cime s'arrondit en forme de ballon, sur ses flancs, à la différence des autres monts de Galilée qui sont totalement dépourvus d'arbres, pousse une végétation abondante de chênes verts, de caroubiers, de térébinthes et de lentisques. Il se dresse au milieu d'une vaste plaine, complètement isolé et indépendant de tout

système montagneux, *montem excelsum seorsum,*
note saint Matthieu, sans le désigner par son
nom. Mais cette convenance parfaite des détails
de la description évangélique justifierait la locali-
sation traditionnelle, dont l'authenticité d'ailleurs
ne saurait être sérieusement contestée par personne, et qui situe en cet endroit la Transfiguration. Nous gravissons les lacets étroits, tortueux
et raides. Aux passages difficiles nos bêtes s'arrêtent, réfléchissent, hésitent, puis se décident, et
nous sommes forcés d'avouer que la solution
qu'elles adoptent est à la fois la meilleure et la
plus imprévue. L'ascension dure près d'une
heure, il est midi quand nous atteignons le faîte.
C'est en descendant à terre que l'on ressent, dans
le brisement des os et la meurtrissure des muscles,
le contre-coup des secousses que l'on a endurées.
Encore si les harnachements avaient été appro-
priés aux légitimes exigences de chacun ! Mais il
faut se dire que l'on est en Orient et savoir se
contenter d'un à peu près, car telle chose, qui
chez nous fait partie du confortable le plus élé-
mentaire, là-bas paraît un luxe. Impossible par
exemple d'avoir un étrier à la dimension voulue.
La conséquence est que ceux dont les étriers
étaient trop longs se plaignent d'avoir la colonne
vertébrale rompue par les efforts qu'ils ont dû
faire pour se tenir d'aplomb, et que, ceux dont les
étriers étaient trop courts et dont les jambes

étaient ainsi nouées sous le ventre du cheval, ont
les genoux ankylosés. Quelques minutes de marche suffisent à nous remettre ; et vraiment nous
aurions mauvaise grâce à insister sur ces légers
inconvénients, qui sont en voyage l'inévitable
rançon de tout plaisir, et qui en sont même le
condiment. Nous sommes amplement dédomma-
gés de nos tribulations par le merveilleux panorama que nous avons sous les yeux. Ici la fameuse plaine d'Esdrelon, dans laquelle tant de
races se sont rencontrées et heurtées en de sanglants combats, depuis les Hébreux et les nombreuses peuplades voisines auxquelles ils dispu-
taient la terre de Chanaan, jusqu'à Bonaparte et
les mamelucks ; plus loin la plaine de Saron, si
riante, si gracieuse, si richement nuancée qu'on
dirait un de ces merveilleux tapis d'Orient dessi-
nés à la main, et qu'Isaïe [1] a vu en elle un des éléments dont est formée la beauté de la Vierge. La
perspective est limitée à droite par la raie violette
des monts de Gelboé où « sont tombés les forts
d'Israël », et d'où les malédictions de David ont
éloigné la rosée et la pluie [2]; à gauche par la ligne
blanche du Liban, figure de la Vierge, lui aussi en
sa majesté radieuse, et par la masse éblouissante
de l'Hermon couvert de neige, qui tressaillit, au
témoignage du prophète, quand il vit le reflet de

1. I. S. XXXV.
2. II. Reg. I, 21.

la splendeur éternelle, qui se manifestait dans son voisinage, luire sur son front immaculé, et qu'il entendit nommer le Fils bien-aimé du Père. Et tandis que ces fiers sommets nous renvoient l'écho des grands souvenirs bibliques, les villages que nous voyons épars, les uns perchés sur quelque monticule, les autres douillettement blottis dans un repli de terrain, nous racontent à leur tour, en leur langage, les épisodes de notre histoire religieuse. Voici Sunam, où Élisée ressuscita un enfant ; Endor, où l'ombre de Samuel évoquée du « shéol » par la pythonisse vint maudire Saül ; Béthulie la patrie de Judith ; Naïm, dont les mères ne peuvent prononcer le nom sans pleurer de reconnaissance, à la pensée du miracle que Notre-Seigneur y accomplit.

Le Thabor se termine par une large plateforme, toute jonchée des ruines des fortifications qu'y construisirent les Croisés. Le couvent des Franciscains où nous sommes reçus, a encore conservé l'aspect d'une forteresse avec herse et machicoulis. Le mur d'enceinte n'est d'ailleurs qu'une restauration des anciens remparts. Un monastère grec s'élève en face. Cette rivalité, que nous devrons nous habituer à rencontrer autour de chaque sanctuaire important, est toujours douloureuse pour une âme franchement chrétienne. Mais l'impartiale vérité nous force à dire qu'elle est de la part de ces Grecs, retors et sans scrupules, aussi déloyale et aussi brutale dans ses procédés qu'injuste dans ses revendications. Car il est trop certain que les Orientaux se sont en somme entièrement désintéressés du mouvement des Croisades, quand ils n'ont pas cherché à en compromettre le succès par des manœuvres souterraines et perfides. Ils n'ont donc aucun droit historique à faire valoir sur ces lieux, que nous avions conquis au prix du meilleur de notre or et de notre sang.

Nous visitons les ruines de la basilique où saint Louis vint prier ; et à notre tour nous nous agenouillons à la place où s'est reposée la gloire de Celui dont, suivant le mot sublime de Michel-Ange, « ce soleil resplendissant n'est que l'ombre lointaine ».

Nous descendons à pied du Thabor. En bas, dans la plaine, nos montures nous attendent pour nous mener à Nazareth. Pauvres bêtes innocentes, à la mine douce et résignée, elles ne se doutent pas qu'elles sont pour nous des instruments de torture ! « C'est le supplice qui recommence, murmure-t-on de toutes parts, en remontant en selle ! » Il sera même pire que durant la première moitié du trajet, car les sentiers sont plus impraticables encore ; tantôt escarpés et à pic, tantôt raboteux et complètement obstrués, ici une montée presque verticale, où les chevaux doivent s'accrocher de toute la force de leurs sabots aux aspérités des roches, et où nous sommes obligés, sous peine d'être rejetés en arrière, de nous cramponner à leur crinière et de nous étendre sur leur dos ; là une descente rapide, qu'ils ne peuvent franchir sans se retenir à grands efforts de jarrets ; plus loin des entassements de pierres, où malgré leur circonspection il leur échappe de faire des faux pas et où nous avons mille peines à garder l'équilibre. Des Franciscains munis d'ombrelles et coiffés, ainsi que les Arabes, de couvre-nuques assujettis par des tresses en poil de chameau, galopent au flanc de la colonne et nous accompagnent, sans avoir l'air de se soucier des obstacles. Çà et là nous croisons des Bédouins à cheval, avec le fusil en bandoulière. Quels audacieux cavaliers, et comme ils auraient vite fait de nous détrousser, s'ils nous rencontraient seuls ! Cependant le jour baisse et nous arrivons à Nazareth, à l'heure où là-bas, dans les teintes amorties du soir, les montagnes bleuissent.

Nous nous réunissons pour nous rendre en procession, bannière déployée, à la basilique de l'Annonciation qui est desservie par les Franciscains. Le R. P. Gardien nous reçoit avec des paroles empreintes de la courtoisie la plus française et de la plus édifiante piété. Mais il est un point vers lequel tout notre être s'oriente, attiré par une sorte d'irrésistible aimantation, c'est cette grotte, semblable à une crypte profonde, que nous apercevons sous le maître-autel. Sans nous attacher plus qu'il

10

ne convient à cette tendance aux localisations minutieuses qui sévit partout en Orient, et qui prétend, alors que nos Evangiles canoniques sont si
sobres de détails, marquer d'une colonne la place
qu'occupait l'Ange au moment de l'Annonciation
et la place qu'occupait la Vierge, qui montre ici
sa cuisine et là sa chambre à coucher, nous
croyons, sur la foi d'une tradition très authentique, très sûre, et du reste incontestée, que nous
sommes à l'endroit où s'est accompli l'événement
le plus considérable de l'Histoire, le chef-d'œuvre
de la droite du Très-Haut, le mystère de l'Homme-
Dieu !

Pendant qu'à genoux, les mains jointes et les
yeux clos, nous nous abandonnons aux réflexions
qu'une telle pensée suggère la bénédiction se termine. Levant alors la tête, nous apercevons, comme
en une extase, la figure de la Vierge, dont la statue
se dresse à l'entrée de la grotte. Etre si près
d'Elle,... chez Elle..., nous si indignes ! Et Elle
ne nous repousse pas ! Au contraire Elle nous invite ! L'émotion qui nous saisit est trop forte pour
pouvoir être contenue, elle éclate en une crise de
sanglots et de larmes ; ce sont les meilleures que
nous ayons jamais versées ! Heureux celui à qui
il a été accordé, une minute dans sa vie, d'en répandre de pareilles ! Elles sont la fraîcheur qui fait
reverdir et refleurir l'âme, elles sont la paix qui
calme leur cœur, l'onction qui l'embaume et le con-

sole, elles sont la joie du pardon et la fierté de l'innocence, elles purifient, fortifient, régénèrent!... En même temps qu'elles coulent ainsi, inondant nos consciences d'une suavité céleste ; de nos regards qui ne peuvent se détacher de la statue divine, de nos lèvres tremblantes et murmurantes, de tout notre être vibrant et palpitant de prière à ses pieds, s'exhale vers Elle l'invocation que l'Ange lui adressa ici pour la première fois, que vingt générations ont répétée depuis, que nous avons nous-mêmes si souvent redite, mais, nulle part avec cette ferveur : « Salut, ô pleine de grâce, vous êtes vraiment bénie entre toutes les femmes ! »

Nous restons à Nazareth jusqu'au dimanche matin et nous y prolongerions volontiers notre séjour, tant la gracieuse petite ville est intéressante et attirante. On sait que son nom en hébreu signifie « fleur ». Et elle mérite cette jolie appellation. Elle s'épanouit à mi-côte d'une des collines dont l'hémicycle ferme la plaine d'Esdrelon, au milieu d'une corbeille de figuiers, d'oliviers, d'aloès et de cactus. Elle n'a pas changé beaucoup depuis Notre-Seigneur. C'est toujours le même chiffre de population, 3.000 ou 4.000 habitants. Ce sont toujours les mêmes cases de couleur blanche et de forme cubique, ramassées sans ordre, construites sans style, aménagées sans élégance, au dedans comme au dehors. La fantaisie nous prit de visiter quelqu'un de ces intérieurs.

La chose fut facile, car avec une amabilité,
qu'exagérait peut-être l'appât du backchich, les
habitants, les chrétiens bien entendu, nous invi-
taient les premiers à entrer chez eux. Toutes les
maisons se ressemblent du reste, et qui en a vu
une connaît les autres. Rien de plus simple
que cette installation, rien de plus modeste que
ce mobilier. Les chaumières de nos paysans les
plus pauvres sont luxueuses à côté. Une ou deux
chambres étroites, basses et obscures, des fenêtres
aussi réduites que possible et grillagées ; pas de
chaises, on s'assied à terre ; pas de lits, on s'étend
sur des couvertures, des tapis ou des nattes. Parfois, dans un renfoncement du mur, une planche
sur laquelle on range une grossière vaisselle d'ar-
gile à peine vernissée, et en dessous deux pierres
superposées pour écraser le blé, et c'est encore
l'office des femmes de le moudre, de pétrir la
farine et de faire cuire le pain sous la cendre.
Telle devait être la demeure du charpentier
Joseph et de la Sainte Famille.

Les voyageurs qui ont traversé Nazareth ont
tous vanté la beauté de la race. Certains veulent
y voir un don de la Très Sainte Vierge Marie aux
femmes ses compatriotes. Elles représentent en
effet le type syrien dans toute sa grâce pleine
d'indolence et de langueur. Les gens sont gais,
ouverts, d'une politesse et d'une affabilité prover-
biale. Ils sont du reste catholiques. Et quelle dif-

férence entre eux et nos catholiques de France !
Avec quelle sincérité et quelle conviction ils pra-
tiquent et vivent leur catholicisme ! Aussi s'élè-
vent-ils à un niveau moral que nos meilleures
régions pourraient leur envier, et où ils se trouvent
à l'abri des innombrables misères que la débauche
ne manque jamais d'entraîner après elle. Le mérite
en revient aux Franciscains, qui sont chargés de
la paroisse et dont l'infatigable zèle multiplie
autour d'eux les catéchismes, les instructions, les
exhortations, tous les moyens de préservation et
de persévérance. La première conséquence est que,
par un singulier bonheur, les querelles religieuses
qui déchirent tout l'Orient et qui arment les uns
contre les autres, Chrétiens, Musulmans et Juifs,
Catholiques, Grecs, Protestants et Coptes, s'apaisent au seuil de Nazareth, dans une adhésion à peu
près unanime de ces âmes de bonne foi et de bonne
volonté au Christianisme intégral que seule l'Eglise
romaine représente, et dans une abdication presque
complète des amours-propres, des révoltes et des
lâchetés qui retardent et contrarient ailleurs l'avènement du règne de Dieu. N'est-ce pas le plus
précieux bienfait que pouvait apporter aux habitants de Nazareth Celui qui fut pendant trente
années leur divin compatriote ?

Mais il faut sortir de ces sombres ruelles où
l'air manque et grimper en haut de la colline.
Alors, de degrés en degrés, à mesure que nous

10.

montons à travers les sentiers tortueux, le site
s'agrandit. Bientôt il devient splendide. A l'ouest
se dessinent les courbes fuyantes du Carmel, dont
la pointe va se perdre dans les flots de la Méditerranée, et dont les crêtes sinueuses font penser
à une vague gigantesque qui se serait arrêtée sur
le rivage sans déferler ; le Thabor solitaire et
superbe ; les hauteurs du pays de Sichem, avec
leurs lieux saints visités par les vieux patriarches.
Par une échancrure la vue plonge jusque dans la
vallée du Jourdain, qui se creuse à la façon d'un
long couloir, découvrant tantôt des rives fleuries
que baigne une eau tranquille, tantôt des gorges
sauvages où se précipitent des torrents. Au Nord
les montagnes de Safed qui masquent Saint-Jean
d'Acre, s'infléchissent pour laisser voir et au fond
de la baie de Caïffa, dans un indescriptible enchantement de lumière, une tache d'un bleu argenté,
c'est la mer. Et cette immensité soupçonnée, pres-
sentie, ajoute encore à l'étendue de la perspective.
Enfin, dans le recul des arrière-plans lointains,
l'œil discerne d'un côté Césarée de Philippe qui s'a-
vance au flanc de l'Hermon, comme une pointe de
la Gentilité sur la terre sacrée d'Israël, et de l'autre les plateaux de Moab, au pied desquels on
devine l'âpre Samarie et la triste Judée. C'est en
somme une image réduite du monde. Tel fut l'horizon où s'écoulèrent les trente premières années
de la vie du Sauveur. C'est là qu'Il a vécu, Lui

qui s'est appelé et que nous continuons à appeler
« Jésus de Nazareth ! »

Et voilà le charme particulier de cette terre
privilégiée. Il ne résulte pas de sa propre beauté
naturelle, elle l'emprunte à l'immatérielle poésie
du souvenir de Celui dont elle fût la patrie. La
seule chose en effet que lui demandent tous ceux
qui la visitent, les incroyants aussi bien que les
chrétiens, ceux-ci dans la ferveur inquiète d'une
piété toujours avide de Le mieux connaître, ceux-
là dans le tourment d'une pensée qui souffre de
ne pas savoir ou de ne pas oser nommer ce qu'elle
adore, la seule chose que tous lui demandent,
c'est de leur communiquer un peu des vertus et
des grâces que répandit sur elle le grand souffle de
miracle dont elle fut traversée ; c'est de leur faire
mieux comprendre et de leur rendre plus présente
l'adorable Figure qui, après dix-neuf siècles, demeure toujours, sous une forme ou sous une
autre, par la haine aveugle et tenace ou par l'invincible amour, dans le blasphème obstiné ou
dans la prière assidue, la suprême passion de
l'humanité.

Et nous-mêmes qui arrivons ici deux mille ans
trop tard, n'est-ce pas Lui que nous y cherchons ?
Si nous nous arrêtons au bord des chemins, à
respirer longuement les parfums de ces campagnes, n'est-ce pas parce qu'elles nous semblent
exhaler une odeur du ciel, un arôme divin ? Si

notre regard s'attarde à contempler ces collines,
n'est-ce pas parce qu'Il les a fréquentées, parce
qu'elles L'ont vu passer ainsi souvent, aux heures
paisibles et radieuses du soir, dans le sillon d'or
du soleil couchant ?

Mais l'endroit et le moment où revivent avec le
plus de précision les scènes de l'Enfance et de
l'Adolescence du Sauveur, c'est à la fin du jour,
autour de la « Fontaine de la Vierge ». Elle s'appelle toujours ainsi, et elle est évidemment restée
la même qu'à l'époque où Marie s'y rendait, car
elle est la seule source du pays. Quelques instants
avant la disparition du soleil, les femmes s'y rassemblent pour renouveler la provision d'eau. Elles
défilent suivant des haies de cactus, leur démarche
lente, presque solennelle, paraît rythmée par une
cadence religieuse. Elles portent sur leurs têtes
des urnes qui ont gardé leur forme antique. Elles
sont enveloppées de robes aux couleurs voyantes,
et de larges voiles blancs, qui retombent jusqu'aux
épaules, leur couvrent le front avec une grâce où
se mêle un sentiment d'exquise pudeur ; tandis
qu'autour d'elles gambadent un essaim de jolis
bambins frisés comme des anges, pieds nus, vêtus
d'une chemise rose ou bleue, serrée à la ceinture
par un ruban qui pend. Depuis les temps évangé-
liques le tableau n'a pas changé. On croirait que
la Vierge est toujours là, parmi la foule de ses
compatriotes. Elle est vêtue du même costume,

La fontaine de la Vierge à Nazareth.

elle ne se distingue que par une allure plus
modeste encore et plus digne, par je ne sais
quelle beauté plutôt intérieure et comme nuancée de mélancolie, par des traits plus nobles
et plus purs, par l'expression toute céleste de sa
physionomie.

Quant à l'adorable Enfant qui marche à côté
d'elle, Lui aussi Il est habillé à la façon des autres,
seulement sur son visage on voit transparaître
« l'éclat de la Lumière éternelle, l'image de la
Perfection infinie, la splendeur de la Divinité ».

D'immenses troupeaux de moutons, de chèvres, de chameaux, reviennent dans un nuage
de poussière, tout chargé des âcres odeurs des
champs et tout grondant de bêlements monotones. Ils s'arrêtent aux portes de la ville, où ils
viennent camper pour repartir le lendemain dès
l'aube. C'est la vision exacte du vieil Orient patriarcal...

Il faut rentrer... Nous circulons par des rues
que le Charpentier Joseph retrouverait toujours
pareilles ; la rue des teinturiers où pendent des
étoffes qui gouttent et qui sèchent, la rue des
forgerons qui fabriquent des couteaux aux manches de bois grossièrement taillés, la rue des
fruitiers où des entassements de figues, de dattes,
d'olives et d'oranges, fermentent dans la tiède
obscurité des boutiques, la rue des bazars avec
leurs étalages indescriptibles et innommables.

Quand nous arrivons à la Casa-Nova des Franciscains il fait à peu près nuit. Seules quelques pâles lueurs mourantes, derniers restes d'un jour qui s'éteint, traînent encore le long des maisons.

La plupart montent sur la terrasse. Des sonorités étranges passent dans l'atmosphère ; on dirait des harpes aériennes qui frémissent en longues vibrations mystérieuses, au souffle béni des brises, dans la douceur de cette belle soirée d'avril. Puis tout se tait. La nuit nous enveloppe de ces ombres caressantes. Après ces orgies de soleil, les ténèbres ne semblent pas résulter seulement de l'absence de la lumière, elles semblent être un élément distinct, un milieu spécial, fait de fraîcheur et de paix. Les palpitations des étoiles répandent au sein de l'espace un silence illimité, le moindre bruit se répercute et se prolonge, à travers cette étendue tranquille et sombre qui lui appartient toute. C'est l'instant où l'âme entre en communion avec les choses, par conséquent avec Dieu présent dans ses ouvrages. Jamais nous n'avons mieux compris l'harmonie secrète qui existe entre nous et l'ensemble des êtres, entre le ciel de la nature où roulent les sphères, et le ciel aussi grand de nos intelligences et de nos cœurs où roulent nos pensées et nos désirs. Tous deux rendent des sons pareils et reproduisent le même cantique. Les sages de l'antique Hellas, poètes

autant que philosophes, avec leur sens si affiné
et si pénétrant de la vérité et de la beauté, avec leur
génie idéaliste et mystique, doué tout à la fois
d'intuition et de raisonnement, avaient été les
premiers à discerner cette « musique sacrée »,
comme ils l'appelaient. Et ils faisaient consister
la perfection à l'entretenir en nous et, pour ainsi
parler, à n'inscrire sur les lignes de nos vies
aucune note qui marquât une dissonance, au
milieu des accords de cette symphonie universelle. C'était l'ordre naturel, et le Christ ne l'a
pas détruit. Il l'a au contraire confirmé, puisque
en réhabilitant notre nature, Il l'a replacée dans
le plan providentiel, d'où les écarts de notre
liberté l'avaient éloignée. Cependant son action
ne s'est pas bornée là. Il a communiqué à nos âmes
des vertus nouvelles, qui leur permettent de trans-
poser, sur un mode infiniment plus élevé et plus
magnifique, la mélodie qu'elles exécutent, il a mis
en elles des résonances plus puissantes et plus
riches. Ainsi, grâce à Lui, un concert sublime
s'établit, non plus seulement entre elles et l'univers, mais entre elles et ce Dieu que les Grecs ne
connaissaient pas, qui, au lieu de se manifester à
nous par l'écho de sa voix retentissant dans le
monde, ou le reflet de son image projeté sur son
œuvre, nous éclaire d'un rayon direct de sa face
et nous fait entendre la parole même de son
Verbe. C'est l'ordre surnaturel, c'est la grâce,

centuplant la portée de nos énergies, exaltant toutes nos facultés et toutes nos puissances, notre puissance de connaître, notre puissance d'aimer, notre puissance d'agir...

. . . .

Dimanche 28 avril. — Nous sommes éveillés de très bonne heure, il faut partir pour le Carmel. Il nous en coûte de quitter Nazareth. Au milieu de cette course rapide, où le défilé des kilomètres déroule, sous nos yeux fatigués, une série ininterrompue de tableaux semblables à des images de kaléidoscopes ; notre séjour dans l'aimable petite ville si attachante, avec son atmosphère religieuse particulière, au sein de laquelle flottent les gracieux souvenirs de l'adolescence et de la sainte enfance, nous avait paru une halte bienfaisante. Mais déjà les voitures sont rangées dehors et les chevaux nous attendent. Le temps s'annonce très beau, le soleil qui s'allume dans les branches des arbres, avec un pétillement vif et clair, met des aigrettes d'or au front des montagnes, et dans cette fête de la lumière, parmi les franches allégresses de ce gai matin, quelque chose comme un essaim de sourires légers voltige autour de nous. Nous allons au trot infatigable de nos chevaux, par les vallées et par les collines, traversant tantôt des villages où les cloches sonnent pour saluer notre passage, tantôt des forêts de chênes verts où de gros lézards effrayés s'enfuient

à notre approche, tantôt des prairies et des
champs de blé. Des enfants accourent, qui d'une
main présentent des fleurs et de l'autre implorent
un bakchich. Nous franchissons le Cison, il n'est
aujourd'hui qu'un ruisseau, mais qu'un orage
éclate et il deviendra torrent, comme au jour où
les.cadavres des guerriers de Sisara vaincus par
Débora, ceux des huit cents prêtres de Baal mas-
sacrés par l'ordre d'Elie, ceux des mameluks
exterminés par Bonaparte, furent précipités dans
ses eaux. Mais ces scènes sanglantes et lugubres
détonnent trop violemment avec cette joyeuse
nature, et nos chevaux vont trop vite pour que
nous puissions y arrêter nos pensées. Bientôt nous
longeons les superbes plantations de mûriers qui
entourent le village de Yadjour, et nous voici à
Caïffa. La ville se dessine dans un ravissant décor
de palmiers et d'orangers, au pied du Carmel, au
fond d'une baie délicieuse, que les flots de la
Méditerranée baignent d'une clarté bleue et
emplissent de murmures. Nous entrons par le
quartier oriental, nous nous engageons dans des
rues nauséabondes, encombrées de chameaux
qui grognent, d'Arabes chargés de fardeaux qui
s'injurient et se bousculent, de marchandes aux
ongles teints de henné, aux sourcils maquillés de
noir et au masque ignoblement tatoué, d'étalages
où s'entassent pêle-mêle les produits les plus
divers. L'odeur caractéristique des bazars que

nous avons respirée à Smyrne, à Constantinople et à Damas, nous reprend à la gorge et nous donne des envies de vomir. Ce sont des relents de sueur, mêlés à des parfums de musc, de pommades, d'huiles, d'essences de toutes sortes et à l'âcre saveur des épices. Certain loustic demande à voir « le Planteur »... Il ne figure pas parmi les curiosités du bazar.

Nous avons hâte de gagner le quartier européen. C'est dimanche, des groupes d'hommes et de femmes sortent de l'Église, où ils sont allés renouveler cette provision d'idéal, qui est indispensable à toute vie tant soit peu élevée au-dessus de l'animalité, et qui malheureusement s'évapore trop vite sous la pression des nécessités matérielles. Ils ont cet air joyeux qui trahit la bonne santé de l'âme. Encore une fois qu'on les rapproche de ces Arabes et de ces Turcs aux figures abruties, accroupis le long des rues, perdus dans une somnolence stupide, laissant se dissoudre et s'évanouir, dans la fumée de leur narguilé, leur intelligence, leur conscience, leur volonté ; la différence entre les deux religions est presque toute dans cette antithèse.

Nous montons au Carmel par la pente qui regarde du côté de la mer, suivant des lacets étroits et raides côtoyant des précipices. C'est miracle que nous n'y tombions pas, tant les roues de nos voitures passent près du bord ! Nous sommes reçus par les Pères Carmes, dont le couvent, semblable à une forteresse, se dresse solitaire, comme un nid d'aigle, en plein azur, sur les hauteurs. Nous nous réunissons pour la messe à la chapelle. Elle est formée d'une rotonde centrale, autour de laquelle rayonne les quatre bras d'une croix grecque. Au fond de l'abside, sur un trône dominant le maître-autel, la statue de la Vierge est assise, costumée, dans le goût espagnol ou italien, d'une robe de soie rose brodée d'or. « Decor Carmeli », chante après Isaïe l'invocation qui se déroule à ses pieds : « gloire, ou mieux peut-être, charme du Carmel ». Elle est en effet le seul charme de ces sommets pierreux, rugueux et nus ainsi que l'écorce d'un vieil arbre. Mais la fête des yeux recommence dès qu'on se retourne vers la mer. Avec ses flots d'opale, dont la surface d'apparence solide se brise, à chaque mouvement des vagues, en un continuel jaillissement d'éclairs qui s'entre-croisent, elle ressemble à une lourde draperie pailletée de gemmes étincelantes, enveloppant la base du Carmel de ses longs plis mobiles et pleins de bruits. En face, sur l'autre rive, se dessinent les courbes du golfe de Saint-Jean d'Acre. Les souffles qui nous arrivent de ces bords sont tout chargés des souvenirs de notre histoire nationale. On se rappelle les grandes prouesses des Croisés, que Napoléon tentait de reprendre, quand son épée, trempée et forgée pour-

tant au feu de vingt batailles, faillit se rompre à
l'assaut de l'altière citadelle. Il avait transformé
le couvent du Carmel en ambulance pour ses malades et ses blessés. La croix, dressée au milieu de
l'esplanade qui s'étend devant la chapelle, montre
toujours l'emplacement de l'ossuaire où furent
ensevelis les cadavres de nos soldats pieusement
recueillis par les Religieux. Comme elle glorieuse
à travers le monde, cette France dont on retrouve
partout les traces, et dont le sang généreux a
coulé sur toutes les plages, charriant dans un magnifique courant d'enthousiasme, les semences
fécondes de civilisation que l'Évangile a déposées
en nous ! Nous sommes d'ailleurs ici sur une enclave bien française. Malgré toutes les entreprises tentées pour le refouler, le cœur de la
patrie lointaine y bat toujours, et, à travers les
nuages sombres qu'une politique absurde y accu-
mule, « l'arc-en-ciel de nos trois couleurs » n'a
pas cessé d'y resplendir. Même pendant le séjour
de l'Empereur Guillaume, lors de son voyage en
Orient, le supérieur du monastère refusa d'arborer
le pavillon allemand. Quand on voudra retrouver
bien intactes les traditions françaises, ce n'est pas
chez les Francs-Maçons engraissés et repus, c'est
dans l'âme désintéressée des Moines qu'il faudra
aller les chercher. Chassés par la persécution hors
d'une patrie déchirée par les discordes civiles, ils
en ont emporté les lambeaux, et ils les gardent

pieusement pour le jour, que nous espérons prochain, où Dieu permettra la reconstitution de la vraie France.

Mais la grande figure qui domine ces sommets et qui nous apparaît là dans son vrai cadre, c'est celle d'Élie, l'un des personnages les plus extraordinaires de l'Ancien Testament. Élie l'homme de Thesbé, à l'âme droite, rigide et forte comme une lame d'acier, l'élu de l'Éternel, le prophète au verbe de feu, habitué à parler avec la foudre. On se l'imagine tout agité de l'Esprit qui le possède, vêtu d'un manteau de poil rude qu'une ceinture de cuir serre autour des reins, l'œil étincelant, la barbe et les cheveux en désordre, le visage hâlé par les âpres souffles de ces crêtes brûlantes. Il vivait dans la retraite, l'austérité et la prière, au fond des grottes sauvages dont sont creusés les flancs de la montagne, en compagnie de quelques disciples qui s'échauffaient à sa flamme, qui se pénétraient de sa mâle vertu et qui formaient, autour de lui, ce que l'on a appelé l'Ecole des prophètes. C'est là que Jéhovah venait le visiter et armer pour les saints combats son bras nerveux et invincible. C'est de là qu'il descendait, irrésistible comme un torrent, pour protester contre tous les abus de la violence ; pour faire entendre devant lès puissants, en faveur des faibles et des opprimés, des orphelins et des veuves, l'inexorable revendication de la justice ; pour se dresser, ainsi qu'une apparition effrayante de la vengeance divine, devant les princes coupables ; pour souffleter du fouet vigoureux de sa parole la face déshonorée des rois prévaricateurs. C'est là qu'un jour, dans cette nuée symbolique qui montait de la mer et qui allait répandre sur la terre désolée une rosée bienfaisante, il reconnut l'image de la Vierge [1], dont la tradition nous dit qu'ensuite il entretenait ses disciples. C'est de là qu'il partit dans la direction du Jourdain, avec Élisée son ami le plus cher, le confident intime et l'héritier de sa pensée, lorsqu'il fut saisi et emporté dans le tourbillon d'un char embrasé. Physionomie singulière en vérité où l'on retrouve le type le plus représentatif du prophétisme, de son rôle et de sa mission, Élie méritait d'être admis, en même temps que Moïse le grand législateur hébreu, aux côtés du Christ transfiguré, afin de rendre témoignage à Celui qui devait marquer la réalisation des prophéties et la consommation de la Loi. Mais Élie est un de ces hommes dont l'action laisse derrière eux un ébranlement si profond, que les conséquences ne sauraient en être limitées aux années de leur existence. L'Esprit de force du grand prophète revivra plus tard en effet, suivant la promesse de l'ange à Zacharie, dans Jean le Précurseur. Son esprit de prière, de mortification et de recueillement continue à animer les Carmes, qui

1. III Reg. XVIII, 44.

l'honorent comme leur fondateur et le vénèrent comme leur premier ancêtre. Du reste, dans ces lieux où il a vécu, il est, de la part des Chrétiens aussi bien que de la part des Musulmans et des Juifs, l'objet d'un culte presque superstitieux. Chaque jour, aux pieds de la grossière statue de bois qui le représente et qui est placée sous l'autel majeur de la chapelle, dans une grotte qu'il a certainement habitée, des paysans, sans distinction de croyances, viennent se prosterner et déposer des offrandes. Les luttes religieuses s'apaisent autour de l'intrépide champion de la vérité, dans le silence d'une admiration commune et d'une commune dévotion.

Nous assistons dans la soirée à deux baptêmes du rite grec catholique ; une des dames de notre pèlerinage est même demandée par les parents pour être marraine. La cérémonie est curieuse et doit se rapprocher assez des formes liturgiques de la primitive Eglise. Après de longues psalmodies, aux intonations monotones et traînantes, les enfants sont immergés dans un bassin rempli d'eau tiède et confirmés aussitôt.

Ici notre caravane se fragmente. Le groupe des braves qui ont le courage d'affronter, à cheval, par cette chaleur, la traversée de la Samarie se sépare et nous quitte. Jusqu'au dernier moment des hésitations et des défaillances se produisent, quand le tri est fait ceux qui se décident à partir

sont vraiment des « soldats de Gédéon ». Nous
leur souhaitons bon voyage et leur donnons rendez-vous à Jérusalem. Mais l'heure du départ a
sonné pour nous aussi. Nous disons adieu aux
bons Religieux et nous descendons à Caïffa, où
nous devons nous embarquer, afin de gagner Jaffa
et de là Jérusalem ; la voie de mer étant la seule
possible quand on ne passe pas par la Samarie.
Malheureusement le paquebot kédivial, l'*Assouan*,
qui nous attend ne peut aborder. Il est ancré à
trois kilomètres de la côte et nous serons forcés
de nous y rendre en barques. Ce sont les incidents
de Smyrne qui vont se renouveler dans des circonstances particulièrement ennuyeuses et pénibles. Le littoral est tout hérissé de récifs, contre
lesquels les vagues se brisent avec des remous
qui entretiennent une agitation continuelle ; et
la chaussée est élevée d'au moins un mètre au-
dessus du niveau de l'eau. Sans doute une administration intelligente aurait réussi à supprimer
ces difficultés naturelles et à aménager un port
commode, mais l'incapacité du gouvernement
turc laissera longtemps les choses en l'état. Cependant la gaieté, la bonne humeur française, un
instant désarçonnées ne tardent pas à reprendre
leurs droits. *Ave mare, vomituri te salutant !* s'écrie
un heureux plaisant. Cette jolie boutade ramène
le sourire aux lèvres les plus moroses. Or quand
un Français sourit devant le péril il est bien près

de devenir héroïque. Car à prendre une attitude quelconque, avec un tempérament mobile et impressionnable comme le nôtre, on a vite fait de se suggérer à soi-même les dispositions d'âme que cette attitude signifie ; et le sourire en face d'un danger réel ou supposé, n'est-ce pas ce panache brillant que l'on se met pour se donner des airs de bravoure, pour s'exciter au courage et qui souvent en tient lieu ? Nous nous exécutons donc sans trop de mauvaise grâce. Là encore le mieux est de nous abandonner, entre les bras des étranges matelots qui viennent nous chercher. Ils nous saisissent, nous jettent du haut de la berge, et nous entassent dans leurs barques pêle-mêle avec nos bagages. Plus d'un, dont les membres sont fragiles et délicats, se plaint de contusions et de meurtrissures, mais ces légers inconvénients ne comptent guère en comparaison de ce qui se prépare. Le ciel jusquelà très beau se couvre de nuages, le vent grandit, les houles soulèvent et bouleversent les flots, nous sommes ballottés, heurtés, jetés d'un bord à l'autre. Tantôt nos barques vont plonger, proue baissée, dans des gouffres ouverts tout à coup devant nous et où nous pensons être engloutis ; tantôt elles sont portées à d'effrayantes hauteurs, sur la crête écumeuse des vagues. Oh ! comme en face de cette infinie Puissance dont les mouvements de l'Océan sont une des manifestations les plus imposantes, l'homme a conscience de sa petitesse et de son

néant! Avec quelle hâte fébrile d'oiseau pour-
chassé et tremblant, d'enfant haletant de peur, il
accourt se blottir et abriter sa faiblesse, dans
une absolue confiance en une Providence paternelle! Comme les sublimes réalités de la foi, qui,
dans la banalité et l'indifférence de nos vies ordi-
naires, s'évanouissent presque en abstractions lointaines, deviennent vivantes et présentes à l'âme en
ces moments de détresse! Comme la raison, faculté
froide d'analyse, de réflexion et de calcul, se
montre alors insuffisante et désarmée! Comme la
croyance est nécessaire pour tendre les ressorts de
l'être, exalter ses énergies, l'élever au-dessus de
lui-même! Cependant le tumulte augmente, de
grosses lames nous prenant en plein flanc se
ruent contre les parois de nos barques, les renversent, et menacent de les submerger ; de toutes
parts l'eau nous éclabousse. Alors ce sont des
appels éplorés, des secousses de sanglots, des
crises de larmes, des convulsions d'effroi. Les
lueurs sinistres du couchant qui éclairent cette
scène en accroissent encore l'épouvante. Pour se
rassurer eux-mêmes et pour rassurer les autres,
les moins affolés chantent l'*Ave maris stella ;* à
dire vrai ils cherchent dans ces strophes une sorte
de chaîne de sauvetage à laquelle désespérément
ils s'accrochent. Cependant le nom béni de la
divine Vierge éperdument invoquée glisse parmi
nos frayeurs ainsi qu'un rayon d'espoir ; les paro-

les de cette hymne débordante d'affectueuse et filiale confiance tombent comme les gouttes d'un cordial que les âmes avidement boivent et qui les réconforte. Beaucoup néanmoins se prennent à regretter de ne pas être allés en Samarie. Seuls nos matelots familiarisés avec les caprices de la mer se rient de nos terreurs. Impassibles et infatigables, sous leur flegme d'orientaux fatalistes, ils rament, et bientôt nous touchons à l'*Assouan ;* tandis que là-bas, derrière la masse sombre du Carmel, le disque rouge du soleil, pareil à un œil énorme tout injecté de sang, nous regarde à l'horizon.

L'*Assouan* est un bateau de dimensions relativement restreintes, nous n'y trouverons pas le confortable auquel nous étions habitués sur le *Sénégal*. C'est ainsi que tous n'ont pas de cabine, et que la plupart des messieurs sont obligés de s'étendre pour dormir sur les divans des salles à manger. Mais nous n'en aurions pas gardé rancune à l'*Assouan,* si son nom n'était resté mêlé, dans nos souvenirs, aux nausées du plus violent mal de mer que nous ayons éprouvé pendant le voyage. Le lendemain au réveil, le spectacle était lamentable, même les plus robustes sentaient leur cœur défaillir et leur estomac chavirer. Heureusement nous n'eûmes pas longtemps à souffrir, car nous étions déjà en vue de Jaffa. Seulement cette fois encore le bateau ne pourra pas pénétrer dans la rade, et il faudra de nouveau avoir recours aux barques pour nous transporter jusqu'à la côte. Grâce à Dieu cette traversée fut moins tourmentée que la précédente.

Jaffa, l'antique Joppé des Grecs, est une très ancienne ville, puisque son nom se retrouve sur les pylônes de Karnac. Les légendes mythologiques enveloppent l'histoire de ses origines. L'hypothèse la plus vraisemblable est celle de Josèphe qui en attribue la fondation aux Phéniciens. Son nom signifie « belle », elle le mérite par sa position merveilleuse. Elle est construite en amphithéâtre sur une colline haute de 700 mètres, et dont la pente s'incline doucement vers la mer. Tout autour s'étendent les jardins fameux dont parlent tous les guides et où l'oranger, le citronnier, le grenadier mélangent leurs parfums, leurs ombrages, et leurs murmures. A peine a-t-on mis le pied à terre que l'on est repris par ces sensations d'Orient si étranges, si capiteuses, et dans lesquelles entrent tant d'éléments disparates ; d'abord le perpétuel enchantement de la lumière, puis l'étonnement provoqué par ces mœurs si éloignées des nôtres, enfin l'invincible répugnance inspirée par ces races sordides.

Les quais sont toujours envahis par la même cohue hurlante, où s'écrasent des portefaix chargés de lourds fardeaux, des Arabes mendiants et fureteurs, et des marchands d'oranges. Ces derniers ne manquent jamais d'être bien accueillis. C'est extraordinaire la quantité d'oranges que consomment les étrangers qui traversent ces pays.

Du fond de l'organisme épuisé par une sueur
excessive, altéré par la chaleur, excédé par la fatigue qui résulte de ces déménagements et de
ces roulements continuels, un appel se produit.
L'orange sucrée, acidulée, juteuse répond à ce
besoin. Elle est le fruit providentiel de la région.

Les rues sont tortueuses, défoncées, boueuses
et étroites, comme partout là-bas ; les bazars
plus petits qu'à Damas et qu'à Smyrne, car il n'y
a que 14.000 habitants, présentent les mêmes
étalages invraisemblables. Jaffa pourtant prend
chaque jour de l'importance, à cause du chemin
de fer qui la relie à Jérusalem et en fait le rendez-
vous inévitable de toutes les caravanes qui d'Occident se dirigent vers la Ville Sainte. Le seul
souvenir religieux qui nous y retienne est celui
de Simon le corroyeur dont saint Pierre fut l'hôte.
On sait que c'est chez lui que l'Apôtre eut le songe
célèbre, où lui furent révélés, ou plutôt confirmés,
l'abandon définitif du peuple Juif, l'extension à
tous les hommes, sans distinction de naissance, des
mérites de la Rédemption du Sauveur et du bienfait de l'adoption divine, et par conséquent les glorieuses destinées de l'Eglise dans l'avenir de l'humanité. Naturellement il ne reste rien de la maison
de Simon, nous en visitons rapidement l'emplacement supposé, car nous ne nous attarderons pas à
Jaffa, c'est à deux heures de l'après-midi que doit
partir le train qui nous emmènera à Jérusalem.

JÉRUSALEM ET LA JUDÉE

Nous nous installons dans nos compartiments et nous partons. A mesure que nous avançons vers le terme de notre voyage, l'émotion se fait plus forte. Jérusalem est en vérité le pôle magnétique le plus puissant du monde moral, nul ne s'y dérobe. A chaque tournant de la route qui se déroule les souvenirs bibliques affluent, comme si nous feuilletions les pages mêmes de nos Saints Livres. Ils accourent pour faire cortège à la grande apparition qui s'annonce. Voici Ramleck la patrie de Joseph d'Arimathie, Seraa la patrie de Samson, la vallée des Raphaïm où David battit les Philistins ; enfin à six heures du soir Jérusalem.

Oh ! les sifflements de cette machine en entrant en gare ! Et cette gare même de Jérusalem, quel contresens, on a envie de dire quel sacrilège ! Décidément pour les anciens pèlerins qui arrivaient en longues caravanes, montés à cheval ou à dos de chameau, après avoir traversé le désert, souffert de la soif, et qui de loin, apercevant

enfin Jérusalem, la saluaient de leurs cris enthousiastes, descendaient de monture pour baiser son
sol béni, et entraient, ainsi qu'autrefois les Juifs,
au chant des psaumes, l'arrivée était autrement
impressionnante ! Une quantité de personnes du
consulat français et de la Casa-Nova des Franciscains s'empressent autour de nous. Et certes nous
sommes profondément touchés des sentiments
qu'ils nous témoignent. Mais d'abord notre pensée est ailleurs, et puis ce n'est pas cela qu'il faudrait.

Jérusalem devrait être une ville morte, toute
recueillie et ensevelie dans ses souvenirs, toute
repliée sur son passé, afin de le préserver de nos
profanations modernes. Elle devrait être la veuve
inconsolable et délaissée, pleurant auprès du
Tombeau vide. Aucun pied humain n'est digne
de fouler sa cendre sacrée ; aucune voix humaine
n'a le droit de troubler le silence auguste de sa
désolation, de son deuil, et de ses ruines ; aucune
parole humaine ne devrait retentir dans ces murs
où les prophètes et le Christ ont parlé ! L'étranger
n'y devrait passer qu'en tremblant, avec, dans
l'âme, cette terreur religieuse que l'on éprouve
dans un temple, lorsqu'on entend le bruit de ses
pas résonner à travers l'obscurité des voûtes.
Or la présence de ces messieurs et de ces dames,
si correctement vêtus à la dernière mode, nous
laisse croire que Jérusalem est devenue une

ville comme une autre, avec tout l'attirail contemporain, journaux, cafés, théâtres, — et il en existe un en effet le théâtre Olympio — et cette impression est désastreuse. Nous avons le pressentiment que ce qu'il y a de plus attirant dans Jérusalem, c'est son nom même ; son nom, dont l'éclat mourant rayonne au fond des âges et de la poussière, dans une auréole de sang ; son nom, dont les quatre syllabes magiques font tressaillir en nous tant de siècles de foi qui sommeillent dans nos âmes ; son nom, véritable symbole dans lequel s'expriment, sous une forme idéalisée et mystique, tous les souvenirs, tous les espoirs, tous les rêves du monde religieux.

On nous annonce à la gare que quelques-uns seulement d'entre nous pourront être reçus à Jérusalem ce soir. La veille même de notre arrivée, la Casa-Nova des Franciscains, où nous devons descendre, était encore remplie par des pèlerins nombreux, et le temps avait manqué pour aménager nos places. L'itinéraire prévu se trouve donc ainsi modifié et nous sommes obligés d'aller coucher à Bethléem.

De Jérusalem à Bethléem la distance est de cinq kilomètres. Nous avançons au galop rapide de nos chevaux, nous retournant pour contempler derrière nous la Ville Sainte dont la silhouette se profile, avec ses hautes murailles crénelées, ses toits plats, ses terrasses surmontées de cou-

poles sur l'écran bleu du ciel, dans les irra-
diantes splendeurs du couchant. Nous arrivons à
Bethléem. Une bande d'enfants aux longs cheveux frisés et flottants, au beau visage ovale et
bronzé, sur lequel éclate le gai sourire de leurs
dents blanches, aux yeux brillants et noirs, semblables à une eau mystérieuse qui s'éclairerait
par instants de lueurs venues du fond, accourent
à nous et nous souhaitent la bienvenue. Ils chantent en tourbillonnant autour de nos voitures,
ainsi qu'une volée de moineaux criards, et parmi
tout ce vacarme assourdissant de sons inintelligi-
bles, nous distinguons le mot Bethléem, dont les
syllabes roulent dures comme des cailloux et dont
la lettre « h », prononcée avec une forte aspiration gutturale et rauque, ressemble à une « r ».
Quelques backchich semés à propos les disper-
sent. Bethléem « la maison du pain », l'antique
Ephrata « fertile en fruits » dont il est déjà fait
mention au livre de la Genèse, est aujourd'hui
une ville de 10.000 habitants. Elle s'étale à 600 mètres d'altitude, sur les versants d'une double colline tapissée d'oliviers et de vignes, et entourée
de ravins. Nous y arrivons à cette heure où, sous
l'épaississement des ombres qui gagnent, les teintes trop violentes s'amortissent. La nuit s'approche, se déployant comme une large nappe de silence qui peu à peu enveloppe toutes choses, et
dans les plis de laquelle tous les bruits s'étouf-

fent l'un après l'autre. Chaque minute qui passe pique au firmament une étoile. Alors les délicieuses visions du mystère de Noël se présentent à notre imagination ravie. C'est la Vierge errant à travers les rues de la petite ville inhospitalière, cherchant un gîte et forcée de se réfugier à la campagne ; c'est le geste gracieux de l'Enfant-Dieu souriant à sa Mère et ouvrant ses bras pour embrasser le monde qu'il vient sauver ; ce sont des légions d'anges traversant les cieux, parmi des flocons d'étoiles, et annonçant la bonne nouvelle ; ce sont les troupes joyeuses des bergers avec leurs naïves offrandes, et le long défilé des Mages apportant leurs riches présents. « Et toi Bethléem terre de Juda, tu n'es pas la moindre parmi les villes de Juda ! »

Notre première visite est pour la grotte de la Nativité. C'est une excavation naturelle, profondément creusée dans une colline de calcaire et telle qu'on en rencontre souvent dans ces pays. Elle est située sous l'abside de la basilique, on y accède par deux escaliers d'une quinzaine de marches qui s'ouvrent de chaque côté du chœur. Un fonctionnaire turc, relayé d'heure en heure, y monte la garde perpétuellement.

Il faut une fois pour toutes s'habituer au scandale de ces luttes que Latins, Grecs et Coptes se livrent à propos de ces sanctuaires vénérés et que des incidents nouveaux enveniment sans cesse.

C'est ainsi que la superbe basilique construite par sainte Hélène et Constantin n'appartient en somme à personne. Les représentants des différents rites y ont seulement droit de passage, mais on signale à chaque instant de la part des Grecs des manœuvres frauduleuses, des empiètements déloyaux, organisation de processions et de cérémonies, tendant à créer, par-dessus les traités et les conventions les plus formelles, des précédents qui, à la longue, finiront par établir une prescription en leur faveur et par leur acquérir un terrain jusqu'ici proclamé neutre. En cela du reste, s'ils sont aidés par la situation privilégiée que leur assure auprès de la Porte leur qualité de sujets ottomans, il est juste d'ajouter qu'ils sont surtout admirablement servis par la fureur persécutrice de notre gouvernement. Depuis que le patriotisme de Gambetta a cessé d'inspirer les conseils de nos ministres, « l'anticléricalisme est devenu un article d'exportation ». L'action de nos consuls, malgré toute leur habileté, tout leur tact et tout leur bon vouloir, ne manque pas d'en être paralysée, et pourtant chaque conquête des Grecs, c'est une parcelle de la France du Levant qui s'en va ! N'est-ce pas vraiment un phénomène unique que celui de ce peuple s'appliquant à démolir les monuments de sa propre grandeur, et s'acharnant à déchirer de ses mains l'étoffe de sa propre gloire, après avoir eu tant de peine à la tisser !

Nous descendons à la lueur des lampes que la piété du monde catholique entretient jour et nuit allumées. Des tentures incombustibles, en toile d'amiante, représentant les principales scènes de la Nativité, recouvrent les parois de la grotte. Elles ont été offertes en 1874 par le Maréchal de Mac-Mahon, président de la République, pour remplacer les tapisseries auxquelles les Grecs avaient mis le feu. C'est une manie générale en Orient de faire disparaître, sous des décors d'un art et d'un goût douteux, ces Lieux Saints que l'on souhaiterait de voir avec leur physionomie primitive. Sous un autel exclusivement réservé aux Grecs une étoile d'argent entourée de cette exergue : *Hic de Maria Virgine Jesus natus est,* indique l'emplacement précis où la tradition prétend que Notre-Seigneur est né. L'inscription latine atteste évidemment, en dépit des usurpations des Grecs, l'antique possession des catholiques. Tout à côté, un autel appartenant aux Latins s'élève sur l'emplacement traditionnel de la crèche. L'abus manifeste des localisations minutieuses nuit un instant à l'impression que l'on voudrait éprouver. Mais on a vite fait de se ressaisir. D'abord nous sommes en face d'une tradition plus de quinze fois séculaire, puisqu'elle remonte au moins à Constantin qui lui-même l'avait trouvée toute faite. Au surplus qu'importe que la bienheureuse naissance du Verbe incarné ait eu lieu là ou dix pas plus loin ?

Nous savons que c'est, à Bethléem, dans la maison du pain, que l'« Emmanuel », le « Dieu avec nous » s'est donné au monde ; et qu'ici, bien mieux qu'à Nazareth, le Christianisme, dès ses origines mêmes, rejoint la grande tradition messianique des vieux prophètes d'Israël, pour la continuer et la consommer. Jésus-Christ en effet ne réaliserait pas les traits essentiels du Messie s'il n'était pas Fils de David, et s'il n'était pas né à Bethléem, dans la patrie de son royal ancêtre. C'est donc bien ici que s'est accompli l'événement qui est le point culminant où se divisent en deux versants toute l'histoire et toute la durée, où deux ères et deux mondes viennent aboutir, l'ancien pour y finir, le nouveau pour y commencer. Longuement prosternés à terre nous adorons le Sauveur dans l'humilité et la pauvreté de son berceau.

A travers les renfoncements et les prolongements de la Grotte, on nous montre la chapelle de Saint-Joseph, celle des Saints-Innocents, puis d'autres dédiées aux saints personnages qui, afin d'honorer la naissance du Sauveur, vinrent, des grandes villes, se réfugier dans ces campagnes et s'y livrer à une vie de mortification, de recueillement, de prière et de travail ; saint Eusèbe de Crémone, sainte Paule et le plus illustre de tous, saint Jérôme. Ces noms forment autour de la crèche une auréole où s'entrelacent les plus purs rayons de la gloire humaine. Ils représentent, aux pieds de l'Enfant-

Dieu, l'hommage perpétuellement renouvelé des meilleures choses qui soient ici-bas et dont la terre est redevable à sa naissance ; d'une part le martyre dans l'innocence c'est-à-dire des lys aux corolles entr'ouvertes dont la blancheur immaculée s'empourpre d'une rosée de sang ; et de l'autre la pureté conservée à l'abri de la retraite, la vertu reconquise par le repentir et entretenue par la lutte, la science et le génie transfigurés dans la charité.

Le lendemain, les prêtres ont le bonheur de célébrer la sainte messe à l'autel de la Grotte. Seulement il faut se hâter, car le temps comme l'espace est ici parcimonieusement mesuré et rigoureusement partagé. Déjà quand nous arrivons à cinq heures du matin, les Arméniens sont installés dans une chapelle voisine et occupés à chanter sur un ton nasillard d'interminables récitatifs, que viennent couper par instant des sautes imprévues de voix. Un sentiment de pudeur religieuse nous interdit d'essayer à décrire ce que l'on éprouve, lorsqu'on tient entre ses doigts tremblants l'Hostie Sainte, à cet endroit même, où Jésus naissant sur de la paille s'est constitué pour nous, dans la réalité de sa chair humiliée et souffrante, à l'état de victime immolée. Ce sont là des émotions que l'on renferme en soi-même de peur que le parfum ne s'en évapore trop vite.

Nous visitons la basilique. Elle est splendide,

avec ses cinq nefs, délimitées pas des rangées de
colonnes monolithes en pierre rouge du pays, et
ornées de chapiteaux corinthiens. Autrefois les
murs étaient couverts de ces superbes mosaïques
à fond d'or parsemées de rubis, de saphirs et
d'émeraudes, sur lesquelles les Orientaux avaient
trouvé le secret de fixer tous les étincellements de
leur ciel. Elles reproduisaient dans le transept et
le chœur des scènes de l'Ancien et du Nouveau
Testament ; au chevet de la nef dépassant l'abside,
un arbre de Jessé dont chaque branche portait un
prophète, et au-dessus des architraves les sept
grands conciles œcuméniques. On peut juger de
la beauté de cette décoration par les trois frag-
ments qui en restent encore : l'Entrée triomphale
du Christ, l'Ascension, et le Doute de saint
Thomas. Elle avait été entreprise sur l'ordre de
Manuel Comnène Porphyrogénète, Empereur de
Byzance. Et le choix des inscriptions grecques et
latines qu'on y lisait, aussi bien que le choix des sujets que les tableaux représentaient, indiquent
les tendances à l'union qui s'accusaient à cette
époque, entre les deux Eglises. L'Empereur envoyait des ambassadeurs à Rome et le Pape des
légats à Constantinople. L'unité doctrinale était
déjà faite dans les esprits, puisqu'on la proclamait
autour du berceau de Celui qui s'est appelé le
« Prince de la paix », et qui ne voulait « qu'un
seul troupeau sous la houlette d'un seul pasteur ».

Malheureusement l'union n'était pas réalisée dans les cœurs. Trop de vieilles rancunes, trop d'ambitions, trop d'éléments de dissociation fermentaient au sein de l'âme grecque, pour que le bronze pût se reformer. Le schisme persista et les querelles qui en furent la conséquence eurent leur contre-coup sur la basilique. Elle en fut mutilée et ravagée. Son histoire est symbolique ; mêlée à toutes ces alternatives de dispositions conciliantes et belliqueuses, elle garde les traces des unes et des autres. A côté des merveilles que l'entente, même éphémère, est capable d'accomplir, elle montre les irréparables désastres qui résultent des mésintelligences obstinées. En 1842 les Grecs achevèrent leur œuvre de basse vengeance stupide et malfaisante ; ils saccagèrent les mosaïques et séparèrent par un affreux mur la nef du chœur.

Nous faisons une excursion aux alentours. De toutes parts se dégage la plus suave odeur biblique ; voici les citernes de David ; voici le champ de Booz où s'est déroulée la charmante idylle qui nous est contée au Livre de Ruth ; voici la « Tour-du-Troupeau », le « Migdal Ader », petit coteau où Jacob alla placer sa tente après la mort de Rachel, et où les anges entonnèrent le *Gloria in excelsis*. Mais il faut partir et cela lorsqu'une familiarité douce commençait à s'établir entre nos âmes et ces cieux bénis. Volontiers nous

12

nous serions attardés quelques jours au milieu de
ces campagnes, dont les bruits ont des airs d'allé-
gresse, comme si les carillons joyeux des cloches
de Noël y résonnaient toujours. A demi-visible
à travers la pénombre de nos souvenirs, Bethléem
ressemblera pour nous à ces choses infiniment
attachantes que l'on aurait souhaité de mieux
connaître, que l'on a été forcé de quitter avant
presque d'en avoir savouré le charme, et auxquelles on garde cette sympathie, faite de vagues
regrets et de désirs inassouvis, qui est un des
sentiments les plus exquis de l'âme humaine.

La route de Bethléem à Jérusalem, que nos
chevaux dévorent rageusement, nous révèle en un
tableau raccourci la physionomie exacte de toute la
Judée — Bethléem exceptée, car elle nous semble
plus riante... peut-être parce que, sans que nous
nous en rendions compte, les poétiques images de la
Nativité déteignent sur elle ! — En tout cas, quelle
différence entre la Galilée, avec ses vastes paysages délicieusement fleuris, et cette Judée resserrée,
durcie, desséchée par je ne sais quel vent d'abstrac-
tion et de mort. Ici les mouvements sismiques au
lieu de se résoudre en courbes gracieuses ont brutalement et violemment tourmenté la terre. Les collines sont plus hautes, mais elles ferment brusquement un horizon sans profondeur ni largeur. Uniformément pierreuses, crayeuses et blanches, elles
sont d'une âpreté stérile et désolée ; à peine, çà et là

quelques taches verdâtres formées par un maigre
et rare gazon. Seuls des oliviers rabougris et
des ceps poudreux s'accrochent désespérément
à leurs flancs ingrats, et puisent dans les fissures de leurs roches calcaires assez d'humidité
pour ne pas mourir. Sous les brûlantes ardeurs
de ce soleil implacable, le ciel s'étend au-dessus
de nos têtes, ainsi qu'un couvercle de métal
porté à l'incandescence, et justifie l'expression
biblique de « ciel d'airain ». Tout cet ensemble suggère une idée de dureté impénétrable et
d'inflexible rigidité ; l'âme de ce peuple a été
façonnée à l'image de ce sol ! Et l'impression devient plus pénible à mesure que l'on approche de
Jérusalem. L'accablante tristesse qui pèse sur elle,
comme un remords et comme un châtiment, en
envahit tous les abords. Malgré soi on se sent pris
d'une vague frayeur ; on se rappelle les anathèmes qui frappèrent la ville meurtrière des
prophètes, la cité maudite qui versa le sang d'un
Dieu. Nous rencontrons le tombeau de Rachel.
C'est un petit édicule de forme cubique dont les
murs teintés de bleu sont couronnés d'une coupole. Chrétiens, Juifs et Musulmans y honorent la
sépulture de l'épouse chérie du vieux patriarche.
La tradition qui assigne cet emplacement remonte,
paraît-il, à plus de 30 siècles. Elle s'appuie sur
un texte de la Bible, où il est dit qu'à un
« kébrath » de chemin d'Ephrata, Rachel en-

fanta Benjamin et mourut, et que Jacob dressa un monument sur son sépulcre. Malheureusement un passage du Livre des Rois, qui nous montre Saül revenant de visiter Samuel à Ramah sa patrie et rentrant chez lui, à Gabaa, après s'être arrêté au tombeau de Rachel, autorise une version différente.

Nous tournons à gauche, sur le chemin d'Ourtas, pour nous rendre aux vasques de Salomon. Ces trois immenses bassins rectangulaires qui devaient se rattacher par des aqueducs à tout un système d'irrigation, destiné à recueillir l'eau qui tombe des montagnes voisines. Le réservoir supérieur mesure 116 mètres de long, 70 de large et 7 de profondeur ; celui du milieu a 120 mètres sur 70, et 12 de profondeur ; le plus bas est de dimensions plus considérables encore, il a une longueur de 177 mètres, une largeur de 89 et une profondeur de 15. Le second est creusé dans le roc par assises en retrait les unes au-dessus des autres ; le premier et le troisième sont soutenus par de puissants contreforts qui empêchent les éboulements. Des escaliers placés aux angles permettent d'y descendre. La croyance populaire attribue cette construction à Salomon ; ne nous montre-t-on pas encore tout à côté la « fontaine scellée » qui arrosait le « jardin fermé ? » Aux regards de ces Orientaux, toujours éblouis par l'éclat de son règne qui marque l'apogée de leur puissance, le grand roi résume en effet toute l'histoire. Rien d'important ni de beau n'a pu se faire en dehors de lui. Les souvenirs glorieux qu errent dans leurs imaginations naïves et enthousiastes viennent ainsi s'agglutiner autour de son nom, où ils finissent par se transformer en légendes. On admet généralement aujourd'hui que le travail est d'origine romaine.

Nos chevaux voudraient profiter de cette halte pour se reposer un peu, mais il n'y a d'ombre nulle part en ce pays dont la terre ne produit que des cailloux ! Comment les pauvres bêtes réussissent-elles à marcher dans cette atmosphère, où l'on respire littéralement du feu ?

Nous reprenons notre course ; et à 6 heures du soir nous entrons à Jérusalem par la porte de Jaffa.

Nous nous rendons à la Casa-Nova des Franciscains. C'est une vaste et très confortable hôtellerie récemment construite et ouverte gratuitement aux pèlerins qui se présentent. Des chambres nous ont été préparées où nous pouvons enfin être seuls, chez nous. Bientôt nos compagnons de Samarie nous rejoignent. Plusieurs, malgré les couvre-nuques et les burnous dont ils étaient enveloppés, portent au visage ou aux mains des traces d'insolation. Mais s'ils ont eu à souffrir des brûlures du soleil, du moins n'ont-ils pas connu les transes de l'embarquement à Caïffa et du débar-

12.

quement à Jaffa ! A chacun son lot d'épreuves !

On a dit souvent que l'étranger qui vient pour la première fois à Jérusalem est désenchanté ; ce serait peut-être plutôt désorienté qu'il faudrait dire. Et en effet, pour ne parler que de l'aspect extérieur de la ville dont naturellement on est tout d'abord frappé, ce qu'on y voudrait voir c'est la Jérusalem du temps de Notre-Seigneur. Or elle n'existe plus. Dans cet Orient endormi où les formes semblent s'être à jamais immobilisées, tandis que Bethléem et Nazareth par exemple ont gardé en somme leur allure d'autrefois, Jérusalem a changé. A part quelques vieilles rues sombres, si étroites que les voitures n'y sauraient circuler, coupées ainsi que des escaliers par des gradins, passant sous des arcs de pierre jetés de distance en distance, encaissées entre de hauts murs tristes aux ouvertures rares, il ne reste rien qui donne une idée de la ville antique. Où sont ses tours à l'ombre desquelles l'abondance et la paix ne devaient pas cesser d'habiter ? Mais surtout où est son Temple, signe visible de la présence de l'Éternel au milieu d'elle ? Ce Temple auquel étaient attachées sa grandeur, sa prospérité et sa force ; ce Temple autour duquel se nouaient tous les fils de l'histoire juive et se concentrait toute la vie nationale; ce Temple qui, debout sur les hauteurs du Moriah, dominait tout l'horizon d'Israël et que les foules accourues aux jours de grandes solennités

Une rue de Jérusalem.

saluaient de leurs cris d'admiration, quand elles l'apercevaient de loin, avec les pierres multicolores de ses soubassements profonds de 300 pieds, avec la triple rangée de ses portiques, avec les étages superposés de ses terrasses, avec les marbres éblouissants de ses galeries, de ses balustres et de ses rampes, avec ses portes lamées de métaux précieux, avec son autel massif d'où s'élevait sans cesse la fumée des sacrifices, avec les pointes d'or qui brillaient comme des flammes au sommet du Saint des Saints. « Celui qui ne l'a pas vu, disaient gravement les Rabbins en secouant leurs têtes vénérables, ignore ce qu'est la beauté ! »

Où sont ses cérémonies religieuses? Quand parmi la blanche procession des lévites aux mains chargées de palmes, le Grand Prêtre paraissait enveloppé de la tunique de lin, orné du meïl violet au bas duquel pendait une broderie de clochettes d'or, portant sur sa poitrine l'éphod mystérieux et le pectoral dont les douze pierres précieuses rappelaient les douze tribus, la tête ceinte de la mitre entr'ouverte ainsi qu'une corolle de fleur et retenue par un bandeau où se détachaient les mots terribles « Sainteté de Jéhovah »; quand les trompettes sacrées et les harpes du sanctuaire, kinnor, nebel et sophar, éclataient en accents de triomphe ; quand les voix claires des enfants du Temple chantaient les psaumes inspirés, et que la grande voix de la multitude, emportant dans une vague d'enthousiasme l'âme de toute la nation, scandait chaque verset par les cris mille fois répétés : « Louange à toi, Seigneur, Hallelu Iah !

Où est son peuple ?... où sont ces Sadducéens élégants et hautains, sceptiques et jouisseurs, qui, ayant confisqué à leur profit le souverain pontificat, l'avilissaient par leurs scandales, et sur le passage desquels la foule murmurait tout bas dans les rues : Malédiction sur la famille des Hanan à cause de leurs sifflements de vipères ! Malédiction sur la famille d'Ismaël ben Phabi à cause de la lourdeur de leurs poings[1] !

Où sont ces Pharisiens ridicules qui se promenaient par les places publiques lentement, solennellement, préoccupés à chaque pas d'éviter quelque souillure légale, et étalant sur leurs bras et sur leurs têtes leurs phylactères couverts de sentences bibliques ?

Où sont ces Docteurs remplissant les synagogues du bruit de leurs déclamations stériles, discutant des semaines du haut de leurs chaires, pour savoir si un fardeau pouvait être porté un jour de sabbat plus de mille pas, et après un arrêt dans une demeure fictive mille pas encore, et concluant gravement : Hillel dit oui et Shammaï dit non !

Tous ces traits qui composaient à Jérusalem une physionomie si particulière et si étrange ont dis-

1. *Le Rayon,* page 87.

paru. Elle n'a plus ni Temple, ni autel, ni culte ;
elle n'a plus même de peuple ! Trois alluvions successives ont en effet passé sur elle, chacune dépo-
sant son sédiment caractéristique. Sous la conduite
de Vespasien et de Titus, les Romains sont venus,
ils l'ont prise et ruinée, réalisant ainsi l'inconsciente prédiction des « Scribes et des Anciens »,
et malgré le crime qu'ils avaient commis, sous
l'abominable prétexte d'en écarter l'augure : *Et
Romani venient et tollent nostram civitatem.* Ils
ont incendié son sanctuaire et l'ont détruit jusqu'aux fondements. Ils se sont acharnés contre
les souvenirs juifs avec autant de fureur que contre les souvenirs chrétiens. Ils ont profané le Calvaire ; à l'endroit même où l'innocente Victime
avait expiré, ils avaient dressé un temple à leur
impure Vénus. Ils ont voulu supprimer jusqu'au
nom même de Jérusalem que chrétiens et juifs
arboraient comme un drapeau ; ils y avaient subs-
titué celui d' « Ælia Capitolina ». Puis l'Islam,
pareil à un ouragan de fer et de feu, s'est abattu
sur elle. Les Croisés sont venus à leur tour, cons-
truisant des bastions, bâtissant les murs crénelés
qui l'entourent encore, et tentant de reconstituer
le royaume de Jérusalem pour Celui qui n'avait
pas voulu des royaumes de ce monde et que la
« cité perfide » avait renié.

Elle est devenue elle aussi une « cosmopolis »,
abritant à la fois des mosquées et des synagogues,

des temples protestants, des églises grecques et des églises catholiques. Les quatre ou cinq types que nous avons rencontrés dans toutes les grandes villes d'Orient se retrouvent aussi chez elle. Les Juifs ; et tout spécialement ces vilains petits Juifs polonais que nous avons déjà vus à Tibériade, coiffés de chapeaux plats ou de casquettes à poil, qu'ils ont rapportés des steppes glacées de la Pologne, avec leurs faces émasculées et glabres, leurs cheveux blonds et frisés en spirales le long des oreilles. Seulement ils sont étrangers dans leur antique capitale. Timidement et pour ainsi dire frileusement resserrés dans leurs longues robes bleues ou grises, brunes ou jaunes, ils vivent terrés au fond des quartiers qui leur sont assignés, comme en des ghettos, d'où ils ne sortent que pour se rendre à leurs synagogues. Encore ont-ils soin de ne pas s'aventurer aux environs du Saint-Sépulcre ; ils risqueraient, paraît-il, d'être écharpés par les Grecs. Puis ce sont les Arabes ignoblement assis aux devantures de leurs immondes bazars ; les Turcs presque bienveillants et sympathiques à force d'indifférence, d'indolence et de tolérance ; les Grecs encore plus remuants et plus retors qu'ailleurs ; les Catholiques plus actifs et plus dévoués que nulle part.

Malgré toutes ces transformations qui l'ont si profondément modifiée, Jérusalem a gardé le caractère qu'elle semble tenir d'une destinée particu-

lière et d'une véritable vocation. Elle est restée
une ville essentiellement théocratique et théolo-
gique ; en ce sens que tous les problèmes qui s'y
agitent se muent inévitablement en des problèmes
religieux. Et elle imprime cette forme à tous les
éléments qui se renouvellent dans son sein. Pour
tous ceux qui l'habitent, Français ou Allemands,
Anglais ou Russes, Grecs ou Coptes, Turcs ou
Juifs, il n'y a plus ni questions politiques, ni questions nationales, ni questions sociales, ni questions ethnographiques; il n'y a que des questions
religieuses. Et quel que soit leur état d'esprit,
qu'ils soient croyants ou sceptiques, indifférents
ou sectaires, dès qu'ils pénètrent dans cette atmosphère, ils se sentent envahis par cette mentalité
spéciale. Et voilà ce qui donne à Jérusalem sa note
originale et unique.

Le point d'irrésistible attraction vers lequel se
tournent toutes les pensées du pèlerin qui arrive,
c'est le Saint-Sépulcre. Escortés de deux cawas
que M. le Consul général de France a eu la bonté
de mettre à notre disposition, nous nous y rendons au chant des cantiques, précédés de la bannière sur laquelle resplendit, dans un fond d'azur
bordé de rouge et constellé de fleurs de lis d'or,
l'image glorieuse de saint Louis, patron de notre
pèlerinage. C'est vraiment la France, toute la
France, l'ancienne et la nouvelle réunies dans la
fidélité aux mêmes croyances et le culte des tra-

ditions qui ont fait sa grandeur, que nous représentons et qui défile à travers ces rues tortueuses et glissantes, sous les regards d'une foule respectueuse et sympathique. Ce sentiment nous remplit le cœur d'une fierté légitime. Nous aussi nous nous sentons les « fils des Croisés ! » Il nous semble que nos pas sur ces pavés sonores éveillent quelque chose des échos qui retentissaient au bruit de leur marche victorieuse. Hélas une simple réflexion suffit pour nous ramener à la triste réalité actuelle. Cette procession que la police turque non seulement autorise mais protège, serait-elle possible dans nos grandes villes de France ? Oh ! vraiment cette patrie-là les Croisés ne la reconnaîtraient plus !

La façade du Saint-Sépulcre était percée de deux larges baies ogivales dont l'une est murée aujourd'hui. L'autre est gardée continuellement par des soldats turcs. C'est du reste la seule entrée et la seule sortie qui existe ; et le Sultan s'oppose à ce qu'une autre soit ouverte ; de façon que les Franciscains, dont le couvent est enveloppé dans les constructions de la vaste basilique, peuvent, aux jours de persécutions ou d'émeutes, être pris dans un cercle, où, toutes communications avec le dehors étant coupées, ils se trouveraient réduits à la famine. On sait d'ailleurs que des entreprises de ce genre ont été plusieurs fois tentées. Mais rien n'a pu rebuter la vaillance des saints Religieux. Ils préfèrent être ainsi perpétuellement exposés au danger, plutôt que d'abandonner le poste d'honneur où la confiance de l'Eglise les a placés. L'un d'eux nous reçoit avec une patriotique et éloquente allocution et nous souhaite la bienvenue au nom du Révérendissime Père Custode. Puis successivement nous sommes admis à pénétrer dans l'édifice qui abrite la pierre, sur laquelle reposa le corps inanimé du Sauveur. A peine avons-nous le temps, dans une intensité d'adoration où s'exprime l'hommage de toute notre âme, de coller nos lèvres sur le marbre qui la recouvre, que nous sommes rejetés dehors par le flux et reflux de la multitude qui nous suit. L'heure est avancée, il fait sombre sous les voûtes de l'immense coupole, on ne voit presque rien; ajoutons que dans le tumulte de cette bousculade il est impossible de se recueillir; l'impression que l'on attendait et dont on voudrait être saisi ne se produit pas.

On nous dit que pendant toute la durée de notre séjour le même encombrement aura lieu. Notre présence coïncide avec la Pâque orthodoxe; vingt mille Russes sont là; tout un Oural et toute une Volga humaine coulant à flots pressés dans les rues de Jérusalem. Ils arrivent chaque année à pareille époque, comme une bande d'oiseaux migrateurs. Masse inconsciente, anonyme, impersonnelle, que soulève le remous périodique d'une tradition séculaire, ils partent sans argent, comment voyagent-ils ? A pied sans doute à la façon de hordes à demi sauvages. Hommes et femmes sont en effet chaussés de grosses bottes de cuir qui leur montent jusqu'aux genoux et leur permettent de franchir rivières et montagnes. Tout à coup ils s'abattent aux portes de Jérusalem, laissant à la Providence et à leur Consul — pour qui on comprend que ce soit un gros embarras — le soin de les abriter, de les nourrir et d'organiser leur retour. Du reste ils ne sont pas difficiles, leur campement est des plus sommaires. Ils couchent n'importe où ; quelques-uns dehors, beaucoup au Saint-Sépulcre. Les hommes s'enveloppent de leurs haillons, les femmes de leurs guenilles, ils s'accroupissent ou s'étendent, et ainsi entassés pêle-mêle ils s'endorment en marmottant des prières. La captivité rigoureuse à laquelle ils sont condamnés pendant toute la nuit, lorsque la porte est refermée sur eux, ne les effraie et ne les gêne en rien. Le lendemain quand nous arrivons nous sommes suffoqués par l'odeur qui s'exhale ; nos souliers ne glissent pas sur les dalles, ils collent ; on est obligé de laver à grande eau pour nettoyer. Evidemment ceux qui voyagent dans ces conditions appartiennent à un étage social très inférieur, et l'on ne doit pas juger par eux de toute la société russe. Pourtant il y a parmi eux des types de moujiks étrangement représentatifs. Ils sont de taille haute, d'aspect robuste, avec

leurs fortes épaules carrées et leurs larges mains
noueuses. Sur leur tête pousse, drue et serrée, une
broussaille de cheveux crasseux, couleur de filasse.
Eux aussi réalisent l'ovale, mais dans le sens ho-
rizontal ; la faculté de raisonner et d'abstraire
existe à peine chez eux. Ce sont des impulsifs, de
grands enfants, auxquels manquent ces notions
positives et réfléchies que donne l'expérience accumulée des générations. En revanche ces natures
primitives possèdent une sensibilité très fine, très
profonde, très riche, dont aucun excès n'a épuisé
les réserves et qui se révèle à travers le masque
épais et grossier du visage, dans un air de candeur
sereine et de touchante bonté. Ce sont des âmes
harmonieuses, « symphoniales » comme on eût dit
délicieusement au Moyen Age, douées d'un sens
musical exquis, du reste elles nous en fourniront
la preuve. Mais c'est leur regard surtout qui est
expressif, tantôt brûlant des ardeurs d'une foi
farouche, tantôt limpide, caressant et doux ainsi
qu'une eau dormante, tantôt baigné d'idéal et
plongeant jusqu'à l'infini par l'acuité du désir, de
l'espoir et du rêve, tantôt intérieurement éclairé
comme d'une lueur d'aurore inquiète et tremblante, qui paraît être en eux l'aube de la pensée
qui se lève. Ils devinent que nous sommes Français et l'instinctive sympathie qui unit leur pays
au nôtre éclate en démonstrations naïves, ils nous
prennent les mains et les baisent avec effusion.

Mercredi 1er mai. — A la première heure nous nous rendons au Saint-Sépulcre. Les Russes y sont déjà ou plutôt ils ne sont pas partis. Les uns sont assis par groupes et mangent. D'autres se traînent à genoux multipliant les prostrations devant n'importe quoi, couvrant de baisers les dalles, les colonnes, tout ce qu'ils peuvent atteindre. D'autres enfin sont immobiles, les yeux perdus dans une extase où s'évanouissent pour eux les chétives réalités d'ici-bas ; on dirait, à voir leurs physionomies illuminées, qu'ils contemplent « l'Au-Delà » radieux que le tissu de cet univers matériel nous dérobe. Oh ! comme ils prient bien ces simples ! Dans ces âmes où tout se résout, non pas en idées ni même en images, mais en mélodies, la prière doit être un chant très suave qui les berce et les endort sur le sein de Dieu. Vraiment ils sont plus près de Lui que les êtres plus compliqués que nous sommes ! Par l'élan de leur volonté droite, par le mouvement en quelque sorte rectiligne de toutes leurs puissances de croire, d'espérer, d'aimer, par cette « dialectique naturelle de l'âme » ainsi que l'appelait Platon d'un si joli mot dont nous avons faussé et dénaturé le sens, ils L'atteignent plus sûrement que nous par les voies détournées de nos raisonnements et de nos déductions. Et puis ce sont des tempéraments sains, qui ont conservé à peu près intactes la fraîcheur et la vigueur

de leur sève morale ; tandis que nos races latines
fatiguées par le long effort de vivre ont à peine
gardé la générosité qu'il faudrait pour croire.
Croire en effet ce n'est pas se laisser absorber
dans la contemplation tranquille et stérile de la
vérité, c'est se donner soi-même tout entier dans
une action intense et féconde. A la différence de
la science qui n'est que la vérité nue illuminant
d'une clarté froide les cimes de la pensée, la foi
est la vérité pénétrant le cœur de sa vibration
ardente, la vérité se transformant en vertu ! Enfin
nos races sont malades, le venin subtil de l'objec-
tion et du doute s'est infiltré dans leur sang et
elles en portent la fièvre dans leurs veines.

Le vacarme devient assourdissant. Sous prétexte de chanter leur office, Grecs et Coptes crient
à tue-tête sur des notes aiguës où leur gosier
s'éraille et défaille. Tout autour de la coupole
centrale, des ouvriers rassemblent avec fracas des
planches qu'ils clouent, pour monter les tribunes
qui devront servir dans deux jours à la cérémonie
du feu sacré. Tant de bruit choque en un endroit
où l'on ne voudrait entendre que le murmure
mystérieux des grands souvenirs, nous racontant
à l'intime de l'âme les émouvantes péripéties du
drame éternel qui s'y est déroulé. Une autre
chose encore dont on ne manque pas d'être
offensé, c'est que dans ce lieu, qui est le plus sacré
de la terre, les formes extérieures du respect sont

à peine observées, on s'y promène, on y bavarde,
nous avons vu des Turcs y fumer leur narguilé !
Est-ce impiété ? Non pourtant. Cette maladie semble être un phénomène de décomposition sociale
localisée dans certaines parties de notre Europe.
Les races saxonnes et germaniques paraissent s'y
montrer réfractaires, il n'a pas atteint les merveilleuses civilisations américaines ; quant au
monde musulman, d'autre part si ignoble et si
corrompu, il reste indemne de ce côté. Comment
alors expliquer une telle désinvolture ?

Décidément nous ne trouverons pas ici un coin
de silence pour nous recueillir et prier. Le plus
sage est d'employer cette matinée à visiter la
Basilique. Il est difficile de s'en faire une idée
d'ensemble. Elle a été construite sans unité de
plan, à plusieurs époques, commencée sous
Constantin, reprise sous les Croisés, continuée
dans les temps modernes. Elle est formée d'une
accumulation de chapelles juxtaposées au hasard,
parfois à des étages différents, de façon que pour
passer de l'une à l'autre il faut monter ou descendre des escaliers. On entre dans un grand couloir. Presque en face de la porte, on est arrêté
par une large pierre plate, émergeant de quelques
centimètres au-dessus des dalles, et entourée de
gigantesques chandeliers en métaux précieux,
offerts par les différentes confessions religieuses.
C'est la pierre de l'onction, elle indique la place

où le corps sanglant du divin Supplicié fut déposé par les saintes Femmes et les pieux Disciples, pour être lavé de parfums avant d'être enseveli. En tournant à gauche on arrive à la grande rotonde, elle est fermée par dix-huit piliers massifs supportant deux galeries circulaires superposées. Le tout est recouvert d'une coupole construite en 1869 aux frais de la Russie, de la Turquie et de la France, et dont les peintures sans caractère religieux s'écaillent et tombent. Au milieu s'élève le tombeau de Notre-Seigneur, monument en marbre blanc, de forme cubique, sans goût, sans style, sans art, construit en 1810 par les Grecs. Tout autour brûlent nuit et jour des lampes d'or et d'argent qui sont entretenues par les nations chrétiennes. L'édicule mesure huit mètres de long, cinq de large et cinq de haut. La terrasse qui le termine est couronnée d'un dôme en forme de diadème impérial. La porte est encadrée de quatre colonnes torses et surmontée d'un tableau représentant la Résurrection du Sauveur, dont on aperçoit à peine les détails, à travers la fumée qui monte des veilleuses et la demi-obscurité qui pend des voûtes. L'intérieur comprend deux chambres, la première appelée la chambre de l'Ange marque l'endroit que l'Ange occupait quand les Saintes Femmes vinrent au Tombeau le matin de Pâques ; et la seconde, si étroite que deux personnes n'y sauraient tenir, accessible

par une ouverture si basse qu'on est obligé de
ployer les genoux pour y pénétrer, abrite, sous
un revêtement de marbre, la pierre sur laquelle
fut étendu le cadavre de Notre-Seigneur. Au
flanc du monument une excroissance a poussé,
c'est la chapelle des Coptes qui, n'ayant pas
le droit d'après les traités de dire la messe au
Saint-Sépulcre, ont obtenu l'autorisation de bâ-
tir ce hors-d'œuvre, pour y loger leurs rites.
Devant, s'étale le chœur des Grecs, vaste salle
rectangulaire couverte de boiseries peintes et
dorées où s'encadrent les saintes icônes. En se
dirigeant sur la droite on monte plusieurs degrés
et l'on atteint le Calvaire. Deux chapelles y ont
été construites ; l'une sur l'emplacement du cru-
cifiement, elle appartient aux Latins ; l'autre à
deux pas de la première à l'emplacement de
l'érection de la croix, elle est exclusivement réservée aux Grecs. L'image du Crucifix s'y dresse
représentée sur une plaque de métal, car on n'a
pas oublié que l'Eglise schismatique s'interdit
toute statue sculptée. Les Latins n'ont pas le droit
d'y célébrer la sainte messe, on nous permet seulement de mettre la main dans le trou où la croix
fut fixée, et d'examiner la roche qui s'est fendue
dans le cataclysme, dont fut suivie la mort du
Christ. La fente est en effet à contresens des
veines de la pierre, elle résulte donc d'une bri-
sure violente. Au-dessous se trouve la chapelle

d'Adam ; on prétend en effet que la croix aurait
été plantée sur la tombe même du premier homme
et qu'ainsi le sang du Rédempteur aurait coulé
sur les restes du chef de l'humanité coupable.
Quelle que soit la valeur historique de cette tradition, elle est d'un symbolisme si touchant, et elle
renferme une vérité morale si haute qu'elle
mérite considération et respect. On descend du
Calvaire et l'on arrive au fond d'une sorte de cave,
c'est la chapelle de Sainte-Hélène, indiquant le
lieu où fut découverte la vraie croix. Tout autour
du vaste édifice des chapelles de moindre importance sont rangées, qui rappellent les différents
mystères de la Passion, et dont les diverses confessions se disputent la propriété.

Les impressions les plus confuses et les plus
complexes se dégagent de cet ensemble touffu,
désordonné, tumultueux, chaotique. D'abord,
bien qu'on ait été ailleurs témoin des mêmes
faits, on ne peut s'empêcher d'être douloureusement surpris de voir les compétitions les plus
vives s'exaspérer autour du Saint Tombeau.
Pourtant, à l'envisager sous un certain angle, ce
spectacle ne manque pas de grandeur. Il réalise
à sa façon la prophétie d'Isaïe : « Son Sépulcre
sera glorieux ! » En est-il un autre en effet
autour duquel toutes les races de la terre montent ainsi la garde et dont tous les peuples se
disputent ainsi la possession ? Et la jalousie

suprême avec laquelle ils le défendent n'est-elle
pas la preuve du prix qu'ils y attachent ?

Mais ce qu'on reproche le plus à ces constructions c'est leur existence même. Auraient-elles
la superbe et triomphante beauté de nos cathédrales gothiques, qu'on ne leur pardonnerait pas
de masquer l'aspect de ces lieux que l'on voudrait
retrouver intacts. Certes elles ont été élevées
dans une intention pieuse, avec la pensée de préserver les Lieux Saints contre les entreprises des
profanations sacrilèges, ou même contre les excès
d'une dévotion mal entendue ; elles n'en semblent
pas moins à notre goût un contresens. Nous
cherchons le Saint-Sépulcre tel que l'Evangile
nous le décrit : une caverne creusée dans le roc
vif, et fermée d'une lourde pierre ronde et plate,
roulant dans une sorte de rainure : *Quis nobis
revolvet lapidem,* qui donc roulera pour nous la
pierre ? se demandaient avec anxiété les Saintes
Femmes. Nous cherchons le Calvaire que l'austérité de sa forme arrondie, chauve et nue, faisait
comparer à un crâne. Rien ne subsiste plus ! On
aurait dû se contenter de planter une croix de bois
à l'endroit où fut dressée la première, la vraie !
La colline sacrée nous fût ainsi apparue dans sa
sanglante et tragique majesté ; et comme nous
aurions été saisis, nous autres qui venions à deux
mille ans de distance évoquer la vision de l'iné-
narrable scène, sur le théâtre même où elle s'est

accomplie ! Hélas, la bâtisse a tout envahi ! Et s'il est juste de dire que tout ici rappelle la Passion et la Mort du Sauveur, il n'est pas moins exact d'ajouter que rien d'extérieur et d'objectif n'en suggère la représentation sensible. Pour nous l'imaginer nous en sommes réduits à nous isoler en nous-mêmes, et à la reconstituer à l'aide des éléments que nos idées nous fournissent. Et voilà pourquoi l'effet de saisissement qui aurait dû se produire est manqué totalement, manqué le choc d'impression qui aurait dû nous atterrer, manquée la crise d'émotion et de larmes qui aurait dû remuer tout notre être jusqu'aux entrailles. En somme M. Pierre Loti avait presque raison de conclure sur une note de déception. Le Christ qu'il cherchait est parti, Il est ressuscité, Il n'est plus ici, Il a quitté cette région des morts pour aller habiter parmi les vivants. Il vit dans son Eglise par la vérité féconde de sa doctrine, par l'inépuisable efficacité de ses sacrements ; Il y manifeste sa présence par les merveilles de transfiguration intellectuelle, de renaissance morale, et de rénovation sociale qu'y opèrent la vertu de son Esprit, le ferment de son Evangile, le levain de sa grâce, par cette civilisation chrétienne, laquelle marchant à travers les mensonges, les iniquités, les haines et les tyrannies d'ici-bas, réalise toujours plus de vérité, plus de justice, d'amour et de liberté.

Pourtant l'authenticité de ces Lieux Saints n'a jamais été sérieusement contestée par personne. Leur disposition même porte toutes les traces de la vraisemblance. N'est-il pas naturel en effet que les disciples, pressés d'achever la cérémonie funèbre avant les solennités pascales, aient déposé le corps de Jésus dans une des grottes naturelles, qui entourent la rotonde de la Basilique et dont les flancs du Calvaire étaient sillonnés ? Qui s'étonnerait maintenant que les soldats eussent jeté les croix des suppliciés dans cette dépression voisine occupée actuellement par la chapelle de Sainte-Hélène? Mais ce qui parle plus haut encore, ce qui apporte le témoignage décisif, c'est le monument de cette tradition où plus de quinze siècles s'entassent ; la dent de la critique la mieux aiguisée ne saurait mordre sur le granit d'un pareil bloc.

Donc c'est bien vrai, nous sommes au Calvaire ! Et cette pensée de plus en plus précise peu à peu nous gagne et nous investit. Alors par une sorte de choc en retour, par une réaction lente et comme un reflux de sensibilité s'accomplissant d'une façon pour ainsi dire souterraine, à l'aide et à l'appel de tous ces raisonnements, l'impression se produit pénétrante et forte.

Nous pouvons nous agenouiller, prier, pleurer à notre tour, parmi ces simples, sans être plus troublé qu'eux par le bruit qui se continue autour de nous. Nous voici redevenus simples par l'abus et l'excès de la complexité même. Soyez béni, Seigneur, de nous avoir accordé le don des larmes ! Avec quelle ivresse elles coulent ! Quelle saveur elles ont ! Et comme à travers nous voyons mieux les choses que tout à l'heure, quand nous les considérions avec des yeux secs ! Ce monticule du Golgotha est la plus haute cime du monde moral. Derrière l'auréole empourprée de sang divin qui l'environne, les autres disparaissent et s'effacent, l'Acropole lumineuse et le Capitole superbe, le Sinaï embrasé et le Thabor radieux !

Il est le centre où convergent et aboutissent les rayons de toutes les prophéties, et vers lequel depuis toujours, avant comme après le Christ, s'orientent et se tournent tous les espoirs du monde. Il est le point unique sur lequel tous les regards demeurent obstinément fixés, les uns remplis d'adoration et de prière, les autres chargés de menace et de blasphème. Il est le rocher continuellement battu par la vague sans cesse murmurante et montante des supplications humaines, qui, à chaque siècle et à chaque génération, s'accroît d'une nouvelle plainte ou d'une nouvelle espérance. Il est la source d'où jaillissent et s'épanchent sur les ténèbres qui s'amoncellent les clartés qui les dissipent, sur les infirmités qui succombent les énergies qui les relèvent, sur les crimes qui se multiplient le pardon qui les absout ! Puisque dans l'économie du plan divin tout est subordonné au

salut des hommes, on peut dire que l'effort de
l'univers entier s'est épuisé à préparer l'événement qui s'est accompli là. Les circonstances du
drame revivent sous nos yeux avec une netteté
étrange, surtout les personnages prennent un relief
saisissant. Voici les Juifs de la race et du type de
ceux que nous avons rencontrés partout en Terre
Sainte, avec leur teint olivâtre et mat, produit
d'un sang appauvri et corrompu par tant de désirs
vils et tant de passions basses, avec leurs doigts
crochus, leur nez recourbé, leurs yeux fureteurs
et à demi éteints qui les font ressembler à des
oiseaux de proie nocturnes. Tous sont là, les Sadducéens élégants et voluptueux, sceptiques et
féroces, dont Il a dénoncé les turpitudes ; les
Pharisiens grotesques dont il a fustigé les ridicules et démasqué l'hypocrisie ; le peuple igno-
rant et inconstant, masse inerte sans spontanéité
ni initiative, âme dispersée et diffuse, à la merci
de tous les courants d'influence, L'acclamant hier,
L'abandonnant aujourd'hui. Ils sont venus prendre leur revanche, se repaître du spectacle de son
supplice et en savourer longuement l'horreur. Ils
personnifient tous les vices, la débauche des sens,
l'orgueil de l'esprit, les révoltes de la volonté, l'in-
gratitude du cœur, les cyniques apostasies et les
trahisons de la conscience, toutes les hideurs morales, qui pareilles à des vipères dressent leurs
têtes sifflantes contre la Croix qui va les écraser

bientôt et crachent l'opprobre à la face adorable du Crucifié.

Puis, d'un autre côté, le groupe des Disciples et des Saintes Femmes ; tandis que ces clameurs jettent autour de Lui le sarcasme et l'insulte, tandis que l'amertume de ces haines répand sur ses lèvres enfiévrées l'affreuse boisson du vinaigre et du fiel ; leurs cœurs à eux sont des harpes qui se brisent en de longs gémissements et pleurent sa mort comme celle d'un Premier-Né. Ce sont des encensoirs brûlants d'où s'élève jusqu'à Lui l'hommage silencieux de l'adoration ininterrompue. Ce sont des vases d'albâtre qui se penchent vers Lui, et versent sur les blessures de son corps et les meurtrissures de son âme l'enivrante liqueur de la compassion et de l'amour. Abîmés dans la douleur ils communient à son martyre. Ils représentent les vertus qui en sortiront et fleuriront à l'ombre de sa Croix ; les innocences, les renoncements, les générosités, les dévouements, les courages, qui s'alimenteront de sa chair et de son sang, qui puiseront dans ces derniers soupirs, dans ces sueurs, dans cette mort le principe d'un renouvellement et d'un rajeunissement continuel, le secret d'une infatigable vitalité !

Enfin au milieu le Christ lui-même, le corps pendu et tendu à trois clous, les membres secoués et crispés par des convulsions atroces, les lignes bleues des veines gonflées et tordues par l'effort se détachant sur la pâleur livide d'une chair déchirée de coups et striée de sang, la face douloureuse exprimant une indicible angoisse, bien que toujours baignée d'une suavité et d'une sérénité célestes. Parmi cette rafale d'outrages, parmi cette tempête de blasphèmes qui se ruent sur Lui, mais que traversent cependant, ainsi qu'une brise éthérée d'amour, les sanglots de ses fidèles et les accents inspirés du chœur de ses prophètes dont le concert sublime remonte en cet instant vers Lui et vient bercer son agonie, le Sauveur se recueille pour accomplir l'acte le plus auguste, le plus considérable, qui ait jamais été accompli ici-bas, une œuvre supérieure à la création même des mondes, la Rédemption des hommes. Chaque goutte de sang qui tombe creuse des abîmes de miséricorde où ira s'ensevelir l'universelle iniquité, le « péché mondial », *peccatum mundi;* et à travers ce mystère de douleur c'est une humanité nouvelle, créée selon la justice et la sainteté, qui s'enfante et qui naît. Auprès de Lui sa Mère! Jamais deux âmes broyées dans l'étreinte d'une même douleur n'ont été aussi intimement mêlées. Pas une souffrance de Jésus qui n'ait son contre-coup au cœur compatissant de Marie. Mais Elle comprend la portée de l'acte réparateur qui s'exécute ; et seule avec Notre-Seigneur Elle en mesure les conséquences inépuisables. Du haut du Calvaire d'où Elle domine l'histoire, Elle voit dans un prochain ave-

nir s'épanouir, sur la terre fécondée par cette rosée du sang rédempteur, la floraison des mérites
et mûrir la moisson des vertus. Alors Elle ac-
cepte le sacrifice, bien mieux elle y coopère ; ce
Fils qui est le sien, cette hostie sans tâche formée du froment très pur de sa substance virginale, Elle l'offre à son tour ; enfin Elle s'immole
elle-même dans la sincérité et la profondeur de
son immense compassion. Le dernier moment
approche. On dit qu'alors le Sauveur vit venir à
Lui, dans un rayon de lumière, tous ceux qui le
long des siècles devaient boire à son calice, et se
régénérer dans son sacrifice ; les Apôtres dont Il
devait être la force, les Martyrs dont Il devait
être le courage, les Docteurs dont Il devait être
la science, les Confesseurs dont Il devait être le
soutien, les Vierges dont Il devait être l'amant
céleste, tous les élus, tous les rachetés en un mot ;
et cette vision consola sa dernière heure, et ce fut
dans la douceur infinie et l'ineffable paix de cette
extase divine que le Christ mourut. « Tout était
consommé ! » Sa Croix est en effet la consommation de tout !

.   .   .   .

Quand nous sortons du Saint-Sépulcre il est
près de midi. Les rues sont pleines de cette foule
qui encombre les villes d'Orient et sur la bigarrure
de laquelle les Russes jettent encore une couleur
nouvelle. Nous rentrons pour déjeuner.

Le soir visite au Consul général de France.
Inutile de dire que nous sommes accueillis avec
la plus grande amabilité. Outre que cette courtoisie est dans les traditions de notre Diplomatie,
ces Français exilés si loin de la patrie sont heureux
de respirer un peu d'air de France, et nous en
apportons dans les plis de nos manteaux.

Rien d'étrange et d'anormal comme la situation
de ce haut fonctionnaire. Représentant d'un gouvernement impie qui ne connaît l'Eglise que pour
la persécuter et la spolier, il n'en continue pas
moins à prendre les attitudes et à revendiquer les
prérogatives de « l'Evêque-Extérieur », comme
autrefois nos rois. Il est en Orient le protecteur
officiel des intérêts de l'Eglise catholique, il est
son « bras séculier ». Quand il se présente dans un
sanctuaire on lui offre l'eau bénite et l'encens ;
non seulement il assiste à la messe chaque dimanche, mais il ne manque pas une bénédiction,
et chaque année le Jeudi-Saint il communie au
Saint-Sépulcre de la main du Patriarche. Il n'a
pas de meilleurs amis que les ecclésiastiques et les
moines. Est-il besoin de faire remarquer que si un
fonctionnaire s'en permettait chez nous la cen-
tième partie, il serait immédiatement dénoncé par
le délégué maçonnique de la région, déplacé ou
révoqué ? Et voilà ce que l'on finit par savoir en
Orient et ce que le bon sens de ces peuples ne
réussit pas à comprendre. Quand il n'est pas oc-

cupé à figurer officiellement à quelque cérémonie religieuse, le Consul général de France emploie son temps à dénouer, les unes après les autres, les mailles du réseau de difficultés que ne cessent de tramer d'une part l'habileté sournoise et malicieuse des Grecs, de l'autre les absurdités de notre régime jacobin ou les agissements perfides de la Franc-Maçonnerie. Car pour n'être qu'une puissance occulte, en marge de toute administration régulière, sans mandat d'aucune sorte, ni du suffrage universel ni d'une autorité légitime quelconque, la Franc-Maçonnerie, on le sait, n'en dispose pas moins d'un pouvoir illimité, dont elle se sert contre nos traditions et nos intérêts.

Le peuple de France finira par s'en apercevoir ; alors dans un sursaut d'indignation, dans un hoquet de dégoût, il renverra les F∴ à leurs loges, à leurs ateliers, à leurs maillets, s'étonnant lui-même d'avoir pu supporter tant d'années une aussi abjecte domination.

Rien n'a été officiellement réglé pour le jeudi. Chacun compose à sa façon le programme de sa journée. Beaucoup vont flâner autour des murailles. Elles sont intéressantes en effet, ce sont de vrais remparts. Et leur caractère trahit bien leur origine. Avec les hauts créneaux qui les surmontent, les puissantes tours dont elles sont flanquées, elles sont l'œuvre des Croisés. Leur aspect rappelle ces villes fortifiées du Moyen Age, toujours prêtes

à l'attaque ou à la défense. Ne raillons pas trop
ces temps anciens ; si le sang était alors plus
prompt à se répandre, c'est parce que dans ses
flots ardents d'héroïques passions bouillonnaient ;
et si nous sommes devenus plus avares du nôtre,
c'est parce que, à l'âpre souffle de l'égoïsme et du
matérialisme contemporains, la source de l'enthousiasme s'est tarie et glacée dans nos veines. Et puis
au feu de ces batailles c'était le métal brillant de
notre civilisation européenne et occidentale qui
s'épurait, se dégageait de tout alliage et se for-
geait. Par endroits, ces murs reposent sur des
assises plus anciennes, qui sont sans doute les
restes des fortifications dont David munit sa
capitale, après l'avoir conquise, en de mémorables
combats, sur les Jébuséens ses ennemis. L'une des
tours porte encore le nom glorieux du saint roi.
A cette vue nous sentons chez nous quelque chose
de très lointain se troubler et s'émouvoir. C'est
cette vieille âme religieuse que le Christianisme
a pétrie, mais qui par ses racines extrêmes se
rattache à l'âme juive, à laquelle elle a emprunté
tout spécialement ses psaumes, pour en faire, en
les transposant du mode national, particulariste,
et strictement israélite, sur un mode universel et
largement humain, l'expression définitive de ses
joies et de ses détresses, de ses regrets et de ses
aspirations, et qui sanglote et qui fond en larmes,
quand chantent en elle les admirables strophes

que mille générations ont répétées : « Je me suis
réjoui lorsqu'on m'a dit : Allons à la maison du
Seigneur ! — Nous nous sommes arrêtés sur tes
parvis, Jérusalem ! — Jérusalem, toi, qui, par la
superbe ordonnance de tes rues communiquant
entre elles, es bâtie à l'égal des plus belles villes,
c'est vers toi que montent les innombrables tribus
qui viennent louer l'Eternel ! Que la paix habite
dans tes murs et l'abondance dans tes tours ! »
Singulières destinées que celles de cette ville,
dont le nom est mêlé à toutes les pensées et à
toutes les émotions religieuses de l'humanité, et
qui, transfigurée par le mysticisme chrétien, est
devenue l'immatérielle cité, la patrie spirituelle
où se réfugieront et se rejoindront loin de la terre,
les âmes qui cherchent Dieu et que sa grâce sol-
licite.

D'autres vont visiter des sanctuaires ou des
couvents ; la magnifique installation et le riche
musée des Pères Assomptionnistes en leur vaste
et hospitalière maison de Notre-Dame de France ;
ou bien l'Ecole Saint-Etienne, hors des murs de
Jérusalem, à quelque distance de la porte de
Damas, sur l'emplacement du supplice du premier Martyr. Dans le recueillement de cette
retraite, sous la direction de leur éminent Prieur,
le R. P. Lagrange, les Dominicains poursuivent
silencieusement leur vie de prière et de travail
fécond. Chaque année ils fournissent à l'Exégèse

biblique un apport considérable et surtout de la plus excellente qualité et du meilleur aloi. Les agitations et les compétitions du dehors, les querelles des partis, expirent au seuil de cette demeure. Uniquement préoccupés d'étude et de piété, de science et de vertu, les Dominicains de Saint-Etienne ont toujours su garder une attitude si loyale et si droite que les gouvernements les plus sectaires n'ont pas cessé de les protéger et même de les subventionner. On admire dans leur belle et vaste chapelle les magnifiques vases de Sèvres que, tout récemment encore, le Président de la République, M. Loubet, leur envoyait.

Nous allons le soir à un salut solennel chez les Réparatrices. Splendidement drapées dans leurs longues robes blanches ornées d'une ceinture bleue, ces Religieuses méritent, par l'éclatante beauté de leur costume, le surnom de « coquettes du Bon Dieu » que leur donne le peuple en son langage savoureux. Elles le méritent tout spécialement par cette particularité de leur règle qui ne les autorise à relever leur voile et à se découvrir le visage qu'en face de l'Epoux céleste, devant le Saint Sacrement exposé. Elles sont nuit et jour à ses pieds, pareilles au grain d'encens que le charbon brûle et consume tout entier. Ne les croyons pas inutiles ! Elles assurent à la société le service gratuit et populaire de l'expiation. Et qui dira le nombre chaque jour accru de blasphèmes,

de sacrilèges, de révoltes, auquel elles sont chargées de faire contrepoids. Elles sont le point sensible et douloureux, sur lequel porte l'effort d'un
monde entièrement constitué dans le mal et qui,
sans cet appui, s'écroulerait sous la malédiction de Dieu. C'est vraiment l'un des articles les
plus mystérieux de notre *Credo,* ce principe de
la réversibilité des mérites qui met en commun
toutes les vertus pratiquées, tous les progrès
acquis, toutes les grâces obtenues dans ce vaste
organisme de l'Eglise dont Jésus-Christ est le chef
et dont nous sommes les membres. Il s'éclaire
pourtant si nous le rapprochons de son équivalent et de son correspondant dans la nature.
L'ordre naturel et l'ordre surnaturel sont en effet
construits sur le même plan. La grande loi de
l'univers visible est celle qui en astronomie s'appelle gravitation, en physique attraction, en chimie
affinité, en biologie solidarité, et qui rattache tous
les êtres les uns aux autres, dans la merveilleuse
unité du *Cosmos.* Transportée dans le monde de
la grâce elle devient le dogme de la communion
des Saints, l'un des plus beaux, l'un des plus conso-
lants de notre religion, celui qui imprime à notre
Christianisme son caractère si largement social. S.
B. Mgr le Patriarche latin de Jérusalem présidait
la cérémonie, et naturellement M. le Consul
général de France y assistait.

Nous rentrons à « Casa-Nova ». Il nous faut

traverser les hordes dépenaillées des Russes si
bons, si doux, si francs, avec leurs grands yeux
bleus et leurs cheveux sales. Ils marchent au hasard, sans but, et de même que le ruisseau murmure en coulant, ils chantent en marchant, tant
le chant leur est naturel. Le soir venu, lorsque
nous sommes rentrés dans nos chambres, nous
les entendons encore, mais à mesure que la nuit
tombe leur voix se fait dolente et plus basse,
bientôt elle se traîne à terre enveloppant d'une
plainte mourante la ville qui s'endort...

L'intense palpitation de ces myriades d'étoiles
répand sur Jérusalem une lueur qui permet d'en
distinguer nettement l'ensemble ; voici le dôme
du Saint-Sépulcre, la flèche de l'Église de Saint-
Sauveur, le ballon de la Mosquée d'Omar. C'est en
Orient l'instant vraiment agréable, quand les furieuses ardeurs du jour se sont amorties et étein-
tes, et que les molles et tièdes vapeurs du sol
imprègnent l'air d'une humidité qui le rend res-
pirable. Mais à Jérusalem rien de pareil, il est à la
façon de tout le reste sec et dur, comme s'il venait
de passer sur une plaque de fer rouge. On cher-
cherait vainement ici la fraîcheur délicieuse des
nuits de Tibériade, ou le calme souverain des nuits
de Nazareth. Le sommeil de Jérusalem ressemble
au sommeil d'un coupable et d'un maudit, il est
lourd de fatigue et de remords, obsédé de visions
lugubres et traversé par des cauchemars sanglants.

La journée du vendredi est particulièrement
consacrée aux souvenirs de la passion et de la
mort de Notre-Seigneur. Dès le matin nous nous
rendons sous la conduite de notre guide ordi-
naire, un Franciscain, le Père Ananie, au Mont
des Oliviers pour les messes qui doivent être dites.
Rien d'émouvant comme cet endroit. De tous les
Lieux Saints qu'on vénère à Jérusalem, c'est le
seul qui soit resté à peu près intact et celui qui
nous réserve le moins de mécomptes. Un pont a
été jeté sur la dépression au fond de laquelle
coule le Cédron, dont le lit du reste est, à cette
saison, desséché. A droite on remarque, parmi
des entassements de rochers, un monolithe
cubique, de six ou huit mètres de hauteur, surmonté par un cône pointu que couronne une
touffe de palmes. Ce monument de style composite, à la fois égyptien et dorien, ne remonte
pas au delà du règne d'Hérode le Grand, c'est le
tombeau d'Absalon, contre lequel les Juifs fidèles
ne manquent pas en passant de jeter une pierre,
en signe de malédiction. Il se dresse à l'entrée de
cette sinistre vallée de Josaphat, peuplée de tombeaux, hantée de fantômes et toujours fréquentée,
disent les légendes, par les ombres de prophètes.
Puis plus loin, dans l'éblouissante et dévorante
réverbération d'une lumière inexorablement blanche, se prolonge, crayeuse, rocailleuse, aride,
sans un arbre, sans un brin d'herbe, l'affreuse

14

vallée où pourrissaient les cadavres et où brûlaient les graisses des victimes, la vallée de Hin-
non, image de l'enfer, dans laquelle habitent une
tristesse et une épouvante éternelles. Au-dessus
se dresse le « Mont du Mauvais-Conseil ». Caïphe
y possédait une maison, et le « club des Sadducéens » s'y réunissait, pour délibérer sur les
moyens de s'emparer de Jésus. C'est là que
tomba, meurtrière et froide, semblable à une lame
de poignard, la fameuse parole du Grand Prêtre :
« Il est avantageux qu'un seul homme meure
pour que tous les autres soient sauvés. »

L'heure est matinale et déjà les flancs de la colline sont embrasés. Nous les gravissons péniblement, à travers la véhémence irritée des flammes
que le soleil allume de toutes parts dans l'atmosphère incendiée. De chaque côté de la route sont
accroupis les lépreux ignobles à voir, les uns avec
leurs membres terminés par d'informes moignons,
d'où pendent des gouttes de pus et d'où tombent
des morceaux d'os rongés par une carie infecte ;
les autres avec leurs faces transformées en un
amas de chair pourrie, blanche et comme fari-
neuse, d'où se détachent des écailles et où l'on ne
discerne plus ni les yeux, ni le nez, ni la bouche.
Instinctivement nous nous détournons de ce spectacle ; et vous, Seigneur Jésus, quand vous sui-
viez les mêmes sentiers et que vous rencontriez
les mêmes misères, vous vous arrêtiez, compa-

tissant et bon, pour les consoler et les guérir !

Nous sommes à mi-côte. Les oliviers rachitiques,
au feuillage poudreux et pâle, qui poussent çà et
là et qui sont sans doute la seule végétation capable de se développer sur ces pentes calcaires,
justifient le nom que de tout temps la Montagne a
porté.

L'étrange manie des localisations à outrance
sévit ici encore. On nous montre l'emplacement
précis de l'agonie, c'est une grotte ténébreuse et
souterraine, aujourd'hui convertie en chapelle
avec au fond un autel. Le temps qui a effacé les
peintures dont les parois et la voûte étaient recouvertes, et les pas des pèlerins qui ont détruit
les mosaïques dont le sol était revêtu, lui ont rendu
son aspect primitif. Mais comment concilier cette
tradition avec celle qui situe l'agonie dans le jardin même au pied des oliviers ? Telle colonne indique la place où les Apôtres étaient endormis,
telle autre marque la rencontre de Judas et du
Maître. Dérobons-nous à ces préoccupations de
détail, qui distraient plutôt de la grande pensée à
laquelle on veut être tout entier. Nous sommes à
n'en pas douter sur le théâtre du drame, et cela
suffit. Du reste pour que ces lieux, témoins de
tant de douleur, puissent dégager la totalité de
leur effet tragique, il aurait fallu nous y rendre à
l'heure où le Christ s'y rendait, le soir, quand les
ombres s'épaississent autour des objets, et les en-

veloppent de mystère ; la nuit, lorsque dans
l'apaisement de toutes choses, et la solennité religieuse du silence qu'aucun bruit ne viole, les
voix du passé reviennent. Malheureusement au
moment où nous arrivons une indiscrète lumière
éclaire les recoins les plus obscurs, la fièvre du
jour bat son plein et l'agitation qui en résulte
empêche la solitude. Malgré tout, la suggestion
des souvenirs est si forte ici qu'une impression
irrésistible et poignante nous saisit. Cette motte
de terre a été la confidente unique, puisque aucun
être humain n'y assistait, de la tragédie la plus
émouvante qui se soit produite ici-bas. Celle du
Calvaire était entourée d'un appareil extérieur
plus frappant, ici, à Gethzémani, dans ce jardin
dont le nom, par un symbolisme terriblement
prophétique, signifie « pressoir d'olives », la
crise d'âme a été plus violente, étant plus intime et plus concentrée. Les ressources de notre
pauvre petite psychologie humaine défaillent
quand il s'agit de l'analyser. Outre le mystère
de l'union hypostatique qui ajoute au problème
une complication insoluble, il n'y a vraiment
pas de commune mesure entre l'âme du Christ
et la nôtre, elle déborde nos cadres et dépasse
nos formules, elle si riche, si lumineuse, si
forte, si pure, si aimante, si passionnée ! Et la
nôtre si dénuée, si lâche, si vicieuse, si égoïste !
Nous nous contentons de revivre par la pensée la

narration évangélique. Notre-Seigneur a traversé
le Cédron. Il est seul avec ses disciples, le traître,
dont la présence le gênait si visiblement, est parti
accomplir son abominable besogne. Aucun obstacle n'empêche plus le libre épanchement de la
tendresse de Jésus, et jamais elle ne s'est expri-
mée en accents plus touchants que dans cet en-
tretien qui devait être le dernier. Cependant le
Maître est triste. L'horreur de sa croix sanglante
qui se dresse à deux pas devant lui projette sur sa
sainte âme une ombre sinistre. Comme tous
ceux qui souffrent, Il se rapproche de ceux dont Il
se sent aimé. Et en ce moment c'est à eux qu'Il
pense. Durant les trois années qu'Il est resté avec
eux son amour les avait défendus, soignés, nour-
ris ; ils n'avaient manqué de rien ! Et maintenant Il allait les quitter. Sans doute son Esprit ne
cesserait pas de les animer, mais sa présence visible ne serait plus là pour les soutenir, son regard
pour les encourager, son sourire pour les consoler ! Et cette pensée Lui est un déchirement. Alors
Il les serre sur sa poitrine, les enveloppe de sa tendresse, et c'est en cet état qu'Il les présente au
Père et qu'Il les lui recommande, eux et son
Eglise dont ils sont les « prémices ». Il faut avoir
lu dans saint Jean cette admirable « Oraison
sacerdotale », qui est peut-être la plus belle page
qui ait été écrite sur la terre, ces lignes dont chaque mot semble être rythmé et soulevé par les

14.

battements du Divin Cœur, pour comprendre
comment le Christ savait aimer. Les Apôtres, fatigués et effrayés par les pressentiments que font
naître en eux les sombres prédictions du Maître,
se couchent et s'endorment. Quelle distance entre ces tempéraments grossiers et la nature si
délicate et si sensible de Jésus ! Il s'éloigne d'un
jet de pierre, Il arrive donc à peu près à l'endroit
où nous sommes. Il est seul, bien seul cette fois,
dans le silence de la terre et des cieux ! Il tombe
à genoux et prie. Du fond de cette conscience qui
est le centre des choses, et dans laquelle toutes
les vibrations des êtres, aussi bien celles du
monde des corps que celles du monde des esprits,
se répercutent, pour s'y transformer, malgré les
résistances de nos volontés révoltées et impies,
en un cantique d'éternelle et d'universelle
louange, la prière monte droite, vive et pure,
ainsi qu'une flamme, emportant dans son essor,
vers Dieu le Père, l'adoration parfaite et infinie
de son Verbe fait chair, et les hommages de la
création dont il est devenu le « Premier-Né » et
le Chef par son Incarnation. C'est la première
phase du drame, elle est paisible et suave comme
une extase.

Mais voici que soudain l'orage éclate. Toutes
les puissances du mal que le Christ n'a pas cessé
de combattre et qui vont être définitivement
vaincues par la vertu de sa Croix, se précipitent

sur Lui avec une violence inouïe pour tenter de L'écraser sous un dernier assaut. Cette heure de ténèbres est leur heure ; et dans l'effroi de la nuit terrible, Notre-Seigneur voit passer et repasser, crachant l'insulte, leurs hideuses faces, hurlantes de rage, et grimaçantes d'un ricanement d'enfer. Il est seul pour soutenir l'effort de cette épouvantable lutte ; ses amis sont étendus et dorment. Les appeler ? A quoi bon ? Ils n'auraient pas le courage de veiller un instant avec Lui ! Il sera donc seul dans son agonie, mais à ce prix Il nous méritera de n'être pas seuls dans la nôtre. Si délaissé qu'il soit en effet de tout ici-bas, le Chrétien qui meurt a toujours avec lui pour l'assister son Crucifix. Il L'a entre ses doigts tremblants et glacés pour recevoir ses dernières caresses et ses dernières étreintes, il L'a sur ses lèvres haletantes pour recevoir ses derniers murmures et ses derniers baisers, il L'a sur son cœur expirant pour recevoir ses dernières confidences et son dernier soupir. Son Crucifix le suivra jusque dans son cercueil, jusque sur sa tombe, qu'Il abritera de son ombre tutélaire ; plus loin encore, jusqu'au tribunal de Dieu où Il sera sa défense, son pardon, son innocence, où Il le couvrira de sa Rédemption, où Il dira au Père : « Il est mon frère, il est donc votre enfant, ne repoussez pas l'ouvrage de vos mains ! »

Mais nous touchons à la troisième phase, la plus douloureuse, la plus mystérieuse aussi, car rien d'analogue ne s'était encore produit dans la vie de Notre-Seigneur. Parmi cet abandon total de tout secours humain Il est abandonné aussi de son Père ! Autrefois, même aux heures pénibles de son existence, la sainte âme de Jésus ne cessait d'être baignée en ses profondeurs intimes par cette source d'infinie béatitude qu'entretenait chez Lui la vue de son Père. Mais l'image adorée tout à coup se voile aux regards du Divin Fils, ou du moins elle ne Lui montre plus qu'un visage sévère et courroucé. Que se passe-t-il ? Saint Paul a ici un mot qui est un éclair, déchirant les insondables ténèbres de cette nuit obscure ; pour s'être chargé de nos iniquités et de nos hontes Il est devenu « péché » Lui-même ! Et c'est en cet état de laideur morale qu'Il paraît devant son Père ! Oh ! l'horreur de cette confusion ! Lui le Saint, l'Immaculé, se voir ainsi souillé ! Lui le Bien-Aimé se sentir abominable. La peine qu'Il éprouve alors dans son âme est si forte que le choc venant à retentir dans sa sensibilité, son organisme humain succombe. Il est renversé à terre, et sous l'énorme pression de souffrance qu'Il endure, une sueur de sang perle à son front et ruisselle de ses membres sur le sol. Alors l'interminable série des siècles défile, chacun rejetant sur les épaules du Martyr qui se fait caution pour tous, le fardeau de ses crimes. Le pauvre Agonisant demande grâce : « Père s'il est possible que ce calice

s'éloigne ! » Puis se ressaisissant Lui-même dans
l'épuisement de ses forces : « Pourtant que par-
dessus tout votre volonté soit faite ! » L'Ange des
saintes Douleurs vient à son aide. Il se relève
fortifié, retrempé par la lutte. Il est temps du
reste ; car déjà le silence de cette solitude est troublé par un cliquetis d'armes que heurtent des
gens qui marchent ; et des lueurs de torches brillent dans la nuit. C'est Judas qui approche avec
sa bande, l'œil attentif pour ne pas laisser échapper
sa Victime, les doigts crispés pour La saisir, les
lèvres tremblantes de l'affreux baiser qu'il se prépare à Lui donner, et tout l'être tendu avec une
avidité vorace vers les trente deniers qui sont
au bout de son forfait et qui vont être le prix du
sang du Juste.

Plusieurs choses cependant gâtent nos impressions ; d'abord les bâtisses modernes qui s'élèvent
çà et là, et surtout un couvent russe d'un ridicule
insolent avec ses clochetons dorés, renflés et ven-
trus à la base, amincis en pointe au sommet,
pareils à des bulbes d'oignon. Mais ce qui choque
le plus c'est ce jardin entouré de palissades en
losanges, découpé en carrés de verdure et de
fleurs à la façon d'un jardin anglais, savamment
cultivé, artistement peigné. On y offre même du
café au lait ! Evidemment nous ne critiquons pas
les intentions qui sont excellentes, mais cette
recherche, ce raffinement d'élégance au milieu

d'une nature désolée, parmi les douloureux souvenirs qui nous assaillent de toutes parts, offense
comme un non-sens et scandalisent comme une
profanation. Le lieu ne se prête vraiment pas aux
embellissements artificiels. Son effet esthétique
ne peut qu'en être amoindri, car son étrange
beauté résulte de son austérité même. C'est à
Jérusalem le rare coin qui, depuis Notre-Seigneur,
ait été à peu près épargné, de grâce qu'on ne
nous le défigure pas ! Oh ! ces vieux oliviers aux
troncs noueux, tordus par l'effort des siècles, qui,
s'ils ne sont pas les arbres au pied desquels le
Christ a prié, pleuré, saigné, en sont sûrement
les rejetons, puisqu'il est avéré que l'olivier se
renouvelle de la sorte, comme ils sont dépaysés
dans ces parterres fleuris !

Nous montons encore et nous arrivons à la
chapelle de l'Ascension. On nous montre sur un
rocher des traces de forme vague, qu'on nous dit
être l'empreinte des pieds de Notre-Seigneur. Il
se peut du reste que cette empreinte se soit avec
le temps oblitérée.

Dix pas de plus nous mènent à l'Eglise du
« Pater », construite en 1869 par la Princesse
de la Tour-d'Auvergne et occupée, avec le couvent
qui y est annexé, par les religieuses Carmélites.
En avant s'étend un superbe cloître dont les murs
sont revêtus de tablettes émaillées portant des
traductions de l'Oraison Dominicale en toutes les

langues. L'idée est juste et belle. Ces quelques
mots, que d'humbles pêcheurs galiléens apprirent
à bégayer ici, sont en effet l'expression sublime et
immuable de l'universelle prière ; de celle qui
convient à tous, aux civilisés comme aux barbares, aux savants comme aux ignorants, parce
que en demandant pour chacun le pain de chaque jour elle pourvoit aux besoins communs à
tous ; parce que en souhaitant l'accomplissement
de cette volonté d'En-Haut qui est justice, ordre,
harmonie, beauté morale, et en appelant l'avènement ici-bas de ce règne divin qui est celui de
la vérité, de l'amour et de la liberté, elle sauve-
garde les intérêts de tous ; parce qu'en procu-
rant par le salut des âmes la gloire de Dieu elle
implique dans sa formule la loi suprême de l'u-
nivers, la raison supérieure et la fin dernière de
tout.

Avec le sanctuaire du *Dominus flevit* nous touchons au sommet du Mont des Oliviers. Cette
modeste chapelle commémore, ainsi que son nom
l'indique, les larmes de Jésus pleurant sur la ville
coupable. De la hauteur qu'elle domine on a sur
Jérusalem une vue splendide. On l'embrasse tout
entière d'un coup d'œil. Quand Il descendait ces
côtes ensoleillées, Notre-Seigneur la voyait ainsi,
assise à ses pieds, étalant les synagogues de ses
Rabbins, les palais de ses Pontifes ; moins fière
de ses trésors que de cette sagesse plus incorrup-

tible, que l'or le plus précieux dont on lui reconnaissait le monopole. Car on disait en ce temps-là « si tu veux être riche va en Galilée, si tu veux être sage va à Jérusalem ! » Et le proverbe était vrai ; les routes de Galilée qui aboutissaient à la mer étant les grandes artères par lesquelles la richesse circulait entre l'Orient et l'Occident, et Jérusalem étant de son côté la dépositaire des enseignements des docteurs, l'héritière des révélations des Prophètes, la confidente des secrets de Jéhovah. Mais son orgueil c'était surtout son Temple, moins remarquable d'ailleurs lui-même par son incomparable beauté que par sa sainteté unique. Le Christ voyant toutes ces splendeurs étinceler sous son regard ne pouvait contenir son émotion, à la pensée que bientôt le vent de la colère céleste passant sur elles allait les réduire en cendres ! Il n'avait rien négligé cependant pour écarter ce malheur. « La lumière avait brillé dans les ténèbres, mais les ténèbres ne l'avaient pas comprise ! » Les prévenances de sa tendresse, les appels réitérés de sa miséricorde s'étaient heurtés à un endurcissement opiniâtre, quant aux menaces de sa justice, Jérusalem en avait souri ! « Jérusalem, Jérusalem, toi qui tues les prophètes et qui massacres les envoyés du Ciel, que de fois j'ai voulu réunir tes enfants autour de moi, et tu n'as pas voulu ! » « Que de fois j'ai voulu... et tu n'as pas voulu ! » Jamais l'antagonisme coupable, jamais le conflit criminel, qui oppose en un irréductible duel la volonté de l'homme et la volonté de Dieu, n'avait été traduit avec une pareille énergie. Mais le désordre est par lui-même générateur de ruine, car l'ordre violé possède une véritable puissance explosive par laquelle il se retourne contre ceux qui l'outragent. « Voici donc que tu seras déserte et de ce Temple qui fait ta gloire il ne restera pas pierre sur pierre ! » Et Jésus pleure ! Ah ! ces larmes du Christ dont une seule pèse plus que tous les crimes ensemble et vaut plus que mille mondes, comment ont-elles pu couler sur Jérusalem sans la sauver. C'est l'éternel problème de la grâce divine aux prises avec l'âme humaine, laquelle est vraiment inexpugnable quand elle se retranche derrière le rempart de sa liberté. Mais cette force de résistance aux sollicitations de l'Esprit de Dieu, nul ne l'a eu au même degré que ce peuple, justifiant ainsi par un tragique destin le nom tristement prophétique qu'il s'est donné à lui-même : « Israël », c'est-à-dire fort contre Dieu.

Au delà du « Dominus Flevit », sur l'autre versant de la colline, nous atteignons Bethphagé. C'est de cette bourgade que partit la marche triomphale des Rameaux, aux applaudissements d'une multitude qui Le proclamait roi, tandis que les harpes des grandes palmes, vibrant d'un souffle d'enthousiasme, chantaient l'hosanna sur son

15

passage ; et que, sournoisement embusqués aux
angles des carrefours, les Sadducéens à l'œil lou-
che et au cœur haineux, ces Francs-Maçons d'alors,
aussi vils que leurs modernes descendants, se disaient entre eux : « Il est temps de le faire mourir ! »

Le soir nous avons un des plus intéressants
exercices de notre pèlerinage. Nous faisons le
Chemin de Croix à travers les rues de Jérusalem.
Malgré les bouleversements que la ville a subis,
l'itinéraire que nous suivons coïncide à peu près
avec le trajet de la Voie Douloureuse. Nous partons du palais du Proconsul qui est aujourd'hui
transformé en caserne turque, mais où l'on montre encore l'emplacement du Lithostrotos et l'Arc
de l'*Ecce Homo*. Un Franciscain prêche les différentes stations. Alors les moindres détails se précisent. C'est Pilate, le type éternellement vrai du
fonctionnaire domestiqué, flottant entre son devoir
et ce qu'il croit être son intérêt, allant de Jésus
au peuple et du peuple à Jésus ; en proie à des hésitations qu'exagèrent encore les craintes de sa
femme Claudia Procla, une chrétienne de désir,
qui lui envoie dire de ne pas se mêler des affaires
de ce Juste, à cause des mauvais rêves qu'elle a
faits la nuit. Une immense clameur de haine
monte comme une vague que la houle soulève et
vient battre les fenêtres de son palais, pendant
qu'il se perd en d'interminables interrogatoires.

Il a recours à une demi-mesure, car les irrésolus
et les faibles préfèrent les lignes obliques qui
sont celles de moindre résistance. Il se rappelle
que la loi romaine met à sa disposition un moyen
de correction pour châtier les séditieux, la fla-
gellation ; Jésus sera donc flagellé. Nous assistons
à l'horrible supplice. On L'attache à une colonne ;
des bourreaux s'arment de verges et de lanières
garnies de plomb, et, parmi le bruit mat et
sourd des coups, on entend les gémissements de la
Victime, mêlés aux blasphèmes des soldats. Pilate revient à Jésus, il Le trouve le front ceint
d'un buisson d'épines tressées en couronne, les
mains liées sur un sceptre de roseau, les épaules couvertes d'une pourpre dérisoire, le visage
tuméfié et sanglant. Il Le présente au peuple du
haut de l'escalier qu'on nous montre : « Voilà
l'Homme ! » s'écrie-t-il. « Qu'il soit crucifié ! » riposte la foule dont les Sadducéens et Pharisiens
parcourent les rangs, attisant partout les haines
avec des paroles semblables à des torches incen-
diaires. Pilate songe qu'il a au fond de ses prisons
un scélérat, Barabbas. S'il mettait en parallèle le
criminel chargé de forfaits, et cette Puissance
bienfaisante, cet Être de lumière, de mansuétude
et de bonté qu'était le Christ, le peuple n'hésite-
rait pas ? Il n'hésita point en effet, mais ce premier essai de suffrage universel n'eut pas le résultat que le procureur en attendait. La passion

peut à ce point aveugler et égarer les hommes, et
les multitudes sont à ce point hypnotisables !...
Nous entendons le tumulte des cris : « C'est
Barabbas que nous voulons ! quant à Lui, qu'Il
soit crucifié !... » Et cet autre proféré d'une voix
plus basse et comme honteuse, malgré tout, de
l'avoir fait entendre, brutal et sourd ainsi qu'un
couperet qui s'abat : « Que son sang retombe sur
nous et sur nos enfants ! » Ce choix en somme,
pour exécrable qu'il soit, ne doit pas nous surprendre ; d'un mot l'Evangile nous l'explique, Barabbas représentait le mal, *erat autem Barabbas latro*.
C'est donc tout simplement un épisode de l'éternelle conspiration de notre nature mauvaise contre le Bien et la Vertu... Et cet invraisemblable
dialogue de Pilate avec le peuple : « Mais quel
mal a-t-il fait ? »... Et l'argument sans réplique
qui sous le nom de « Raison d'Etat » ou de « Fait
du Prince » a couvert les pires abus, les plus criantes injustices, les plus intolérables tyrannies,
et que nos Jacobins modernes n'hésitent pas à
invoquer. « Si vous ne le crucifiez pas vous n'êtes
pas ami de César! » Ce dernier trait qui frappait
Pilate à l'endroit sensible a emporté d'assaut sa
volonté indécise. Devant lui tout à coup se dresse
l'image terrifiante du vieillard qui de son rocher
de Caprée faisait trembler le monde. Il savait
Tibère soupçonneux, enclin à trouver toujours
trop tiède le zèle de ses fonctionnaires, prompt à

recueillir les dénonciations. Dans un éclair rapide il entrevoit la disgrâce, l'effondrement de sa fortune, l'exil ; c'en est plus qu'il ne faut pour lui troubler la tête, la mort dans l'âme il prononce une condamnation qui est une abdication.

Le lugubre cortège se forme et s'ébranle, nous le suivons dans les rues étroites, tortueuses et encombrées. Les soldats et les bourreaux tenant les instruments du supplice ; les grandes dames aux nerfs délicats qui ont préparé la mixture de vin, de myrrhe et d'aloès dont l'action stupéfiante doit engourdir les douleurs des condamnés et dont Jésus refusa de boire, voulant mourir dans la plénitude de sa conscience et de sa liberté ; la foule menaçante et ivre de fureur ; le groupe des curieux avides d'émotions rares et inédites ; les Princes des Prêtres solennels et souriants d'aise, assistant à l'évanouissement du pouvoir miraculeux de Celui qu'ils avaient tant redouté ; les disciples fidèles versant silencieusement des larmes impuissantes ; le Christ enfin ! Exténué de fatigue, épuisé par le sang qui coule, défaillant sous le poids de sa croix. Il tombe, et ses chutes sont de nouveaux prétextes à une recrudescence de cruauté ; on se jette sur Lui avec cette bestialité d'instinct qui se manifeste dans la brute humaine quand elle est démuselée. Il se relève péniblement. Alors les incidents connus se reproduisent ;

le Cyrénéen revient des champs et on l'arrête
pour aider Jésus ; d'un geste courageux Véronique
impose un instant silence à ces rages déchaînées
et essuie la face adorée du Maître ; les filles d'Israël
pleurent et dans son immense pitié Jésus les console ; Marie paraît et le même coup d'atroce violence brise le cœur aimant du Fils et le cœur
compatissant de la Mère. Depuis deux mille ans
qu'elle dure, la montée au Calvaire se poursuit
sous le même soleil brûlant, à travers la même
poussière suffocante. Il n'est pas un détail, jusqu'aux dimensions énormes de notre croix de pèlerinage et jusqu'à l'empressement de tous à la
porter, dont la signification symbolique ne s'accorde au caractère réaliste de ce cadre et de cet
ensemble. Car avec les années la croix s'est alour-
die du poids sans cesse accru de nos fautes,
mais en revanche le nombre s'est multiplié des
disciples jaloux de soulager le Sauveur. Seule
l'attitude de l'assistance a changé ici, et nous
sommes forcés d'avouer que pour en trouver
une qui fût plus conforme à la vérité historique,
c'est-à-dire délibérément hostile et impie, il faudrait venir la chercher dans nos grandes villes
de France, où une procession de ce genre, outre
qu'elle ne serait pas tolérée par la police, ne saurait se produire sans provoquer des manifestations sacrilèges ; tandis que là-bas, en pays musulman, non seulement la force publique nous

escorte et nous protège, mais la foule nous suit avec respect.

Un étranger qui a le bonheur de venir une fois dans sa vie à Jérusalem et qui y passe un vendredi ne manque pas de se rendre au « Mur des pleurs ». Cette construction faite d'énormes pierres entassées, date certainement de l'époque hébraïque, et demeure l'un des rares vestiges de leur architecture. Elle faisait partie des soubassements du Temple. Chaque vendredi soir, au crépuscule, à l'heure où les chauves-souris sortent, les Juifs s'y réunissent. Pleurent-ils vraiment devant ces vieux témoins de leur grandeur passée, sur les désastres de leur nation ? Ces figures anémiées au teint olivâtre, aux lèvres sans couleur, aux yeux sans flammes ; ces âmes atrophiées et déprimées dans des organismes tarés, dont tout le sang paraît être tourné en humeur et en bile, sont-elles capables d'éprouver un regret ? Ils récitent les admirables pages dans lesquelles le prophète, gémissant sur le veuvage de Jérusalem, répand l'amertume de son cœur en des strophes qui semblent cadencées par les chocs réitérés des ruines, et si belles qu'aucune autre douleur n'a trouvé d'accents comparables, que celle qui les a inspirés en est devenue à jamais sacrée, et qu'elle reste l'inconsolable douleur de tous les lieux et de tous les temps. Or les Juifs psalmodient les versets sublimes nonchalamment, machinalement. C'est en vain que ces cris de suprême détresse et d'infinie désolation sanglotent dans leur gorge rauque, pas une larme, au moment au moins où nous les observons, ne tremble aux rares cils de leur paupière, pas un frisson de muscle qui trahisse une émotion sincère sur le masque froid de leurs faces livides. N'est-elle pas étrange la destinée de ce peuple que la meule des Révolutions a broyé et réduit en poussière, que la bourrasque de l'invasion étrangère a balayé et dispersé aux quatre coins de la planète, sans qu'il se soit mêlé à aucun? Race inassimilable et impérissable, que les autres ont pu conquérir et vaincre, mais qu'elles n'ont pu ni absorber, ni détruire, qui se développe au milieu d'elles à l'état sporadique et qui vit à leurs dépens, par un phénomène de parasitisme social sans analogue dans l'histoire, pour être à travers le monde l'irrécusable témoin de ce Christ qu'elle a renié, et qui, provoquant tour à tour le mépris ou la pitié, l'ironie ou un sentiment de terreur religieuse, porte ainsi, sous tous les climats et sous toutes les latitudes, la même robe d'ignominie éclaboussée du sang d'un Dieu.

Samedi 4 mai. — Nous continuons nos courses. L'infatigable Père Ananie nous conduit à l'église de Sainte-Anne, desservie par les Pères Blancs du cardinal Lavigerie. Crânement coiffés du fez rouge, ils nous accueillent avec une cordialité et une bonne humeur dont le timbre sonne bien français.

On sent que l'âme si ardemment patriotique de
leur grand fondateur les anime toujours. Ils dirigent là-bas un séminaire grec. Nous visitons leur
musée, très riche en collections antiques. Comme
certains détails obscurs de l'Evangile s'éclairent à
la vue de ces objets, auxquels il est incessamment
fait allusion et qui servaient aux usages courants
de la vie quotidienne! Nous descendons à la « Pis-
cine probatique ». C'est une vaste nappe souterraine, à laquelle se rattache encore un réservoir
nouveau que les Pères Blancs viennent de découvrir. L'un des grands ennuis de Jérusalem pendant
l'été c'est la disette d'eau, on est condamné à boire
de l'eau de pluie qui est tombée l'hiver et qui a
été conservée dans les citernes. Si l'administration turque était intelligente, ne trouverait-elle pas
dans cette provision de quoi alimenter toute la
ville?

De là nous nous rendons à la Mosquée d'Omar.
Elle s'élève sur l'emplacement même de l'ancien
Temple de Salomon, au sommet du Moriah. On
y accède par des escaliers qui aboutissent d'abord
à un vaste portique formé de grandes arcades
ogivales, que les Arabes appellent « Maouzin », les
Balances, parce que, d'après la tradition maho-
métane, c'est là que seront suspendues les balances
qui pèseront les âmes au jugement dernier. Cette
rangée de colonnes rappellent les pylônes em-
pruntés aux Egyptiens qui fermaient le parvis

15.

du Temple. On arrive à la Mosquée. Elle dessine
un octogone régulier, surmonté d'une haute coupole légèrement étranglée à la base. De dehors
l'ensemble est écrasé et lourd, mais l'intérieur est
superbe. Jamais l'art d'harmoniser les teintes n'a
produit rien de plus parfait. La Mosquée d'Omar
est la perle de l'Orient musulman. On y entre par
quatre portes percées aux quatre points cardinaux;
et l'on se croirait transporté dans l'un de ces
mondes merveilleux que décrivent les contes
des « Mille et une nuits ». Le fond de l'air a une
coloration bleue, au milieu de laquelle des
rayons rouges, verts, jaunes, d'une tonalité très
adoucie et pareils à une sorte de buée lumineuse,
filtrent, flottent, se fondent, se dégradent insensiblement comme des reflets d'opale. Nous com-
parions tout à l'heure la Mosquée d'Omar à une
perle; la métaphore nous paraît ici d'une justesse
particulière, en tout cas elle a un sens tout spécial
et bien précis. N'est-il pas vrai qu'on devrait avoir
des sensations semblables, si l'on pouvait pénétrer
à l'intérieur d'une de ces perles fines qui ont fixé
dans la limpidité de leur eau pure les teintes
mystérieuses, que l'Océan élabore en ses profondeurs à demi éclairées? Ces splendides effets de
lumière sont dus à des vitraux disposés dans les
découpures dentelées, lancéolées, zizaguées des fenêtres, avec une connaissance des lois de l'optique
instinctive et intuitive, plutôt que scientifique et

La Mosquée d'Omar.

raisonnée, mais combien étonnante ! Des arabesques aux lignes ingénieusement contournées en volutes, en spirales, en rinceaux ; aux nuances harmonieusement combinées, décorent les murs. Et une fois de plus l'on demeure surpris qu'avec des moyens d'action aussi limités ils aient pu obtenir de tels résultats. Le monument est divisé en trois enceintes circulaires, séparées par des colonnes de marbre, dont les tons variés enrichissent encore de notes nouvelles cette magnifique orchestration de couleurs. Au centre, on vénère l'une des plus précieuses reliques que possède l'Islam, la fameuse roche de la Sakhra, autrefois revêtue de plaques de métal, aujourd'hui complètement à découvert et entourée de grilles. D'après la tradition c'est là qu'aurait eu lieu le sacrifice d'Isaac. Et cette tradition qui prétend s'appuyer sur la Bible, repose au moins sur une similitude de noms. On sait qu'Abraham, l'aïeul des générations, quitta la Chaldée à l'appel de Dieu pour se rendre au pays de Chanaan, et qu'il reçut du Seigneur l'ordre d'immoler son fils unique sur le mont Moriah. La Mosquée recèle encore trois autres trésors, la bannière du calife Omar, l'étendard de Mahomet, et dans une urne d'argent deux poils de la barbe du Prophète.

A quelques pas plus loin, en contre-bas, nous visitons la Mosquée d'El-Aksa dont le nom arabe signifie l' « Éloignée », parce qu'au moment où elle fut bâtie elle était la plus éloignée de La Mecque. On y montre dans une niche l'empreinte du pied du Christ, et deux colonnes juxtaposées si près qu'il est en somme impossible de se glisser entre. Celui qui s'y aventurerait et qui resterait pris serait, selon les légendes musulmanes, irrémédiablement damné.

Par un escalier à l'un des angles de l'Esplanade nous descendons aux écuries de Salomon ; vastes souterrains qui servaient au moins d'écuries aux Templiers, car on voit encore les trous percés au flanc des colonnes, où ils attachaient leurs chevaux et des auges taillées en plein roc.

Presque en dessous, sur le versant qui fait face au Mont des Oliviers et qui s'incline vers la vallée de Josaphat, coule la célèbre fontaine de Siloé dans les eaux de laquelle l'aveugle guéri par Notre-Seigneur alla se laver les yeux.

En longeant la haute muraille crénelée nous arrivons à la Porte « Dorée » par où le Christ fit son entrée triomphale. Les Croisés ne l'ouvraient que deux fois par an, le dimanche des Rameaux et le jour de l'Exaltation de la Sainte-Croix. Par une crainte superstitieuse, de peur qu'elle ne s'ouvrit de nouveau pour quelque triomphe de ce genre, les Turcs l'ont murée.

Lorsque nous pénétrons dans la ville les rues présentent une animation extraordinaire. C'est aujourd'hui le « samedi saint » des Grecs. Ce matin le Patriarche schismatique, complice de la sottise de son peuple sans en être dupe, s'est enfermé seul dans l'édicule du Saint-Sépulcre. Là, après les véhémentes adjurations d'une multitude en délire, il a attendu des heures que le feu du ciel vînt allumer le Cierge pascal qu'il tenait à la main. Quand l'énervement de cette foule impatientée par une si longue attente fut poussé jusqu'au paroxysme de la fureur, le prodige s'est accompli. Alors, par des ouvertures pratiquées à cet effet dans les parois du monument, le Patriarche a fait passer le Cierge miraculeux. C'est le signe que le Christ est ressuscité et qu'il n'a pas abandonné les siens. De joyeux messagers sont partis dans toutes les directions porter la bonne nouvelle ; pendant que les assistants allumant leurs cierges à celui du Patriarche se livraient, paraît-il, sous prétexte de purifications, à d'innommables pratiques. Voilà à quel degré d'abjections est tombée l'Église grecque ; ou elle approuve de pareilles ignominies, ou les condamnant elle est impuissante à les empêcher, mais les deux tranchants du dilemme sont également dangereux, et les deux hypothèses également désastreuses pour elle. Seuls, parmi cette manifestation indécente, les Russes jettent une note religieuse. Nous ne comprenons pas leur langue, mais nous devinons ce que, dans la sincérité et la candeur de leur foi, ils se disent en s'abordant avec une explosion de joie naïve : Le Christ est ressuscité ! Et ils s'embrassent. Une cohue compacte encombre les rues ; sur la place du Saint-Sépulcre en particulier la bousculade est telle et la compression si forte que chaque année des accidents graves se produisent, des personnes s'évanouissent et sont étouffées. Nous arrivons indemnes à Casa-Nova.

Le soir une trentaine d'entre nous vont en excursion à Jéricho et à la Mer Morte. A trois heures de l'après-midi, au moment de la plus forte chaleur, nos chevaux nous attendent à la porte, heurtant le pavé de leurs pieds nerveux. Nous montons en voiture, le fouet claque, les jolis animaux redressent leur tête fine et fière, hérissent leur crinière mouvante et partent, si pétillants et si vifs qu'on dirait que des étincelles jaillissent de leurs narines. Nous franchissons le Mont des Oliviers et nous voici à Béthanie, la patrie de Marthe, de Marie, de Lazare ; la maison de l'hospitalité généreuse et sûre, au fond de laquelle l'affection fidèle veillait toujours, comme la lampe d'un sanctuaire. Nous nous arrêtons un instant pour visiter dans un souterrain le tombeau de Lazare, et nous remontons en voiture.

De Jérusalem qui se trouve sur un plateau à huit cents mètres au-dessus du niveau de la

mer, jusqu'à Jéricho qui est à trois cents mètres
au-dessous, la route descend suivant une pente
continue et raide. A mesure que nous avançons
la végétation si pauvre et si maigre sur les arides
collines de Judée se fait de plus en plus rare ;
bientôt elle est réduite à quelques touffes de
bruyères et de jujubiers épineux, jaunes et des-
séchés qui vivotent misérablement. C'est le désert, non pas le désert blond des sables, mais
le désert blanc des roches calcaires. A travers cette
immensité uniforme notre route se déroule, à peine
distincte des plaines légèrement mamelonnées
qui la bordent. Le soleil sévit avec une outrance
qui redouble à chaque minute, dans cette solitude
désolée où pas un obstacle ne la contrarie. Des
souffles de braises nous brûlent le visage, des
nuages de poussière torride nous enveloppent, on
ne respire littéralement plus, les lèvres se gercent, les muqueuses se dessèchent, on a à la bouche un goût de sang, chez les plus robustes eux-
mêmes la provision de résistance et d'endurance
est épuisée. Il est temps que nous arrivions au
« Khan » du Bon Samaritain où nous avons la
chance de trouver des rafraîchissements. Nous
sommes surpris de la quantité de liquide que
nous sommes forcés d'absorber. Mais notre halte
ne saurait se prolonger beaucoup, ce n'est au milieu de nos fatigues qu'une trêve d'un instant, et
bientôt il faut repartir. L'aspect du paysage

change, il est plus tourmenté. Des soulèvements
se dressent, des dépressions se creusent. La route
côtoie un ravin aux flancs coupés à pic, d'une profondeur d'abîme. De notre voiture nous apercevons, à trente mètres peut-être plus bas que le sol,
une bâtisse accrochée aux pentes abruptes de la
gorge et suspendue au-dessus du gouffre. C'est un
couvent grec. Les moines qui y séjournent, parmi
ces monceaux de craie où rien ne respire, ne
pouvaient pas choisir un lieu qui fût plus éloigné
du monde des vivants. Si la présence infinie de
Dieu ne remplit pas leurs âmes, elles doivent être
des solitudes plus dépeuplées et plus mornes, que
ce désert immense et vide dont le silence éternel
pèse sur elles. Ils ignorent tout sans doute de nos
agitations et de nos discussions ; et un de nos journaux viendrait à tomber là, il y devrait produire
quelque chose d'analogue aux bruits effrayants et
prolongés qui fait parfois une pierre heurtant les
parois d'un précipice. Et comment se ravitaillent-
ils ? Nous apercevons d'étroits sentiers qui rampent et grimpent péniblement, en s'entortillant
aux côtes escarpées, et qui sont évidemment les
seuls moyens de communication qu'ils aient avec
le monde extérieur.

Brusquement, à un tournant de route, la haute
montagne de rochers qui limitait l'horizon s'écarte
comme un rideau que l'on déchire. Nous nous
trouvons au bord d'un entonnoir. A gauche une

rigole y aboutit, qui, vue d'où nous sommes, à
travers l'échancrure par laquelle nous la distinguons, ressemble à une large bande verdâtre, c'est
la vallée du Jourdain avec la ligne de végétation
qui ondule le long du fleuve ; au fond deux taches
se dessinent, l'une verte également, c'est Jéricho,
véritable oasis au milieu de cette région inanimée,
l'autre grise avec des reflets argentés, semblable à
de l'étain en fusion, c'est la Mer Morte.

La descente devient si rapide que nous sommes
obligés de quitter nos voitures et d'aller à pied
pendant plusieurs centaines de mètres. Moins
éclatante que tout à l'heure la chaleur est de plus
en plus suffocante et accablante. Beaucoup s'arrêtent, épongeant leur front en sueur d'un geste las
et découragé. Les chevaux, déchargés pourtant
de leurs fardeaux, péniblement halètent ; eux non
plus ne semblent pas habitués à cette température ; c'est un orage qui se prépare. De toutes
parts en effet de gros nuages cuivrés montent et
s'amoncellent, des grondements lointains secouent
et ébranlent toute l'atmosphère. Bientôt la pluie
tombe en larges gouttes qui s'écrasent dans la
poussière, les éclairs jaillissent zébrant le ciel de
rayures blafardes, ils rendent ici un son métalli-
que, dont le fracas retentit, au sein de cette nature
pétrifiée et ossifiée, en résonances caverneuses et
en craquements sinistres. Nous sommes vraiment
privilégiés, c'est aux éclats de la foudre que ce

pays dégage tout ce qu'il recèle d'impressionnante beauté et de terrifiante grandeur. Nous avons la chance peut-être inouïe de voir, en entrant à Jéricho, l'orage envelopper de nuées fulgurantes les sommets du Mont Nébo, où Moïse, l'homme du Sinaï, qui avait gardé au front des lueurs d'éclairs et dans la voix duquel le tonnerre grondait, monta pour saluer la Terre promise dont il touchait le seuil béni, et pour mourir devant la face de Dieu.

Jéricho, qui était au temps de Josué une ville fortifiée, est bien déchue aujourd'hui. Elle ne se compose plus que de quelques pauvres masures. On y trouve cependant deux ou trois hôtels organisés par l'agence Cook. Le trésor du pays c'est la fontaine d'Elisée, qui porte le nom du prophète parce qu'il en corrigea l'amertume en y jetant une poignée de sel[1]. L'eau est recueillie à la source même dans un vaste bassin. Elle est tellement abondante qu'elle alimente un ruisseau, au bord duquel des tamaris, des lauriers-roses, des cactus, des palmiers, des bananiers, des grenadiers tressent, avec leurs branches qui s'entrelacent, une guirlande verdoyante et fleurie.

A deux pas se dresse le Mont de la Quarantaine, isolé, sauvage, hérissé d'arbustes épineux, strié de roches que le travail d'érosion des pluies a mises à découvert, et creusé de grottes naturelles. La tradition veut que Notre-Seigneur y ait sé-

1. IV Reg. II, 20.

journé pendant le jeûne de quarante jours qui pré-
céda son ministère public. C'est du reste à ce
souvenir que la Montagne doit son nom. Une telle
tradition, outre l'appui solide des témoignages
nombreux qui l'étayent, a pour elle toutes les
vraisemblances. Le Christ était là, auprès du
Jourdain, où Jean baptisait et où il descendit lui-
même recevoir le baptême des mains du Précurseur, avant de commencer sa prédication. Nous
n'avons pas le temps d'escalader ces hauteurs, et il
faut le regretter, car elles sont, paraît-il, comme
les cimes des Alpes pour l'édelweiss, la patrie de
la fameuse rose de Jéricho. Impossible en effet
d'identifier cette touffe de mousse sèche qu'on
trouve dans toutes les boutiques et dont le seul
mérite est de s'épanouir quand on la trempe dans
l'eau fraîche, avec la fleur merveilleuse et rare
que les Ecrivains sacrés prenaient pour un des
symboles vivants de la beauté.

Le jour baisse, les rayons du soleil se retirent
les uns après les autres ainsi que les branches
d'un gigantesque éventail qui se replie. Il est
l'heure de rentrer. Nous sommes d'ailleurs fatigués et nous serons heureux de retrouver des lits.
Mais le moyen de se coucher ? Si nous fermons
nos fenêtres nous sommes dans des étuves, si
nous les laissons ouvertes nous sommes mena-
cés de la visite des scorpions. La seule alterna-
tive qui reste est de nous réfugier sur la terrasse.

Comme la nuit est sombre et muette au fond de
cet entonnoir ! Les ténèbres et le silence sont
tellement absolus ici, qu'au lieu d'être du négatif
ils semblent constituer un élément distinct, et
qu'on se demande si la lumière et les bruits du
jour parviendront à les vaincre. Seuls les aboiements lointains de quelque chacal égaré nous rappellent qu'il y a encore de la vie autour de nous.
Une sensation extrêmement pénible nous oppresse.
Jamais nous ne nous étions sentis aussi perdus,
aussi éloignés de tout ce que nous aimons, de la
patrie, du clocher, de la famille, du foyer ! Alors
les fibres qui s'étaient douloureusement déchirées
au départ, mais dont la plaie s'était peu à peu ci-
catrisée, sous l'action pour ainsi dire anesthésiante
de tant de merveilles qui nous ravissaient hors de
nous-mêmes, se remettent à saigner. Heureusement le jour ne tarde pas à reparaître. En un
instant il s'affirme péremptoire et décisif autant
que l'était la nuit. Nous sommes au pays des
extrêmes, des contrastes violents et des antithèses
heurtées. Dès quatre heures du matin nous montons en voiture et nous nous rendons au Jourdain. Pas de route, nous cheminons à travers le
désert sans fin, au milieu de monticules de sable
blanc, piqués de plantes naines et brûlées. Le long
de notre caravane galopent des Bédouins qui nous
escortent, armés de fusils, de pistolets et de poi-
gnards aux manches richement incrustés et fine-

ment ciselés. Après avoir été ballottés pendant des heures, de cahots en cahots, à travers les coteaux et les ravins, nous voyons se déployer le ruban vert qui trahit le voisinage du fleuve, et nous arrivons enfin.

Le Jourdain roule sur un lit de vase son eau limoneuse. Il coule, en mordant ses rives, avec une rapidité qui justifie son nom hébreu de « Yardên », l'Impétueux, et qui résulte naturellement de la forte pente suivie par son courant. Il prend naissance dans les flancs du Grand-Hermon, remplit la coupe du lac de Tibériade, déborde dans la vallée et se précipite vers la Mer Morte, sur un plan dont l'inclinaison est de plus d'un mètre par kilomètre. Son cours se ralentit en s'approchant de son embouchure. Il se divise alors en deux bras qui s'étendent dans des marécages boueux et sans profondeur. Bien que son eau soit trouble on en vante l'exquise saveur. A l'endroit où nous l'abordons, il a reçu le tribut que lui apportent ses nombreux affluents, il est donc dans la plénitude de sa force et de sa beauté.

Le Jourdain est le fleuve le plus sacré du monde. D'une importance matérielle très secondaire, il n'en tient pas moins le premier rang dans la mémoire des peuples. Il a été associé à la plupart des grands événements de l'histoire religieuse. Israël sortant d'Egypte et rentrant dans le pays donné à ses pères l'a vu rétrograder vers sa source

devant l'Arche Sainte ; et le souvenir en a été
dramatisé dans ces stances d'un si bel effet
lyrique, que jusqu'à la fin des siècles l'humanité
croyante chantera avec une indicible émotion :
« Quand Israël quitta la terre étrangère la Judée
devint son sanctuaire ; la mer le vit et s'enfuit,
et le Jourdain remonta vers sa source ; les montagnes bondirent comme des béliers et les collines
comme des agneaux. Qu'avais-tu donc, ô mer,
pour t'enfuir de la sorte, et toi, Jourdain, pour
retourner en arrière ? C'est la présence de l'Eternel qui accomplit ces prodiges. » Enfin le Jourdain fut témoin du baptême de Jésus.

Jean-Baptiste s'était retiré sur ces plages désertes, et il appelait les foules au baptême de pénitence, qui devait les disposer à recevoir Celui qui
allait venir. A sa voix la solitude s'était peuplée.
Attirées par le charme austère de cette mâle éloquence les multitudes accouraient. Elles étaient
du reste désabusées des discussions stériles et
oiseuses de leurs docteurs officiels, et elles
recueillaient avec avidité ces sentences qui étaient
sans doute du pain dur et souvent amer, mais subs-
tantiel du moins ! Jean marchait revêtu de la vertu
d'Elie. Le verbe enflammé des vieux prophètes
éclatait sur ses lèvres ardentes en accents irrésis-
tibles, et leur âme intrépide avait passé dans son
âme. Il était de leur lignée. Avec ses longs cheveux
en désordre, et sa barbe inculte, avec le cilice tissé

en poil de chameau qui meurtrissait sa chair, le
manteau de peaux de bêtes qu'il jetait sur ses épaules et la ceinture de cuir qui serrait ses reins, il
avait l'air de quelqu'un de ces rudes voyants d'autrefois ; et, au fond de son affreux désert, se nour-
rissant de miel sauvage, de racines et de saute-
relles il menait leur vie mortifiée. Par l'intraitable
rigueur de sa discipline en effet, il se rattache bien
davantage à l'Ancien Testament qui était une loi
de crainte qu'à la loi d'amour et de grâce et à la
mansuétude évangélique. Il était le tourbillon
embrasé que le souffle prophétique soulevait une
dernière fois avant de s'éteindre et dans lequel il
s'épuisait. Tout ce que l'esprit des prophètes avait
laissé dans l'atmosphère d'Israël d'électricité accumulée, s'il est permis de s'exprimer de la sorte,
passait dans les décharges de ses invectives et
dans les éclairs de ses apostrophes. Cet homme
est en somme un des géants de l'histoire. Placé
entre deux mondes, il repousse du pied l'ancien
qui croule dans la corruption et l'iniquité, et salue
le monde de vérité, de justice et de bonté dont il
entrevoit l'aurore. Jamais la fonction providentielle du prophétisme ne s'est mieux définie qu'en
sa personne, où elle s'achève et se consomme ;
annoncer le Messie et préparer son avènement
dans les âmes par le repentir. Et nul n'était mieux
armé que lui pour être l'instrument de cette laborieuse besogne. Sa parole était tout ensemble un

fouet et un glaive ; un fouet stimulant les lâches,
ralliant les timides, châtiant les rebelles ; un
glaive menaçant les coupables et tranchant sans
pitié les parties gangrenées et mortes. De son
âme, en quelque sorte volcanique et toujours en
éruption, l'indignation contre le mal, sous toutes
ses formes et sous tous ses déguisements, coulait
à jet continu, ainsi qu'un torrent de lave brûlante.
Il n'était pas le Seigneur qui se révèlera aimable
et doux dans une haleine de brise, il était la bourrasque violente chargée de renverser et de balayer
les obstacles afin de Lui livrer passage. Il n'était
pas la Lumière, mais il avait mission de rendre
témoignage à la Lumière, il était la bouche cla-
mant de toutes parts : « Le Seigneur va venir, Il
arrive, redressez les sentiers tortueux, aplanissez
les routes raboteuses, préparez-Lui une voie
droite, que les collines s'abaissent, que les vallées
se comblent ! »

Or parmi ceux qui l'écoutaient il y avait les
Sadducéens et les Pharisiens, venus non pas pour
s'instruire, mais pour espionner et critiquer. Ils
persécutent le Précurseur comme ils persécute-
ront le Maître. Et en attendant la réprobation
sans appel que le Christ leur réserve, Jean les
marque au front d'une flétrissure ineffaçable. Il
leur annonce le nouvel ordre de choses, dans
lequel les prérogatives dont ils se targuent seront
abolies et le bénéfice de l'adoption divine, jus-

que-là restreint à la descendance d'Abraham,
étendu à toute créature de bonne foi et de bonne
volonté : « Race de vipères, s'écrie-t-il, qui vous
préservera de l'imminente colère ?... Gardez-vous
de vous prévaloir de votre titre d'enfants d'Abraham! Des enfants d'Abraham, mais le Dieu puissant, qui a suscité la vie dans un sein stérile
comme le lit d'un torrent desséché, peut en produire avec les rochers de ce désert!... La cognée
est à la racine de l'arbre, tout arbre qui ne porte
pas de fruit sera coupé et déraciné !... Le proprié-
taire va venir, il purgera son aire, il séparera le
bon grain de la paille, il ramassera le grain dans
son grenier et jettera la paille au feu !...

Il y avait aussi des âmes simples et dociles. Jean
leur disait : « Faites de dignes fruits de pénitence ! » Et elles le suivaient, confessant leurs
péchés et se frappant la poitrine. Ce sont elles qui
demain s'attendriront et se fondront d'amour, sous
la douce influence de l'onction évangélique. Elles
formeront les première recrues du « Royaume de
Dieu » ; et dès maintenant elles s'initient, par les
sévérités de ce régime de pénitence et les austérités
de ces rites laborieux, aux délices du règne de la
charité et de la grâce, aux suavités des effusions
de l'Esprit.

Mais un jour Jean vit Jésus qui s'avançait vers
lui. Alors avec un saint transport il Le montre aux
foules : « Voilà, s'écrie-t-il, Celui que vous atten-

16

diez! Celui dont je ne suis pas digne de dénouer la chaussure, Celui qui baptise dans le feu et l'Esprit, tandis que je ne baptise que dans l'eau ! Voilà l'Agneau de Dieu, qui efface les péchés du monde ! C'est vers Lui qu'il faut aller, car il est l'Epoux des âmes, Il descend du ciel, et Celui qui descend du ciel est supérieur à tout ! » C'était la seconde Epiphanie de Notre-Seigneur. Le Précurseur, son rôle achevé, ne songe plus qu'à s'effacer et à disparaître. Avec l'héroïque et sublime désintéressement des saints, il acceptait que la Providence mit de côté l'instrument dont elle avait bien voulu se servir, mais dont elle n'avait plus besoin et qui désormais devenait inutile. Loin de s'interposer entre les âmes et Celui qu'il appelait si justement leur Epoux céleste, il les dirige vers Lui, il Le désigne aux ovations populaires, estimant un larcin de se réserver la moindre part des hommages dus à Lui seul, et craignant, après avoir rendu témoignage à la lumière, d'être une ombre qui empêcherait qu'on ne vit la lumière ! Cependant Jésus le retient et veut être baptisé par lui. « Hé quoi, objecte le Précurseur, ce serait plutôt à moi à être baptisé par vous ! » « Faites, répond le Christ, afin qu'en exécutant les desseins d'en haut nous accomplissions toute justice ! » Et Jésus descend dans le fleuve, et l'admirable scène décrite par l'Evangile se produit. Le ciel s'entr'ouvre, le Saint-Esprit sous la forme d'une colombe se pose

sur le front adorable du Sauveur, et l'on entendit
la voix du Père qui, penché au bord de son éternité, contemplait ce spectacle et disait : « Il est mon
Fils bien-aimé en qui j'ai mis mes complaisances,
écoutez-Le ! » En touchant à ces rites sacrés mais
impuissants par eux-mêmes à renouveler le cœur
en son fond intime, Notre-Seigneur leur commu-
niquait une vertu empruntée à l'efficacité anticipée
de sa Rédemption. Il en faisait un sacrement et un
sacrement régénérateur, constituant pour nous une
seconde naissance ; une naissance selon l'Esprit
qui nous façonne à la ressemblance de l'Homme
nouveau Jésus-Christ, de même que notre première naissance selon la chair nous avait façonnés
à l'image du vieil Adam pécheur.

Et le Christ parlant de Jean déclarait : « Qui
donc êtes-vous allé voir au désert ? Un roseau agité
par le vent ? Un homme mollement vêtu ? Non ceux
qui s'habillent ainsi demeurent dans les palais des
rois ! Un prophète ? Plus qu'un prophète, car c'est
de lui qu'il a été écrit : j'enverrai devant vous
mon ange qui vous préparera la voie !... Parmi
les enfants des hommes aucun n'est plus grand
que Jean-Baptiste, et pourtant le dernier dans
le Royaume des Cieux est au-dessus de lui ! »
Oui, en vérité, car Jean n'appartient qu'à l'Ancien
Testament, or le dernier dans le Royaume des
Cieux, c'est-à-dire dans le Testament Nouveau,
occupant un plan plus élevé le dépasse, non pas

peut-être en mérites ni en vertus, mais par sa position même !

Nous sommes à l'endroit où ces événements se sont accomplis ; à l'endroit où les deux Alliances se soudent, la première fondée sur la loi et entretenue par la crainte, la seconde établie sur la foi, dans la douceur de la grâce et la liberté de l'amour. Au fond elles n'en font qu'une. C'est si l'on veut le même arbre, dont les racines, sous l'empire froid et sec de la loi, sont restées pendant des siècles enfouies dans le sein obscur et infécond d'Israël, et dont la tige s'est épanouie tout d'un coup sous la rosée du ciel, aux souffles bénis de l'Evangile, et a fini par couvrir l'univers entier de ses rameaux bienfaisants. Ce coin de terre est le point de jonction où les deux Testaments se rencontrent, l'ancien expirant avec la prédication de Jean, le nouveau naissant avec la prédication de Jésus ; il est le théâtre où, leur mission étant terminée, les prophéties et les figures interviennent une dernière fois, avant de se taire et de s'évanouir en présence de la Réalité annoncée, promise et qui se montre enfin ! Devant ces faits dont l'incalculable portée intéresse Dieu autant que l'homme, que sont nos histoires de guerres et de révolutions ? Des jeux d'enfants ! Les lieux eux-mêmes s'éclipsent en face de l'imposante grandeur des souvenirs qu'ils évoquent et auxquels malgré nous nos pensées s'attardent. Du reste n'est-ce pas pour les retrouver que nous sommes venus là ?...

Le décor n'a pas changé. La voix de Jean ne retentit plus dans la solitude, les foules ne se pressent plus autour du Jourdain, Jésus n'en visite plus les bords, mais le cadre est resté identique. Le fleuve décrit toujours les mêmes courbes gracieuses avec les mêmes murmures, les oiseaux qui fréquentent ses rives et nichent dans les branches de ses frais tamaris redisent toujours les mêmes chansons, tout aux environs s'étend dans un poudroiement de lumière la même immensité blanche, et les insectes aux ailes frémissantes qui la traversent, pareils à des points d'or, ont toujours le même bourdonnement.

Et voici que par un bonheur inespéré le même Jésus va reparaître! On organise un autel et la Sainte Messe va pouvoir être célébrée par l'un de nous. Bientôt l'Hostie s'élève. Avec quelle émotion nous Lui adressons les paroles qui saluèrent ici la première apparition du Rédempteur! « Agneau de Dieu qui effacez les péchés du monde, ayez pitié de nous ! » On prête volontiers des sentiments aux choses, et on a raison d'une certaine manière, puisque selon le mot du grand poète « elles ont aussi leurs larmes »; qui sait si le Jourdain qui L'avait vu autrefois ne L'a pas reconnu, et si le frisson de ses ondes n'était pas un tressaillement?

La plupart achètent à un hôtel qui s'est construit dans le voisinage de petites bouteilles plates

16.

et emportent de l'eau... Nous en pourrons offrir aux personnages importants du Bloc maçonnique, pour le cas où ils auraient quelques enfants à faire baptiser.

Nous remontons en voiture et nous roulons vers la Mer Morte. Nous touchons au fond de la plus forte dépression du globe, nous sommes à « quatre cents mètres sous la mer ».

L'atmosphère est si lourde qu'il semble que nous ayons sur les épaules une chape de plomb. Impossible de décrire la désolation de cette contrée, la plus triste du monde. Pas un oiseau, pas un insecte, pas un brin d'herbe, pas un être vivant ; la vie est étouffée sous l'anathème qui accable cette terre maudite. C'est le triomphe de la dureté inorganique, le règne de la matière pétrifiée, vitrifiée, craquelée, implacablement sèche. Exposées aux ardeurs du soleil, les roches se fendillent, s'effritent comme dans une fournaise, et répandent sur le sol une poussière semblable à de la cendre incandescente dont on sent au pied la brûlure. Et c'est une poussière de sel. Le sel ici a tout recouvert. Ces hautes montagnes blanches qui, avec leurs lignes tourmentées et brisées, avec leurs flancs arides où l'on ne découvre pas trace de végétation, bordent le bassin de la Mer Morte, sont parsemées de sel ; ces dunes dont est mamelonnée la surface du désert sont des amas de sel ; ces morceaux de bois, amenés par le fleuve et déposés par les vagues sur le rivage, sont enveloppés d'une couche efflorescente de sel. Cette âcre substance est le seul résidu que produise le travail de cette étrange nature. L'air extraordinairement limpide et sonore participe à l'âpreté générale ; la lumière y éclate par irruptions brutales et aveuglantes sans nuances, sans teintes. Le ciel que l'orage d'hier a purifié est d'une netteté absolue, la clarté du soleil furieusement réverbérée par le miroitement du désert est insoutenable ; et de toutes parts, jusqu'aux extrêmes confins de l'horizon, danse autour de nous, à travers l'étendue brûlante, cette vibration lumineuse qui monte du sable surchauffé. On succombe vraiment sous l'énorme résultante de chaleur qui s'emmagasine dans ce gouffre de quatre cents mètres.

La Mer Morte, au moment où nous la voyons, a un aspect gris ardoise, avec des scintillements de flammes dans les plis de ses flots. De distance en distance surnagent des masses bitumineuses qui s'élèvent du fond, fument un instant et disparaissent. Son eau légèrement ridée par les mille petites lames qui viennent mourir sur la grève a la lourdeur opaque d'un métal fondu. Au point de vue géologique les savants nous disent qu'elle est une salse, c'est-à-dire avec les geysers et les solfatares, une des manifestations les plus atténuées du volcanisme. Des phénomèmes volcaniques d'une intensité plus considérable qu'aujourd'hui ont eu lieu ici à des époques lointaines. Une dépression s'est produite que l'eau a fini par remplir. Les gaz qui s'échappent par les fissures et les cassures de l'écorce disloquée, continuant à la saturer, y entretiennent en dissolution les nombreux sels dont elle est chargée ; chlorure de calcium, chlorure de magnésium, chlorure de sodium, bromure, et d'autres. De là d'abord sa densité exceptionnelle qui lui permet presque de porter le corps humain ; de là aussi son action corrosive sur les tissus, qui se traduit par le prurit qu'on éprouve lorsqu'on s'y est plongé ; de là enfin sa saveur amère, caustique, détestable. Aucun organisme n'y peut vivre, les poissons du Jourdain qui parfois s'y hasardent, elle les rejette au bout de quelques minutes morts sur ses rives.

La Sainte Ecriture attribue au cataclysme dont la Mer Morte est le résultat une signification morale. Elle nous y montre le châtiment de quatre villes coupables qui furent ensevelies sous ces décombres : Sodome, Gomorrhe, Séboïm et Adoma. Mais l'explication biblique et l'explication scientifique, loin de se contredire, s'éclairent et se corrobent. Dieu en effet se sert souvent des agents physiques pour l'exécution de ses desseins. Ici il a fait appel à ces formidables énergies que la terre renferme dans ses entrailles embrasées et qui à certaines heures l'ébranlent, comme si elles voulaient la faire voler en éclats. La pluie de feu et

de soufre qui engloutit les cités criminelles, les
vapeurs de sel se condensant, asphyxiant et recouvrant Sara femme de Loth qu'une curiosité fu-
neste retenait à contempler la catastrophe, tous
ces différents détails du texte sacré se vérifient
dans une éruption de volcan.

Il est près de midi quand nous rentrons à Jéricho. Nous attendons pour regagner Jérusalem que
la chaleur soit tombée un peu. En attendant quelqu'un a l'heureuse idée de lire l'Evangile de Zachée. Evidemment il ne reste rien de lui, ni le
sycomore d'où il vit Jésus, ni la maison où il Le
reçut. Mais il reste son souvenir et la belle page
évangélique qui lui est consacrée. Quelle histoire
émouvante et profondément humaine que la
sienne ! Cet homme a vécu, il a donc péché ; car
il est bien difficile de traverser l'existence sans se
salir aux boues d'ici-bas. Il traîne la lourde chaîne
de ses regrets, et de ses remords. Oh ! abolir et
réparer ce passé dont le fardeau lui pèse tant ! se
refaire un cœur nouveau ! Pouvoir regarder le ciel
ainsi qu'au temps de la pureté première ! Zachée
a entendu parler de Jésus. Ceux qui ont eu le bonheur de Le rencontrer savent qu'Il a le secret de
ces paroles, sous l'influence desquelles les âmes
rajeunissent comme les aigles, et reverdissent
comme l'olivier au printemps ! Zachée veut Le
voir ! Et Jésus vient ! Seulement Zachée est tout
petit, il ne L'apercevra pas au milieu de la foule

qui L'entoure. Il grimpe sur un arbre ; et ici se dévoile la conduite miséricordieuse de Dieu à notre égard. Quand les faveurs que nous sollicitons s'accordent avec l'économie de ses plans, c'est-à-dire avec nos intérêts véritables, il nous accorde le centuple. « Zachée descend vite, car il faut qu'aujourd'hui tu me reçoives dans ta maison ! » Aussitôt les bienfaits attachés à la présence immédiate de Jésus, l'agrandissement, l'élévation d'âme qu'elle ne manque jamais de produire, s'opèrent. « Seigneur voici que je donne la moitié de mon bien aux pauvres, et si j'ai fait du tort à quelqu'un je lui rendrai quatre fois plus ! » Et tandis que les Pharisiens murmurent, Jésus se félicite devant son Père de l'œuvre du salut accomplie en la maison de ce publicain, devenu lui aussi par sa grâce « un enfant d'Abraham ».

Lorsque nous arrivons à Jérusalem les premières ombres du soir, pareilles à de longs voiles noirs dont la transparence assombrie laisse pourtant voir encore les objets, commencent à recouvrir la Ville Sainte. L'alleluia pascal, qu'on ne cesse de chanter depuis le matin, remplit les rues d'une rumeur de fête. Nous ne songeons qu'à regagner nos chambres et qu'à prendre du repos. Mais voici que par nos fenêtres ouvertes une mélodie lointaine et confuse, venue on ne sait d'où, monte lentement. On la dirait appesantie dans sa marche par les supplications et les plaintes, les extases

et les larmes dont elle semble chargée. Peu
à peu elle se précise. Nous reconnaissons une de
ces psalmodies, aux airs traînants et longs comme
des fils de la Vierge, que les Russes dévident autour du Saint-Sépulcre. Elle atteint successivement les notes aiguës des détresses et les hauteurs
éperdues des joies. Alors elle se précipite, devient
tumultueuse et désordonnée, elle clame tour à
tour ses angoisses et ses allégresses. Tantôt elle
s'éclabousse et se grise de désolation, tantôt elle
s'enivre et se pâme de béatitude. Puis elle s'apaise,
elle plane calme et grave, avec des ondulations
posément rythmées ; puis elle descend, se fait
humble, dolente, tremblante et basse, pour mourir épuisée de désirs et d'espoirs, exténuée de
regrets et de rêves, en un soupir très faible, en
un imperceptible souffle. Et ces milliers de voix
d'hommes et de femmes, si différentes de timbre,
scandées par la cadence régulière des lourdes bottes
ferrées sur les pavés sonores et polis des rues,
se fondent comme les différents métaux dans le
bronze harmonieux d'une cloche. C'est bien l'âme
russe qui chante. Et nous comprenons l'incomparable beauté de ce plain-chant, qui est le langage naturel et comme le jaillissement spontané de l'âme
humaine, se tournant vers Dieu dans la prière,
dans les pleurs, dans l'action de grâce, dans l'espérance. Jamais, depuis que ce n'est plus le peuple
qui chante, mais des artistes payés qui chantent à

sa place, de pareils accents ne se sont fait entendre sous les voûtes de nos cathédrales. Bien mieux que nos maîtrises les plus savamment cultivées avec toutes les ressources, toutes les méthodes, tous les procédés d'aujourd'hui, ces rustres, ces ignorants, par le simple élan de leur foi commune, obtiennent ce degré de perfection suprême où l'art s'identifie avec l'authentique et absolue vérité de la nature. Ils portent des cierges jaunes dont les flammes vacillantes projettent des ombres qui courent sur les murs. On croirait assister à une procession de fantômes.

Lundi 6 mai. — C'est notre dernier jour à Jérusalem. Nous en profitons pour visiter les parties que nous n'avons pas vues encore ; la splendide église de la « Dormition » qui se termine et qui est construite pour les Bénédictins allemands, aux frais du gouvernement de l'Empereur, à l'endroit présumé de la mort et de la sépulture de la Très Sainte Vierge Marie. On sait que ce terrain fut concédé par le Sultan de Constantinople à Guillaume II, lors de son voyage en Orient.

De là nous nous rendons au Cénacle. Evidemment ce n'est plus la même salle. C'est un reste d'église datant des Croisés, mais bâti sur l'emplacement traditionnel du Cénacle. Il comprend deux pièces superposées. Les Turcs, qui savent combien ce lieu nous est cher, ne nous permet-

tent pas d'y faire le moindre signe extérieur de
dévotion, pas même un signe de croix. Mais rien
ne saurait nous empêcher d'adorer intérieurement, en nous représentant la Cène. Dans la vie
du Christ, aussi bien que dans l'Histoire universelle, par la grandeur atteinte, par la puissance
déployée, par l'amour manifesté, ce moment-là
dépasse tout. S'il est vrai en effet que l'être ne vaut
que par le don de soi, s'il est vrai qu'on peut ainsi
établir la hiérarchie des êtres par la capacité
qu'ils ont de se donner, et que l'instant où ils
réalisent leur pleine valeur est justement celui où
dans un acte d'abnégation totale, d'entier renoncement, et de sacrifice complet d'eux-mêmes, ils
se donnent sans réserve ; il faut dire d'abord que
le Christ est au-dessus de qui que ce soit, puisque
seul il est capable de se donner infiniment ; et il
faut ajouter ensuite qu'en aucun autre instant de
son existence Il ne s'est révélé plus grand, parce
qu'en aucun autre instant Il ne s'est donné de
cette façon. Enfin s'il est vrai d'autre part que le
bonheur, quand on aime, se mesure au prix du
bien qu'on donne, quels tressaillements dut éprouver le Sacré-Cœur de notre Divin Maître à cette
minute unique où, en se livrant à nous, non pas
sous la forme d'une apparence vaine ou d'un souvenir vide, mais dans la réalité sublime de sa chair
et de son sang, Il donne Dieu à chacun de nos
âmes !

Nous suivons les détails que le Père Ananie nous rappelle. Le Sauveur avait accompli les rites augustes, d'un symbolisme si réaliste et si expressif, auxquels sa mort devait mettre fin. On avait fait passer la coupe d'amertume, présentée avec les laitues sauvages, en souvenir des mauvais traitements qu'avaient enduré les Hébreux sur la terre d'Egypte. On avait offert la coupe de réjouissance en souvenir de la délivrance. On touchait au troisième service, on se disposait à manger l'Agneau Pascal et à boire la coupe de bénédiction. La présence de Judas pèse à Notre-Seigneur, Il essaye de se débarrasser de lui sans éclat, mais le traître résiste à Jésus aussi bien quand Il l'appelle que quand Il le repousse. Nous cherchons par la pensée à nous représenter le Maître dans ce moment-là. Lorsqu'un homme de génie enfante de grandes choses il est agité de frissons mystérieux. Qui nous dira la profondeur des émotions que le Christ ressentait, en ce moment où Il porte en Lui-même tout un monde qui va naître au souffle de sa parole, dans le rayonnement de sa puissance et de sa vertu? Un monde? Plus qu'un monde, plus que mille mondes, le don total et infini de Lui-même, son Eucharistie! L'Eucharistie est là, au bord de son cœur pour ainsi dire, prête à tomber dans la réalité et dans l'histoire au premier battement. Il prend alors le pain « dans ses mains saintes et vénérables », le bénit, rend grâces à son

Père du prodige qu'il se dispose à accomplir, et de sa poitrine, soulevée par un long sanglot et dilatée par un immense amour, ces paroles tombent, sous la poussée d'une palpitation large et profonde comme l'infini : « Prenez et mangez, ceci est mon corps ! » Il prend alors la coupe pleine de vin : « Prenez et buvez, dit-il, ceci est mon sang, le sang de la nouvelle alliance qui sera répandu pour vous ! » Dans la langue araméenne dont se servait Notre-Seigneur, le verbe ne fut pas exprimé ; de sorte que, de la formule plus concise et plus resserrée, la pensée jaillissait encore avec plus de force : « Prenez et mangez, ceci, mon corps ! »... Puis se tournant vers ses Apôtres ; ces petits, ces pauvres, Lui le Christ, l'oint du Seigneur, Il les fait monter à d'inaccessibles hauteurs, à des sommets de lumière qu'aucune grandeur humaine ne saurait atteindre, Il les enveloppe dans la majesté royale de son sacerdoce éternel : « Faites la même chose que moi, en mémoire de moi ! » C'est ainsi que l'Hostie sainte, tombée des mains du Sauveur, a été recueillie dans les mains des Apôtres et qu'elle est arrivée jusqu'à nous toujours la même, à travers la lignée glorieuse du sacerdoce catholique : « Même pain, même corps ! » dit saint Paul. Impossible ! ricane l'impie. Et pourquoi ? Le Christ savait-il ce qu'Il disait ? Toute la question est là ! Si oui, la question est tranchée.

Malgré le regard attentif du policier qui nous

surveille et nous épie, nous avons l'irrésistible tentation de nous jeter à genoux et de baiser les dalles. Mais une pareille manifestation mettrait en émoi tous les consuls et en mouvement la chancellerie des Deux-Mondes !

Le soir réception à Casa-Nova du Révérendissime Père Custode, et visite à Mgr le Patriarche latin de Jérusalem, chez qui nous déposons notre croix de pèlerinage. Puis les derniers moments que nous avons de libres nous les passons au Saint-Sépulcre. Nous voudrions nous en remplir la vue, la pensée, le cœur. C'est au moment de quitter ces Lieux sacrés que nous sentons combien nous y sommes attachés. Inconsciemment, silencieusement, autour de ces pierres les fibres les plus aimantes de notre être se sont nouées et maintenant qu'il faut partir nous les sentons se briser.

Le lendemain, mardi 7 mai, le train qui roule dans le soleil et la poussière, par ces campagnes de Judée que nous ne reverrons probablement jamais, nous emporte à Jaffa, tandis que nos yeux tournés vers Jérusalem qui peu à peu s'éloigne lui disent à travers nos larmes longuement adieu !

L'ÉGYPTE ET LE RETOUR

Après avoir attendu d'interminables heures au port de Jaffa, soutenus et contenus dans notre impatience seulement par l'imperturbable sangfroid de notre directeur, qui semble avoir emprunté aux Arabes quelque chose de leur fatalisme, nous voyons enfin poindre sur la mer une petite tache qui insensiblement grossit, c'est notre bateau. « Ce qui doit arriver arrive toujours ! » Ainsi raisonnait en bon oriental Mgr Potard, et il avait raison. D'ailleurs l'énorme tarentule, qui grimpait tout à l'heure aux murs de la salle où nous mangions, n'était-elle pas de bon augure ?... Le paquebot sur lequel nous nous embarquons appartient aux « Messageries Maritimes ». Il s'appelle le « Congo » ; nous y retrouvons l'ampleur, la solidité, le confortable du « Sénégal ». La mer est délicieuse ce soir. Nous avons tant souffert des atrocités de la chaleur que nous sommes heureux de retrouver la fraîcheur de ses brises ; et après ces journées qui finissaient brusquement, presque sans crépuscule, comme

épuisées par leurs excès de lumière, c'est un
enchantement pour nous de revoir ses couchers
de soleil. Ce soir le spectacle est splendide,
effrayant presque, ces longs nuages rouges ressemblent à des linges trempés de sang, qui pendent et
qui gouttent à l'horizon...

Notre pensée n'a pas quitté Jérusalem. A mesure que nous nous en éloignons, son souvenir
s'atténue en une clarté très douce, pareille à la
lampe du soir près de laquelle il fait si bon mé-
diter et rêver. Alors nous comprenons la grande
leçon qui se dégage de la Ville Sainte. En somme
Celui que nous y venions chercher y a laissé peu
de traces matérielles de son passage ; à peine deux
ou trois endroits où l'on peut localiser avec certitude tel événement. Et il vaut mieux sans doute
qu'il en soit ainsi. Autrement l'instinct fétichiste
et idolâtrique des foules eût fait de Jérusalem une
sorte de La Mecque ou de Bénarès, à laquelle eût
été attribuée une vertu rituelle et magique, indépendante de toute disposition intérieure, une capitale religieuse qu'il eût suffi de visiter une fois
dans sa vie pour assurer son salut. Et rien n'eût
été plus opposé à l'essence même du Christianisme,
qui est une religion d'âme, une adoration en
esprit et en vérité, une continuelle ascension vers
la lumière, vers la justice, vers le bien, par la foi,
par l'amour, par la vertu. Les disciples de Mahomet sont bien obligés d'aller le chercher à La

Mecque et ceux de Bouddha à Bénarès, car ils ne les rencontrent nulle part en dehors de ces objets matériels auxquels leurs sens s'attachent ; tandis que le Christ ressuscité est partout dans son Église, partout dans l'âme de ceux qui L'aiment et qui croient en Lui. Lui-même ne nous a-t-il pas prévenus ? « Le Royaume des cieux, mais il est au dedans de vous ! » « Si quelqu'un vous dit : Le Christ est ici, Il est là, ne le croyez pas ! » Or ce fut notre erreur initiale de penser Le retrouver dans ces choses, dans ces rues, dans ces paysages, dans ce Gethsémani transformé en jardin anglais, dans ce Cénacle reconstruit par les Croisés, sur ce Calvaire mutilé et dissimulé, dans ce Sépulcre recouvert et arrangé. Il est ressuscité, Il n'est plus ici ! Son vrai domaine ce n'est plus désormais le monde visible des apparences éphémères, mais le monde immortel et invisible des consciences où Il a établi son règne. Telle est la sublime leçon que nous fait entendre Jérusalem. Heureux qui en comprend la haute portée idéaliste et spiritualiste, à elle seule cette leçon vaut le voyage.

Mercredi 7 mai. — A notre réveil nous touchons à un nouveau continent, au continent noir, à cette Afrique inexplorée, insondable ; nous abordons l'Égypte par Port-Saïd. La ville n'a ni caractère, ni intérêt, mais elle est importante parce que tous les navires qui se dirigent vers l'Extrême-Orient, par Suez et par la Mer Rouge, y font escale. Au-

jourd'hui elle est en fête, les rues sont pavoisées
de guirlandes et de drapeaux, on attend le Kédive.
A midi nous prenons le train pour Le Caire. La
ligne longe d'un côté l'ancienne route suivie par
les caravanes, celle par conséquent que parcourut
la Sainte Famille fuyant la persécution d'Hérode,
et de l'autre le canal de Suez. Nous sommes donc
placés entre deux souvenirs l'un religieux, l'autre
national. Nous ne pouvons nous défendre d'un
sentiment de fierté patriotique, en voyant défiler
ces noms qui, dans la mémoire des générations,
seront désormais unis au nom glorieux de Fer-
dinand de Lesseps ; Port-Saïd où sa statue se
dresse ; Ismaïlia, séjour de verdure au milieu
des sables brûlants, où repose, à l'ombre des
grands palmiers, le corps d'un de ses fils enseveli là-bas dans le tombeau des vice-rois ; Suez
enfin !

Et ce canal qui ouvre le vieux monde aux initia-
tives hardies du commerce n'est-il pas une œuvre
absolument française ? Outre qu'il a été entrepris
par un ingénieur français, c'est l'or français qui
l'a creusé, et il fallait pour l'achever cette audace
dans la conquête, cette endurance dans la fatigue,
cette bonne humeur devant les obstacles, qui sont
des qualités toutes françaises. Cette terre même
serait nôtre encore, sans la politique de lâchage et
d'abdication qui l'a livrée à l'Angleterre.

Nous traversons de vastes étendues sablon-

neuses, coupées çà et là de canaux d'irrigations
dérivés du Nil, près desquels sont bâties de misérables huttes entourées de champs, où poussent
quelques légumes et des céréales. Des bandes de
gamins, dont les cris semblent être la seule note
joyeuse de ces tristes campagnes, gambadent, à
peine couverts d'une chemise, tandis que, par un
contraste frappant des âges, de malheureux fellahs
coiffés de bonnets pointus, rouges ou verdâtres,
presque nus, la peau tannée par le fouet de l'air
libre et noircie par les brûlures du soleil, nouent
dans un effort persistant et incessant leurs bras
nerveux autour de leur rude besogne, pour arracher de force à cette terre avare leur subsistance
de chaque jour.

Il est six heures du soir lorsque nous arrivons
au Caire. Immédiatement, sans même passer par
l'hôtel, nous filons d'un trait jusqu'à la citadelle.
Elle est construite comme celles des villes antiques, comme l'Acropole à Athènes et à Corinthe,
comme le Capitole à Rome, comme Byrsa à Carthage, au sommet d'une colline. Elle est entourée
d'une ceinture de hautes murailles crénelées, flanquées de tours et de bastions, et percées d'une
porte monumentale. Au centre s'élève la fameuse
mosquée d'albâtre, si finement ouvragée que,
malgré ses dimensions immenses, on dirait une
œuvre de céramique plutôt que d'architecture.
Les tons violets et or dominent dans les arabes-

ques de piliers et des voûtes, dans les veines des
marbres, dans les nuances des vitraux, et l'on sait
comme ces deux couleurs s'harmonisent.

A côté de la Mosquée, on nous montre le puits
de Joseph dont on ignore l'origine et l'histoire.
Il s'enfonce à travers le roc vif jusqu'à une profondeur d'une centaine de mètres et atteint le niveau
du Nil.

De l'extrémité de la terrasse le panorama est
splendide. D'un côté le vieux Caire, avec ses masures branlantes ; de l'autre la ville nouvelle, moitié
occidentale, moitié musulmane ; là-bas les ruines de
Memphis ; plus loin les Pyramides, profilant leurs
triangles roses sur l'écran bleu du ciel. Nous
rentrons à l'hôtel par des rues remplies du tumulte
d'une véritable fourmilière humaine, où l'œil
ébahi démêle le veston gris de l'Européen, le fez
rouge du Turc, le burnous blanc de l'Arabe, le
manteau brun du nègre. Les femmes qui appartiennent à la religion de Mahomet ont ici une singulière façon de porter leur voile ; il est d'abord
fendu aux deux yeux qu'il bride comme un masque, puis retenu à distance du visage par une
sorte de fuseau qui leur pend le long du nez et
auquel il est agrafé, sans doute pour qu'il soit
moins étouffant. Et cette mêlée s'agite, se bous-
cule, s'écrase dans un tourbillon ininterrompu.
Le Caire présente ainsi des échantillons de toutes
les races. Depuis que les Anglais, avec cet admi-

rable sens pratique qui est un des traits essentiels
des races saxonnes, y ont installé de la police, du
bon ordre, de la propreté, de l'hygiène, tout le
confortable moderne en un mot, cette ville, grâce
à l'attrait de son climat chaud en été mais si agréable en hiver et toujours si pur, grâce surtout peut-
être à la séduction si puissante des vieux souvenirs qui gisent là tout près, est une des villes les
plus fréquentées du monde. Elle fait concurrence
à Nice. Un des désagréments du Caire ce sont les
moustiques qui éclosent dans les eaux du Nil et
viennent nous dévorer la nuit. Beaucoup d'entre
nous, ayant oublié de s'envelopper de leurs mous-
tiquaires, se réveillent le visage couvert de piqûres.

Jeudi 9 mai, fête de l'Ascension. — Les prêtres
disent la messe, les autres y assistent, et dès six
heures du matin nous partons pour les Pyramides
de Gisch. La coloration bleue du ciel est ici d'une
intensité et d'une profondeur que nous n'avons
guère rencontrée ailleurs. Dans la transparence
de cette atmosphère matinale si limpide, passent
comme des fils de rayons roses très ténus, très
fins, dont on voit le reflet fugitif errer çà et là ;
délicieux frissons de la lumière frôlant des traces
d'ombre égarées et éparses, caprices légers et
exquis, dont le triomphe insolent du soleil qui
monte aura brutalement raison, et qui vont bientôt s'évanouir dans la monotonie de sa clarté
uniforme.

Nous suivons le Nil, le « père et le roi des fleu-
ves » ainsi que l'appelle Hérodote, l'un des plus
beaux du monde, l'un des plus vénérables surtout,
car son nom est associé aux plus antiques souvenirs de l'humanité. Ses flots, qui autrefois char-
riaient de la civilisation et de la pensée, sommeillent aujourd'hui entre leurs rives chauves. Ils sont
fuligineux, pesants, épais, sans respiration ni
vie, pareils à un bain d'argent refroidi et figé. Ils
ont d'ailleurs l'allure de toute chose ici, de l'E-
gypte elle-même. L'Egypte est en effet une terre
qui songe. Immobilisée dans son silence hiératique, absorbée dans la contemplation de son passé
lointain, elle a l'attitude pensive et grave de qui-
conque porte de lourds secrets. Elle nous en a
révélé beaucoup, mais combien d'autres qu'elle
garde ! Elle se recueille pour les repasser. Elle
revoit en rêve l'époque de ses vieux Pharaons ;
alors que des millions d'esclaves, traînant des chariots et roulant des blocs, construisaient ses Pyramides, ses palais et ses temples. Elle se rappelle
les rites funèbres auxquels elle a assisté, car elle
était le pays où l'affaire la plus embarrassante et
la plus compliquée était de mourir, et où les
vivants employaient leur temps à s'occuper des
morts. Elle revoit les longs et minutieux embau-
mements, la toilette du cadavre, la cérémonie de
l'enterrement, elle écoute l'éloge des scribes, les
chants lugubres des prêtres, le jugement d'Osiris ;

et son œil morne, ainsi occupé à regarder en arrière
et en dedans, paraît indifférent à l'éclat dont continue à la revêtir l'ami fidèle des jours anciens,
ce soleil qu'elle avait autrefois divinisé et adoré.
Et en effet quelle magnificence répandue sur toute
cette plaine du Nil ! Et quel calme souverain
dans cette splendeur ! Le décor de ces campagnes
pourtant est d'une simplicité extrême. Pas un pli
n'en ride la surface. L'Egypte n'a pas de montagnes, au point que, dans la vieille langue de ses
hiéroglyphes, pays montagneux était synonyme de
pays étranger. Mais la nature est peut-être plus
impressionnante encore en largeur qu'en hauteur.
Ces vastes étendues dont les lignes fuyantes se
prolongent dans le recul d'un horizon illimité, où
la portée du regard n'est bornée que par sa propre faiblesse, nous suggèrent la sensation d'infini
mieux peut-être que ces cimes élevées, qui paraissent rarement à l'œil atteindre les vertigineuses
altitudes que les chiffres de nos géographies leur
assignent. Un sol gris qu'on dirait formé de la
cendre des innombrables générations qui y sont
ensevelies, et qui de loin dans le flamboiement
de cette lumière fauve prend des tons cuivrés ; des
cultures d'orge et de riz qui sur ce fond de terre
sans cesse renouvelé et enrichi par les alluvions
du Nil obtiennent un admirable développement ;
des palmiers entourés d'une brume vaporeuse
comme s'ils étaient haletants et bouillants de

sueur ; des cactus poudreux, des figuiers de bar-
barie ; des buffles se baignant dans des mares
boueuses, au bord desquelles un ibis rose repose
insouciant sur une patte ; des caravanes de dro-
madaires conduites par un de ces petits ânes
égyptiens, que leur gentillesse et leur intelligence
ont rendus si célèbres ; des villages formés du grou-
pement de cinq ou six cabanes aux murs de pisé ;
tels sont les principaux traits du paysage. Mais,
on ne saurait trop le redire, les moindres choses
revêtent ici une incomparable valeur sous le
royal manteau d'or dont le soleil les enveloppe.

Nous arrivons aux Pyramides de Giseh. Elles
dépassent ce qu'on a lu, entendu, rêvé ; surtout
Chéops, la plus grande, car les deux autres, Ché-
phren et Menkéra de dimensions moindres, disparaissent dans l'ombre de la première et semblent
s'effrondrer devant cette géante. On sait qu'elles
portent les noms des rois qui les ont construites.
La résultante d'impression qu'on éprouve est si
forte que l'on demeure étourdi sous le choc. Il
faut quelque temps pour que les différents éléments qui la composent se démêlent à la réflexion
et à l'analyse. D'abord c'est leur masse qui
étonne. On est obligé de s'éloigner beaucoup, afin
que le cercle visuel, élargi par la distance, puisse
en embrasser tout l'horizon. Alors on mesure les
aires des assises, les obliques des arêtes, les sur-
faces des triangles et l'on est épouvanté. Il n'y a

ni élégance ni art dans les Pyramides, mais leurs
proportions mêmes leur communiquent un caractère de majesté grandiose, les Latins auraient dit
« monstrueuse » qu'aucun autre monument ne
possède au même degré. Songeons qu'elles sont la
plus énorme accumulation de pierres que la main
de l'homme ait élevée ici-bas. Puis, ce qui décon-
certe c'est le travail qu'elles ont dû coûter. Elles
représentent l'effort physique le plus colossal qui
ait jamais été accompli. On voit ces malheureux
esclaves attelés par milliers, tirant, sous le fouet
qui claque, leurs lourdes charges, gémissant,
grinçant comme les roues de leurs chars, déplaçant
à peine de quelques pas ces quartiers de montagnes qu'il va s'agir maintenant de hisser à cent quarante mètres. Un véritable ouvrage de Titan ! Et
quels procédés de mécaniques employaient-ils ?
On prétend qu'ils faisaient rouler les blocs sur
des plans inclinés formés de terre rapportée et
battue que l'on déblayait ensuite, mais là encore
quel travail ! Enfin ce qui fait peur c'est leur âge.
Elles sont contemporaines des premières années de
notre histoire, elles ont quatre mille ans au moins !
Elles sont antérieures à Moïse ! elles existaient
peut-être au temps d'Abraham ! Elles sont les
plus vieux témoins qui nous restent des époques
disparues, leur vue nous reporte aux arrière-plans
les plus lointains du passé. Le flot des siècles a
coulé à leur pied, emportant les hommes et les

choses, bouleversant la face du globe, sans enta-
mer leur granit. Leur solidité puissante, on a envie de dire leur santé, leur robustesse, leur
vigueur, leur donnent un aspect éternel. Elles
sont des tombeaux, mais de tels tombeaux sont
en effet de véritables demeures d'éternité, et les
momies qu'elles renferment sont impérissables
comme elles. Du reste nous sommes sur une
terre qui a le don d'immortaliser tout ce qu'elle
enfante. Dans son souci exclusif de survivance
l'antique Égypte, si elle n'a pas réussi à supprimer la mort, l'a apprivoisée en quelque sorte et
en a atténué les coups. Elle ne l'a pas empêchée
de toucher ses victimes, mais elle l'a empêchée de
les dévorer, et une fois touchées, elle les lui a
immédiatement reprises, pour les soustraire à son
action dissolvante et les fixer dans l'immuable.

Nous laissons la Grande Pyramide la « Splendide », ainsi que l'appellent les indigènes et nous
allons au Sphinx. Il est assis à l'est des Pyramides et plus ancien qu'elles, il atteint presque la
préhistoire, puisque Chéops qui vivait bien des
siècles avant Jésus-Christ, fut obligé de faire réparer les mutilations que les années lui avaient
infligées. On sait que c'est un monstre moitié
homme, moitié lion de vingt mètres de haut et
de soixante de long. La marée montante des sables qui l'envahit lui a déjà recouvert les pattes.
Que signifie-t-il ? Exprime-t-il le tourment de ces

intelligences primitives en face de l'énigme des choses ? Ou bien symbolise-t-il quelqu'une de ces formes effrayantes et bizarres que la vie s'essayait à produire en ses tâtonnements obscurs, avant de réaliser l'équilibre harmonieux des êtres viables et plus parfaits qu'elle a engendrés dans la suite ? Pas de réponse ! Sa large face camuse, striée par les poignées de sable dont la cingle parfois les bourrasques furieuses du kramsin, outragée par le temps qui lui a arraché la barbe, décollé une oreille et emporté une partie du nez, n'en garde pas moins sa fière et hautaine allure, son dédain superbe et muet. Indifférent aux pygmées que nous sommes, il regarde l'immensité du désert dont il semble le gardien, et ne paraît attentif qu'aux mille bruits, imperceptibles pour nous, qui lui reviennent du fond des âges.

La sensation puissante que nous éprouvons en présence de ces constructions gigantesques, dont l'énormité et la stabilité bravent la durée, est encore relevée par la convenance du cadre qui les entoure. Ni un arbre, ni une fleur, rien de fragile et de périssable ; seul l'espace silencieux et sans borne se déployant pareil à une nappe d'incandescence et de réverbération, l'interminable plaine, noyée sous un déluge de lumière.

Nous reprenons notre route bordée d'acacias, et nous nous arrêtons au musée de Giseh, somptueux monument à plusieurs étages dont la façade est

ornée des bustes des principaux Egyptologues.
La France, de Champollion à Maspéro, y occupe
une place d'honneur. Nous parcourons les vastes
salles alignées, où s'étalent classés et étiquetés
les trésors découverts au cours des fouilles, et
tout spécialement ces cadavres de rois et de reines
étendus dans leurs sarcophages vitrés. Les chairs
sont toutes résorbées et consommées, il ne reste
plus que la peau, véritable parchemin jaune ou
noirâtre suivant la nature ou l'énergie sans doute
des réactifs employés pour l'embaumement, tendu
sur la charpente osseuse. L'adhérence des bande-
lettes qui les enserraient était telle qu'aux endroits
où on les a déchirées, les morceaux sont demeu-
rés collés et ils ne se distinguent plus du tissu
cutané. Les ongles et les cheveux sont restés
intacts, seulement le corps, par suite de l'absorption
presque totale des muscles, est réduit et ratatiné. Quel singulier effet produisent ces mains,
qui autrefois portaient le sceptre et l'épée et qui
aujourd'hui sont grosses comme des menottes
d'enfant, et ces yeux si strictement fermés qui
autrefois brillaient de colère ou de joie, et ces
poitrines maintenant aplaties et vides dans lesquelles autrefois des cœurs battaient et tressail-
laient !

Vendredi 10 mai. — Le train nous emporte du
Caire à Alexandrie où le bateau nous attend.
Notre beau voyage touche à sa fin, et déjà notre

caravane s'est disloquée, plusieurs prolongent leur séjour au Caire. A Alexandrie, ville sale et laide, aucune curiosité qui nous arrête. Le fameux phare est si bien démoli qu'on n'en sait plus l'emplacement. Rien non plus dans cette ville, qui rappelle la gloire dont elle était environnée au temps des Philon, des Plotin, des Clément, des Origène, des Athanase ; alors que ses écoles de philosophie et de théologie étaient des foyers de lumière, et elle-même une des métropoles de la pensée.

Nous nous embarquons à trois heures, et à quatre le *Congo* lève l'ancre. La terre s'évanouit bientôt, et seuls entre les deux infinis qui s'étendent l'un sous nos pieds, l'autre au-dessus de nos têtes, nous voilà repris par ces divins spectacles qu'on ne se lasse jamais de contempler, parce qu'ils participent à la nature de la Beauté suprême qui se réfléchit en eux, ils sont indéfectibles et inépuisables comme elle ! La mer et le ciel ! La mer n'étant que ciel mobile et transformé dans le mouvement !... Le soleil et les flots ! Les flots n'étant que les rayons du soleil qui se jouent et s'irradient à travers une infinité de petits miroirs... Puis tout disparaît ; il ne reste plus à l'horizon que des amas de braises qui rougeoient et qui fument avant de s'éteindre dans les eaux. Enfin la nuit s'abat en une chute brutale et lourde, *nuit oceano nox*, dit magnifiquement le poëte latin, et ce mot est mieux qu'une peinture c'est une photographie.

Pendant quatre jours nous sommes ainsi emportés par les formidables coups de piston de la machine et l'irrésistible élan de la vapeur, à travers l'océan, sans voir la terre. Le lundi matin à notre réveil nous entrons dans le détroit de Messine[1]. Nous l'avions traversé à l'aller pendant la nuit, cette fois nous avons plus de chance. Le panorama du reste méritait vraiment que nous puissions le voir. A droite la côte italienne avec ses villages dont les maisons blanches dégringolent le long des falaises, séjour d'insouciance heureuse et de plaisir sans arrière-pensée, où des vies humaines perpétuellement en fête chantent et dansent dans un rayon de soleil. A gauche la Sicile. Elle est encore endormie dans un léger rideau d'ombre que le soleil lentement déchire. Une verdure intense et sombre, qui ressemble à la végétation de l'Orient ou de l'Afrique, en tapisse les flancs, les brises nous apportent des senteurs d'oranger. A moitié enseveli sous la neige qui recouvre son gigantesque cratère, l'Etna paraît éteint ; tandis qu'en face, le Stromboli lance des tourbillons de fumée où passent des langues de flammes.

Le jeudi 15 avril nous apercevons les côtes de France. Un double sentiment étreint nos âmes,

1. Ces lignes étaient écrites quand éclata la terrible catastrophe qui détruisit la ville.

la joie de retrouver la patrie et le regret de quitter ces compagnons de voyage, auxquels nous
étions si fortement attachés et que sans doute
nous ne reverrons plus. Les mains se serrent avec
effusion. Bientôt le port de Marseille se dessine;
puis dominant ce paysage sublime dont Elle
rehausse encore la souveraine beauté, l'image
maternelle de Notre-Dame de la Garde. Elle était
là à notre départ pour bénir notre pèlerinage, elle
est là à notre retour pour nous sourire et nous
tendre les bras.

TABLE DES MATIÈRES

———

Châteauroux. — Imprimerie MELLOTTÉE